U0644690

窥视工作间

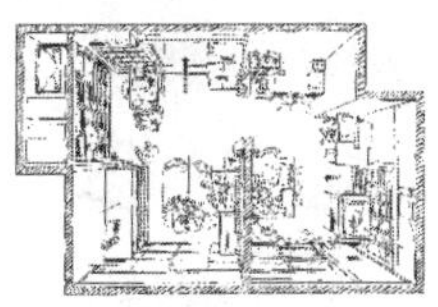

妹尾河童／著

陶振孝／译

目录

剧作家井上厦的书房

要用一幅画来展示房间的全貌给大家看，我想只有由上而下俯视地去描画，除此之外别无他法。要用这种方法把四面墙画出来，我自己必须像苍蝇一样停留在天花板上向下张望。这样一来，我得边想边画。当我对别人说“我的本职是舞台美术师”，而并非是画这种画的画家时，人们听了大体都要在我的职业上打个“？”。一句话，我是做舞台设计工作的。

新春伊始，剧场里上演了“小松座”剧团的戏曲《日本人的肚脐》，这是由剧作家井上厦创作的。因为我担当了该剧的舞台美术设计工作，于是和井上厦有了交往。

由于这种缘分，井上厦就成了“河童窥视工作间”系列的第一位牺牲者。

我曾对井上厦的工作场所多次发生兴趣，可以前连“让我看看”之类的话都没能说出，就把这种想法憋了回去。然而，我却一直很想知道他那备有大量藏书的书房和他执笔写作的房间究竟是啥样?

没想到他回答爽快,连说“欢迎!欢迎!”我立刻带上了素描本、量尺寸用的卷尺以及照相机,登门造访了井上厦位于千叶县市川市的家。

井上厦不在。似乎是出于为我采访方便的考虑,他的办公桌整理得井然有序,稿纸上摆放着两个一百日元的打火机,红白各一,让人可以揣摩到井上式的“对我开始新连载的祝福”。

我坐到井上厦的椅子上,向周围巡视了一下,经常用的书离手最近,旁边的架子上放着保健用的高丽人参精、维生素E强化剂等,我有种窥视到一个作家的头脑内部以及其面对书案时的样子的感觉,以至于有些心神不定。

先别管这些,还是让我开始素描吧。书籍之多,可谓汗牛充栋。因为书库收容不下,于是以书房为中心,书籍如同无限繁殖的生物一样猛劲地向四周扩展。与其说是书库,不如说整个房间埋在书里。去有壁龛的房间必须经过的走廊上也是书、书、书。藏书最多的地方是有移动式书架的房间。这些书都在小楼的二层,据说为了能承重,建筑此房时井上还特意在房屋构架里嵌入了钢筋。然而每当地震袭来,在这个房间正下方等候稿子的编辑们还是不由得翘首张望。

用了三个小时,完成了实地勘测,晚上我和井上厦就戏剧的事碰头。

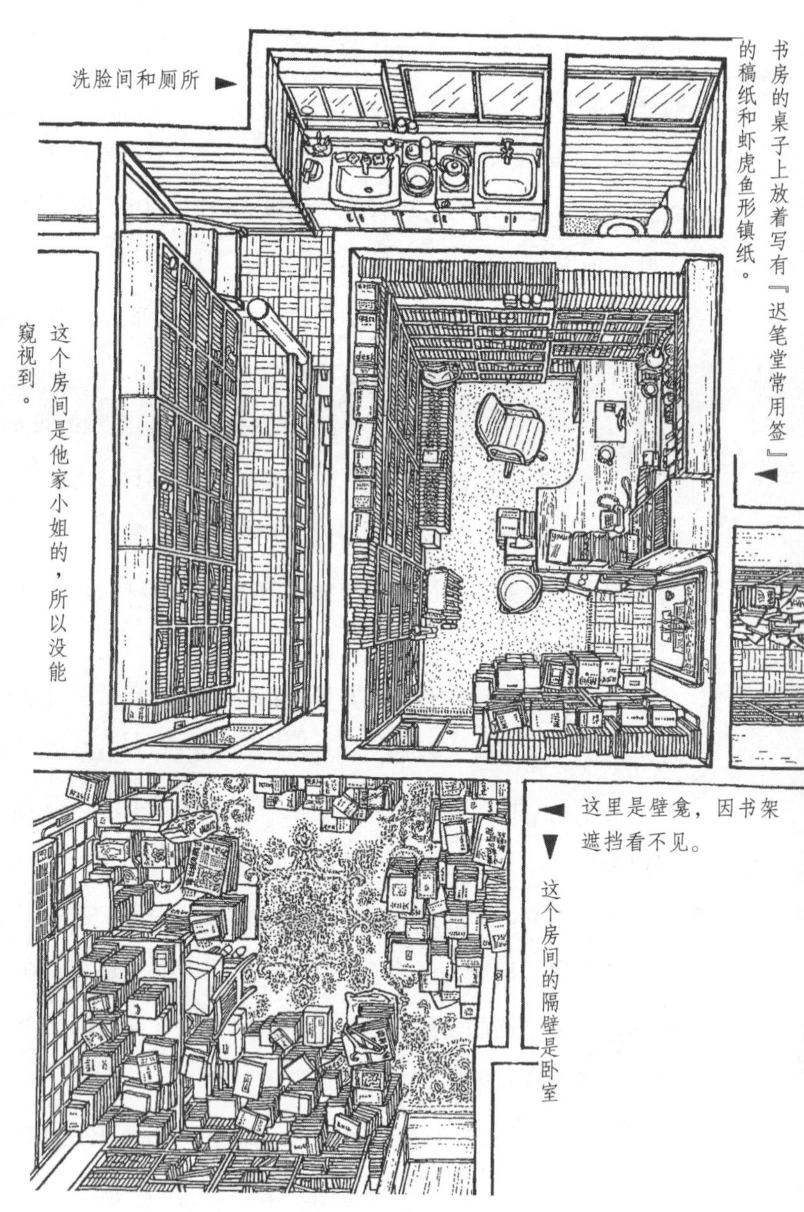
洗脸间和厕所
书房的桌子上放着写有『迟笔堂常用签』的稿纸和虾虎鱼形镇纸。
这个房间是他家小姐的，所以没能窥视到。
这里是壁龛，因书架遮挡看不见。
这个房间的隔壁是卧室

井上厦以“写作速度慢”而闻名，所以，在正对着这个有可移动书架的房间下边的房间里总有几个编辑在那里等候稿子……其中有的要等上四五个晚上也是常事。等候一方虽然非常想了解井上的写作状态，然而不论你与井上的关系如何亲密，都不能上到二楼。这里是神秘莫测的地区，井上打算在这些藏书中查找资料，也许会神不知鬼不觉地和书玩了起来……我一边想象着他的身影嘿嘿地偷着乐，一边从中偷到了他资料分类的专利。

这下边是里院
这间有可移动书架的房间应该向右伸延，我没能画下其宽敞的全貌。

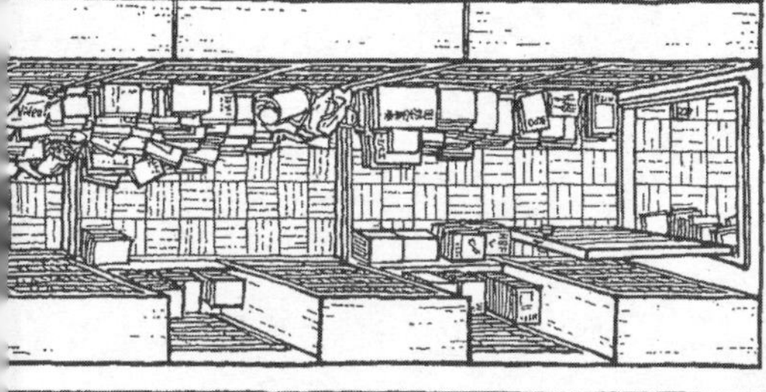

这是连接两栋房子的过廊，书籍成堆，通行困难。通向那个房间的走廊两侧书架一排，楼下也是书架，到底有多少册书？

“你总是把桌子上弄得那么干净整齐吗？”

“是啊，写完一份稿子就搞一次毕业典礼，开始新的工作时也有种搞开学典礼一样的感觉，也搞个仪式。”

“自来水笔有四种，共15支吧？”

“写不下去时，换支笔，有种改变心情的感觉……曾经换过试过，说实在的，也没有什么效果啊。可是还是在试着换。”

“我读过挂在桌子前面的文字，怦然心跳。觉得好像窥视到了你的隐私……我不会把看到的都写出来的，这些就不发表了吧？”

“完全可以写出来啊！那些是我自省的话。”

听井上这么一说，我就果敢地将其公布于世了。它们用铅笔写在三张纸上：

难的易写，
易的深写，
深的乐写。

把困难分割（笛卡尔），
作者常给读者出其不意，
偷换真事发生的时间，
文章所言如同说话，
头脑中是否清楚地捕捉到
才是最大的问题所在。

随笔，若不是万不得已，则不写；
如果要写，也是像写作品那样去写随笔。

就当作至今没有写过一本名作、杰作，成败就在这五年。

继续否定《吉里吉里人》，不过高评价戏剧的成功。

可以做到字字辛苦，

集中精力。

“我全盘接受，也想将其作为我的自省呀！”

我这么一说，井上有些不好意思。

“实际上有很多没做到……所以才要自省啊！”

对井上如此实在的工作态度，我甘拜下风。

藏书之多，难弄！难弄！

反窥河童
三个暗号

◉井上厦

听说河童要来采访，我给他设置了三个暗号。第一个暗号，在稿纸上若无其事地放上两个一百日元的打火机，红白各一。这个暗号是祝贺河童开始新连载的。开始连载，可喜可贺！所以就摆放红白两个打火机。第二个暗号是虾虎鱼形镇纸，我有多种多样的鱼形镇纸，为什么放了一个虾虎鱼的镇纸呢？河童是个充满好奇心的大鳄，一碰上饶有兴趣的事，就咬住不放。用此是把他比成不可食用的虾虎鱼一样的贪婪。第三个暗号是放在桌上的三本书，即幸田露伴的《五重塔》、松本清张的《黑画集》、夏目漱石的《三四郎》，而且只取每本书的第一个字，即“五黑三”，读成日文是“go-kuro-san”，与日语中的“御苦劳”谐音，汉语的意思是“辛苦了”，这个暗号是犒劳的意思。想来三个暗号都有点像谜，河童漂亮地把第一个暗号解开了，这在前文中已经写出来了。第二暗号是口头解开的。过了一段时间，又见到了河童，他说“那个不可食用的虾虎鱼是对我的讽刺吧”，的确如此。第三个暗号，有点难猜。如前边写到的，与其说是暗号，不如说是谜语之类吧。

❖ 井上厦

1934 年生于山形县。经过长达十年的写剧本的生活，于 1969 年发表了剧作《日本人的肚脐》，以剧作家的身份扬名天下。此后在戏剧和小说的领域里创作出很多作品，成为人们乐于讨论的话题。代表作有戏剧《闪烁的星座》、小说《吉里吉里人》等。1997 年以后居住在镰仓。

歌舞伎名伶坂东玉三郎的化妆室

在上演歌舞伎和新派戏剧的传统剧场化妆室的入口处，都设有一个关卡，叫作“头取部屋”。其窗口放着一块白木的厚板，这块木板叫“签到板”，上边写着当天参加演出的演员的名字。演员们到达后，立即在自己的名字上插上红色的小木棒，这表明演员已经进入化妆室。

看到坂东玉三郎的名字上边已经插上了小红棒，我脱了鞋，换上了化妆室用的拖鞋。总是脱鞋换鞋的，感到很麻烦。但是，这样做，完全是为了防止带入泥土，弄脏舞台和服装。

演员们和管理小道具的人们彼此“您早！您早！”[①] 地打着招呼，在空隙间穿来穿去。我举步来到挂有“坂东玉三郎”名

① 演艺界将晚上开始工作为一天之始，并且表示精神振作，所以见面说“您早！”

牌的化妆室前。

坂东会根据每次上演曲目的不同来改变化妆室的气氛。今天在“新桥演舞场”上演的剧目是三岛由纪夫的《黑蜥蜴》，所以门帘搞得与往常不大一样，整个化妆室显得很洋气。

我回忆着上次演歌舞伎时坂东在榻榻米上摆了梳妆台和坐垫……钻过门帘一看，果然不出我所料，这次摆设虽然简单，但很华丽，在波斯地毯上放了带腿儿的梳妆台和椅子。

坂东玉三郎正对着镜子做最后化妆，他将由一个潇洒的男士变为盛装美女，我觉得不好打扰他，欲起步到外边等候。他觉察到这点，马上用话留住了我。他说：“没关系的，我马上就化完妆了。”

实际上，即便我们关系亲密，也还是要非常注意访问化妆室的时机。根据演员的不同情况，有时在演出结束后访问更好。对于那些身居戏剧界的大演员来说，还是开演前不去打扰他们为好，相反对于那些想在化妆室维持轻松氛围的演员来说，或许就没有那么神经质……真是一个人一个样，化妆室布置各有不同，映射了演员的个性。大体上，剧场的化妆室一般是一间空房，不备用具，演员们自带喜欢的物件，花工夫营造一个令人心情舒畅的环境。如果公演的时间长达一个月，那就更要好好布置一番。既有把化妆室布置得宛如花店一般花团锦簇的，也有连被子也不叠、杂乱无章的，展现出每个人的个性，也颇有趣味。化妆室是连接演员与舞台的工作间，是不能这个化妆室是“新桥演舞场”里最好的房间。化妆室大小不一，有的很小，有的较大，几个人共同使用。其差别和广告招贴画反映的一样。如果几个演员共用一个化妆室，演员们要脾气相投，才会因有集体感而快乐。

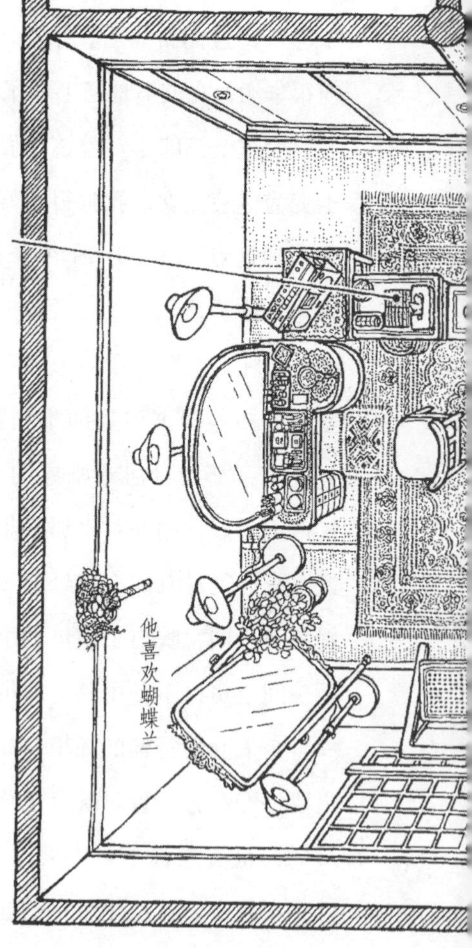

桌子上放着14盘盒式录音带，上次放的以瓦格纳、小约翰·施特劳斯的歌剧居多，这次没有歌剧的录音带，变成了莫扎特的第20、21、23、28号钢琴协奏曲，此外还有海顿的弦乐四重奏《皇帝》《云雀》，交响曲《惊愕》《时钟》，亨德尔的《水上音乐》组曲，尼尔·戴蒙德的流行音乐等等，以当时的心情来选择听什么。

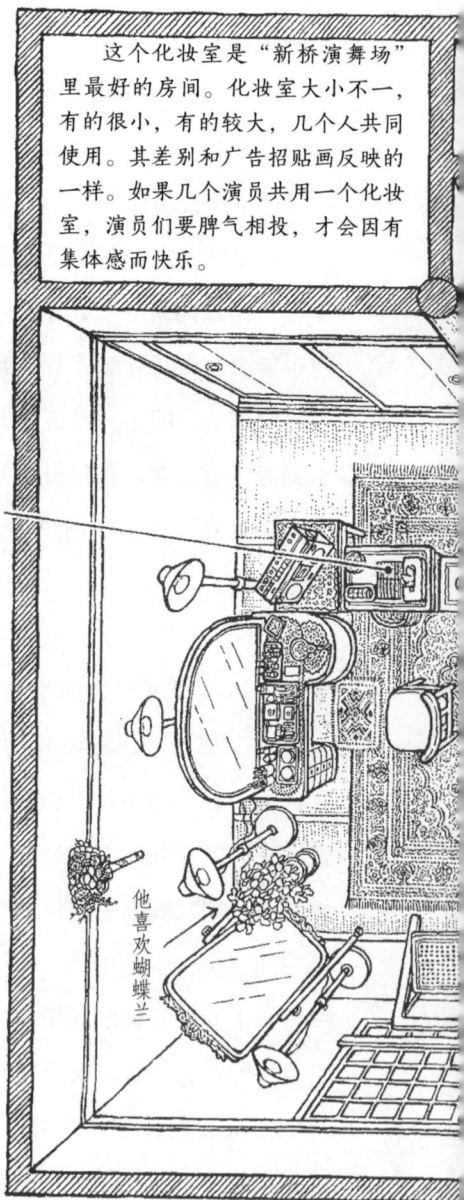

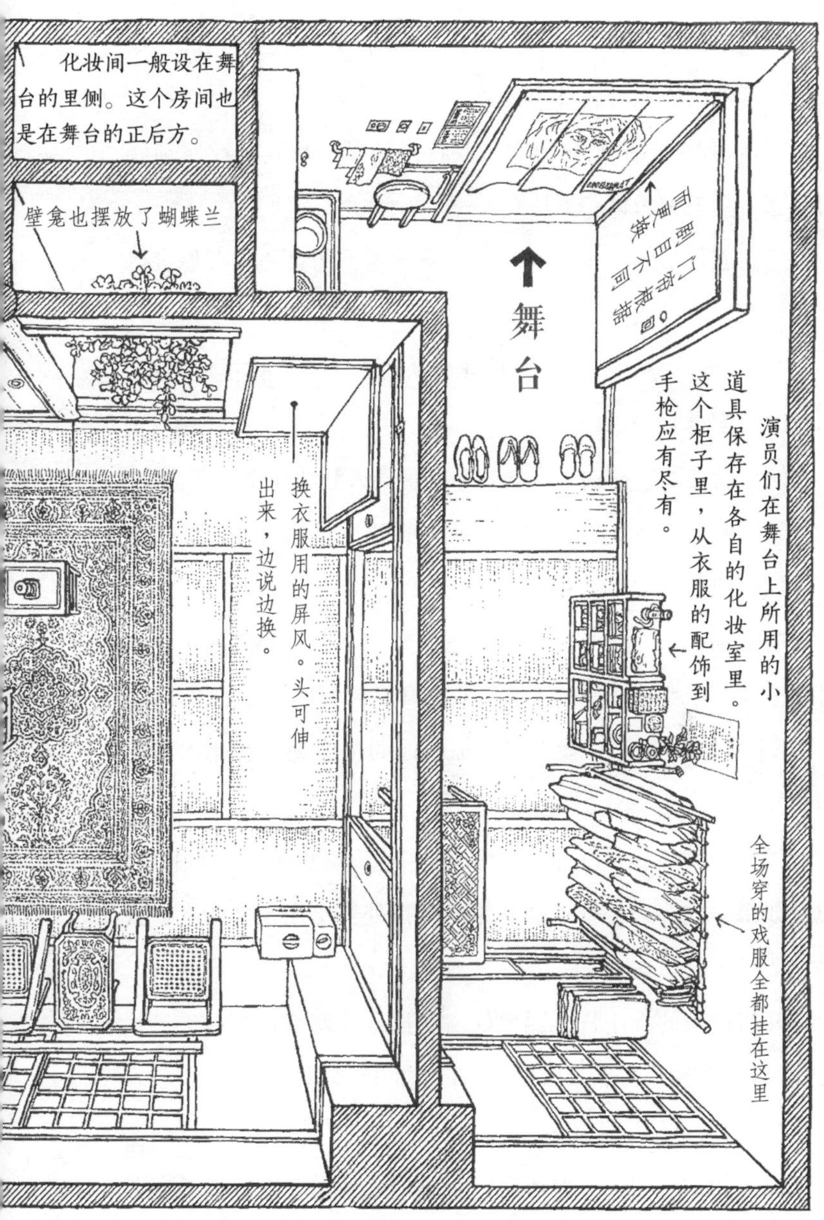
化妆间一般设在舞台的里侧。这个房间也是在舞台的正后方。
壁龛也摆放了蝴蝶兰
门帘根据剧目不同而更换。
舞台
演员们在舞台上所用的小道具保存在各自的化妆室里。这个柜子里，从衣服的配饰到手枪应有尽有。
换衣服用的屏风。头可伸出来，边说边换。
全场穿的戏服全都挂在这里

展示给观众的隐私世界，在这里你可以看到与角色不同的、令人感到意外的真人真面目。

“听说你要来描画化妆间，我特意换了一块花样纹路琐碎的地毯，真想难为你一下！”

他闹着玩似地笑了。我看了一眼地毯，图案并没有他讲得那么复杂，有点放心了。

“我上演一幕，一个小时后才会从舞台下来，你慢慢画吧，休息时我们再聊好了！”

妖艳的美女，扮演“黑蜥蜴”的他离开化妆室上台了。

趁房间的主人不在，我想快点画素描，量完尺寸，于是就挥汗如雨地干了起来。

非常精确，一个小时后，坂东从舞台上返回。离开化妆室时完全是一个身着和服的美女，现在却是位西服革履的男士。

“上次我看到你时就大吃一惊，你的打扮怎么变化得如此之快？”

虽然我大概猜到了他的和服女装之下似乎穿了男士服装，但是如果事先穿好的裤子从和服的下摆处露出来不就糟了，真是在耍戏法。

开门进来的女士进入隔壁的房间摇身一变就化为男士，其时间只有 12 秒。虽然难以置信，但这的确是事实。

“这诀窍可是行业秘密！”

他虽然这么说笑，但还是向我道出了其中原委。裤子穿在和服下面，裤腿卷起来，用别针固定住。只要稍微一弄，就恢复裤子的原状。

“和服的带子跑哪儿去了？”

“一拉这个，啪啦一下就变成这样。”

和服的带子也是机关。

“口红怎么抹掉？”

“用粉拍拍嘴唇啦！”

听坂东的说明似乎很简单，而实际操作可能也不那么容易。他开门进入后台，在那里恭候的侍者取下他的假发，再剥下那种装有机关的特制的和服，露出裤脚，围上纱巾，穿上外套，戴上帽子。坂东从走进到离开隔壁房间为止，有三个人和他在一起，所以才使他能够在 12 秒以内完成这摇身一变。观众根本对后台这各种努力全然无所察觉，只是目瞪口呆地欣赏也就足够了。

我一边看着瞬息万变的舞台一边思索，坂东若无其事的样子真是妙不可言，宛如看到坂东玉三郎本人。

我没有看到他在化妆间有任何改变，只听到一句“我登台了”，就见他走出化妆间，在即将登台的一瞬间，顺利完成了角色转换。

他说：“在化妆室里状态保持得好，就能把今天的戏演好，即使听的音乐与今天上演的戏剧毫不相干也是可以的。只要适合自己，能使自己处于自然状态中就行，这点对我很重要。”

反窥河童

『少爷』和『老爷』

◉坂东玉三郎

“少爷！”

从化妆室的入口传来了清脆的声音，那是河童出场了。

在戏剧界有种习惯，要么称对方“老爷”，要么称对方“少爷”，河童觉得这种老式的称呼非常有趣，对我就是用“少爷”这一称呼。

我是在八年前与河童第一次见面相识的。因要与他商量工作，就钻进河童的家。尽管我是晚辈，但是，在他面前我把我想说的一股脑儿地都倒了出来。然而，河童放下前辈啦、舞台美术家啦的架子，和我畅谈。当时他宽谅我童言无忌，即使现在也让我感谢不已。

而且，我真的领教了河童“拘泥小节”的做法。其做法是河童独特的。我想如果河童没有从事现在的工作，也许能成为建筑师，或是写诗体小说的作家吧。如果他那股较真劲儿一上来，就不会有太多人愿意配合。为此，我坦白交代，在“河童窥视工作间”连载采访的前一天，我还是悄悄地整理了工作间，多少做了些收拾、检查。

把具有这种性格的河童带入舞台领域的是河童20岁时拜的师傅藤原义江（河童总是称他“老爷”）。你不觉得藤原先生的影响力颇大，对河童以后的人生起着决定性作用吗？

河童称我为“少爷”时，是不是悄悄地怀念、思慕起藤原“老爷”来了呢？

❖ 坂东玉三郎

1950生于东京。为歌舞伎守田勘弥的第十五代入门弟子，7岁开始登台。在歌舞伎的旦角中，因演技突出而深受欢迎。另一方面也参加《麦克白》《奥赛罗》《萨特侯爵夫人》等戏剧和电影《夜叉池》的演出，是日本现代戏剧的代表人物之一。

电子合成音响师富田勋的录音棚

“是录音棚，肯定无疑，但和一般录音棚不同。”

“什么地方不同？”

“唉，您还是自己来看吧！”

被领进去一看，我感到有点不妙。富田看到我惊慌失措，说道：

“看上去很脏吧？而且有些杂乱无章。”

我感到吃惊的不是杂乱无章，而是这里的机器比我想象的要多得多，复杂得多。

要全画下来，那我可要吃不消的，心里感到有些惴惴不安。

我和富田曾一起工作过，我估计到他的录音棚里电子音响合成器啦、录音机啦数量肯定不会少，然而，当我真的看到这房间，远远地超出了我的思想准备。

我虽然也用文字处理机写稿子，但是对机器外行。我只会使用，不知其内部结构装置。为此，摆放这么多机器，有这么多线路缠绕，仅此就让我尊敬万分。

对机器外行的我，对于电子音响合成器这家伙的构造一无所知，为了要找到一点线索，就试着提问了一下：

“把它叫作利用电路制造声音，再进行合成、加工的机器不会错吧？”

“对，对！”富田点了点头。

历来音乐都是依据音乐的声音和人的声音制作的。电子音响合成器是把这些声音制造成电子的，使它们既能重叠又能变化的音乐装置。

房间里虽然有很多键盘，但并非是在这里弄出声音演奏音乐。富田把一张磁卡插入机器里，显示器上显现出波形纹路。

“这是狮子座的AD星爆炸，徐徐冷却，爆炸时光波的变化被制成图表，成为录音的素材。据长野县野边山电波天文台的森本教授说，宇宙有生命，它是活的，有各种各样的震动现象，据说有很多电波从宇宙传到地球。用定向性天线可以接收这些电波。接收这些波再变换成声音……此外还可以制造出各种各样的声音。”

听他这么一说，我觉得这个录音棚似乎置身在宇宙中，富田看上去也像一个太空人。正如所证明的一样，他多么不像普通人，他的职业根本不能用一种来概括，因为他一个人同时做了几项工作。

他是作曲家，搞编曲，使用电子音响合成器制造多种声音。另外指挥工作、演奏工作等都是他一个人干。多种音的合成也自己做，此外还是机械师。

“一句话，您干的事业叫什么？”

“制造声音的图像，制造音响的空间。在这种意义上，可以叫作‘音响合成师’。”

他去年在奥地利创作了《体验宇宙声音的云朵》，作品宏伟，令世界瞩目。

日本的NHK电视台以《富田勋的世界》《多瑙河·光与星演奏会》为题两次播出特别节目，这两次活动的规模之大，观众之多，都是空前的。

我也在电视里看了这个节目。那是在奥地利北部林茨市的多瑙河畔，布鲁克纳音乐厅前的公园里举行的。有八万听众沉浸在第一次体验的声音空间中兴奋不已。

为了制造巨大的立体音响空间，会场准备了数量可观的播音大喇叭：有四个置于300米宽的多瑙河的两岸；有三个安装在漂浮于河面的三条船上；还有用直升飞机从空中50米处垂吊下来的；还有四个从听众所在的公园大地的背面笼罩过来；为富田指挥而做的金字塔形的密封舱，为了能观其全貌，由起重机悬挂在河面上，其上也有大喇叭。它们合在一起共有13

个声道，总输出功率为 46 千瓦……

节目所演奏的音乐不光是电子音响合成的声音，船上演奏的是小提琴和尺八，此外还有 100 人参加的合唱。

开始是船上的小提琴演奏《与未知的遭遇》之曲，与之相应的，听到了天空中直升飞机的喇叭声，好像 UFO 与大地通信一般。人们演奏的乐器的声音与电子音响合成器产生的声音交错在一起，真的制造出前往宇宙旅行的感觉。

闪烁在夜空中的激光，有着把声音视觉化的效果。

终曲是贝多芬的第九交响曲《欢乐颂》，男中音独唱的“啊！朋友！”响彻天空，与之呼应的是船上的百人合唱。空中、河里、地上被笼罩在史无前例的“宇宙形象的立体音响”中。

即使是没有听过富田创造的《新的声音》，几乎所有的日本人都听过他所创造的音乐，而且应该是耳熟能详，会不由自主地说出“是那个曲子啊”！比如《花的一生》《天与地》《新平家物语》《胜海舟》《德川家康》《新日本纪行》等电视剧的主题曲，此外还有很多，像《森林大地》《飘带骑士》中的曲子也让那一代人感怀亲切。富田不但搞前卫，也创作了不少让人感到非常亲切的音乐。光靠电子音响合成器产生的声音，并不能成为构筑世界的人。去年在奥地利“立体音响空间”活动中使用了小提琴、尺八和百人合唱就能证明这一点。他之所以使用电子音响合成器，无非是想把制造声音的可能幅度加以自由扩展。

“从外星球传到地球的电波，人的耳朵是听不见的。通过电子音响合成器将其转换一下，我们就能听到来自宇宙的声音，如果瓦格纳生于今天，他也会使用电子音响合成器的吧，至少我是这么想的。”

他像是一个感情丰富的青年人，让你感到他哪里是52岁的人哪！

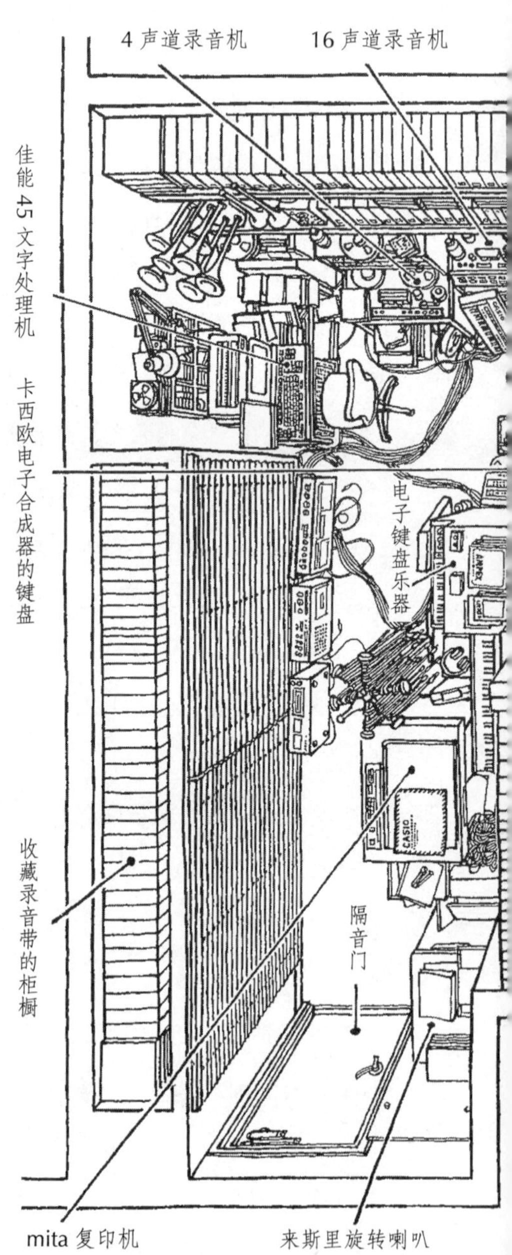

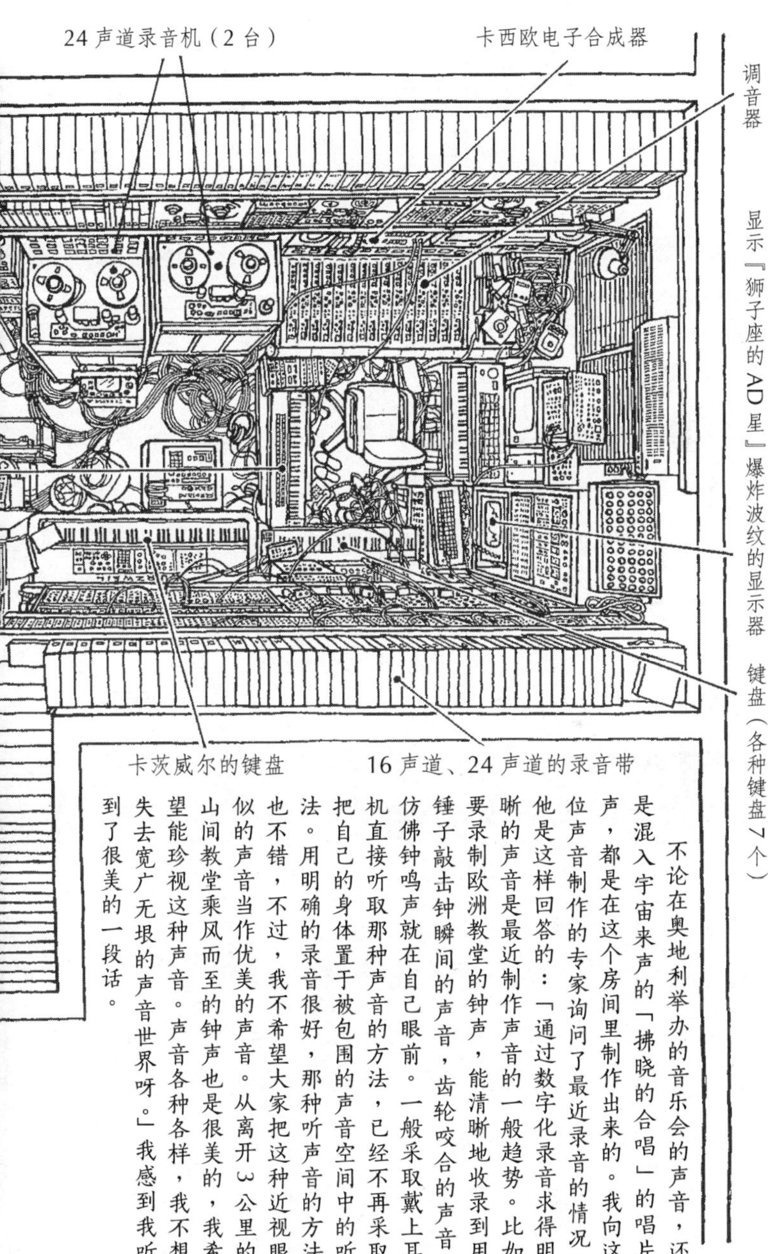

不论在奥地利举办的音乐会的声音，还是混入宇宙来声的「拂晓的合唱」的唱片声，都是在这个房间里制作出来的。我向这位声音制作的专家询问了最近录音的情况，他是这样回答的：「通过数字化录音求得明晰的声音是最近制作声音的一般趋势。比如要录制欧洲教堂的钟声，能清晰地收录到用锤子敲击钟瞬间的声音，齿轮咬合的声音，仿佛钟鸣声就在自己眼前。一般采取戴上耳机直接听取那种声音的方法，已经不再采取把自己的身体置于被包围的声音空间中的听法。用明确的录音很好，那种听声音的方法也不错，不过，我不希望大家把这种近视眼似的声音当作优美的声音。从离开3公里的山间教堂乘风而至的钟声也是很美的，我希望能珍视这种声音。声音各种各样，我不想失去宽广无垠的声音世界呀。」我感到我听到了很美的一段话。

反窥河童
相识相知的喜悦

◉富田勋

我与河童是在1981年召开的“神户港栈桥”上第一次合作，他担当博览会上展演的木偶剧的舞台美术师，我做音响制作人。实际上可以说博览会上的音响效果是最差的，博览会呈“扣着的碗形”，半球形的大厅中声音散射，是无法计算和测定音响效果的。

然而河童在那里创造了森林的舞台装置，在树上粘了几万片叶子，那些树叶当然不是真的，而是人工制作的，那繁茂的树叶吸收了声音的散射，最坏的环境一举变成了最佳的，这真让我喜不自胜。那是在我长期的工作中制造出的最佳的音响效果。

那时的喜悦是永远难忘的。

除我之外，在此方面受到河童帮助的人还有很多。

看了河童所描绘的我的录音棚的幻灯片，我感到他出色地再现了录音棚的状态，一直让我拳拳怀念和反省自己，我会想起自己慌慌张张把要修理的录音机放进……

反正这套幻灯片里几乎没有留下白片，然而我认为并不是画得细致就好，要追求细致摄影就足够了。河童的细致毕竟是他的一种方式。通过那种细致，重要的是表现了他的那种艺术世界。而且从正上方观看是更接近事物本质的切入点，从而诱发了你不由得发笑的幽默，既能让你吃惊，又能让你快乐。

❖ 富田勋

1932年生于东京，曾为NHK的长篇电视连续剧和音乐剧等编曲。在电子合成配乐方面以新领域的开拓者而领先世界。其改编的《月光》《展览会上的图画》《波兰舞曲》等作品在美国BILL BOARD的古典音乐排行榜上名列第一。在国际乐坛上有着很高的声誉。

话剧导演佐藤信的「作业车间」

“哎？我的工作间？戏剧又不是我一个人演的……”

剧作家兼导演的佐藤信听说我要窥视其工作间时，表现出吃惊、踌躇、为难、抵触。他是剧团“黑帐篷 68/71”的团长，在戏剧界名声很大。追光一旦聚焦到他身上，他就有些难为情，不大乐意。他经常强调戏剧是集体一起磨炼出来的，把工作的地方不叫“排练场”而称“作业车间”。

我和他相遇时，他做后台工作，刚 23 岁，还没有成为导演。我清楚他是如何从当时的后台工作者到现在具有把握戏剧方向的敏锐感觉的戏剧明星的历程。他现在 41 岁，与 18 年前一样，毫无改变，仍然很腼腆。要将其刊登在我的“工作间系列”中，需要很多的劝说才行。

我说：“这次是了解你所说的戏剧是很多人一起创造的极

好机会，而且你的《底层》是由我来担当舞台美术设计的，窥视你的工作间就能回答读者‘所谓的舞台美术师做什么工作’这样的问题，这样一来，岂不是一举两得嘛？”

我说服了他。但我发觉虽然说服了他，可自己竟滑到窥视自身工作的奇妙地步，我也有点慌了神。为了摆脱困惑和不好意思，我让编辑部的F某也来充当采访者，一起去了他们的排练场。

真凑巧，F某对排练表示出浓厚的兴趣，还跟我谈了很多感想。

“我不知道排练时还搞了舞台装置，参加演出的成员很有意思，那个是电视剧《人间模写》中的竹中直人吧？演员林隆三、熊谷真实和电视上看到的判若两人……裸体舞女松永照帆也混在话剧高手里边演出，总觉得从戏剧中看到了如今的时代啊……”

这也是此次演出的《底层》的亮点。高尔基的这部戏在日本首次公演是45年前的事情，自那以后反复上演了44次。似乎这部戏融入了翻译剧的台词绕来绕去的味道。佐藤信为了使其更贴近生活，此《底层》已经不是俄罗斯的彼《底层》了。他改写了作品的时代和场景，换成了昭和十年（1935年）的新宿大杂院。虽然这么说，但是保留了原作的精神。

出于这样的意图，在选择角色上打破了剧团的界限。

“哎！到开演前的38天，一直是这么集中排练吗？如今的

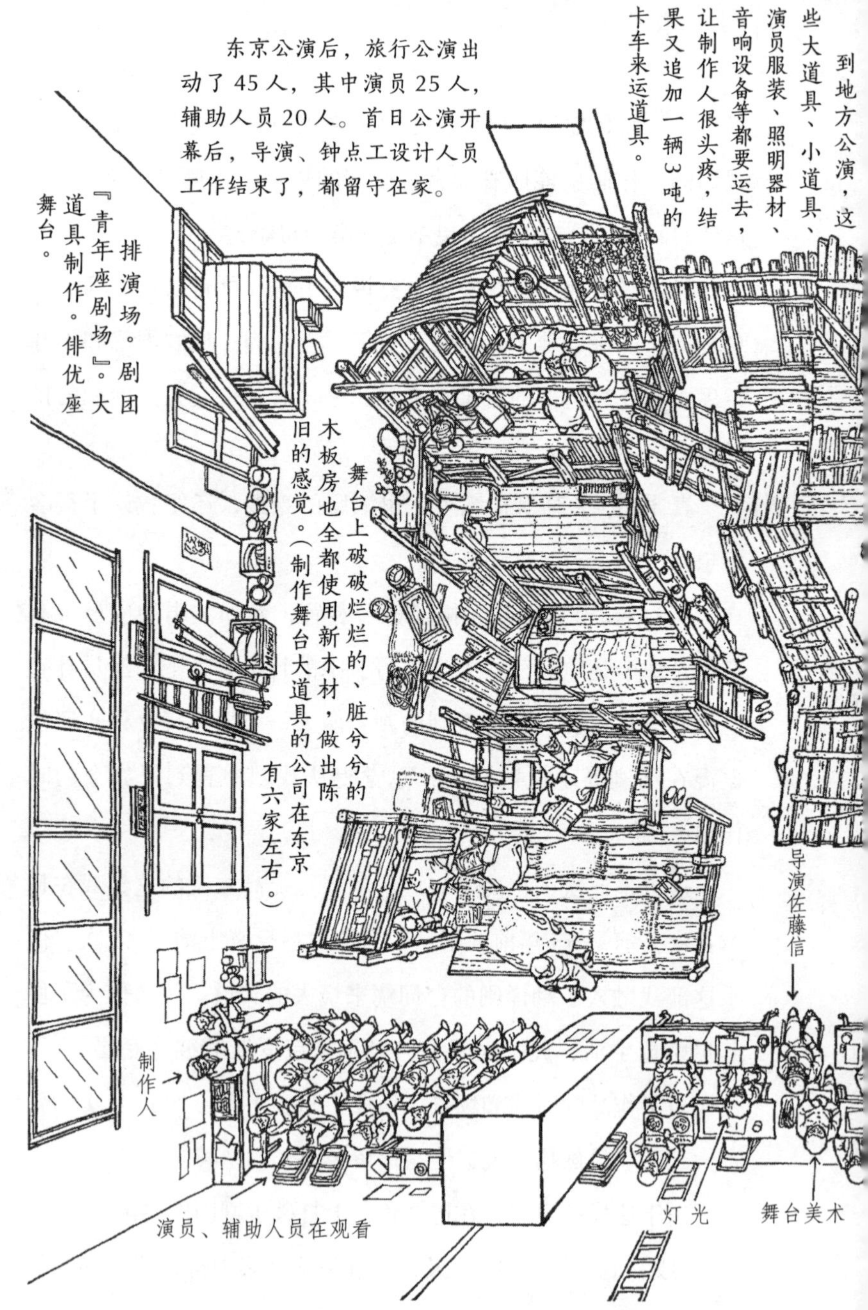
到地方公演，这些大道具、小道具、演员服装、照明器材、音响设备等都要运去，让制作人很头疼，结果又追加一辆3吨的卡车来运道具。
东京公演后，旅行公演出动了45人，其中演员25人，辅助人员20人。首日公演开幕后，导演、钟点工设计人员工作结束了，都留守在家。
排演场。剧团『青年座剧场』。大道具制作。俳优座舞台。
舞台上破破烂烂的、脏兮兮的木板房也全都使用新木材，做出陈旧的感觉。（制作舞台大道具的公司在东京有六家左右。）
导演佐藤信
制作人
演员、辅助人员在观看
灯光
舞台美术

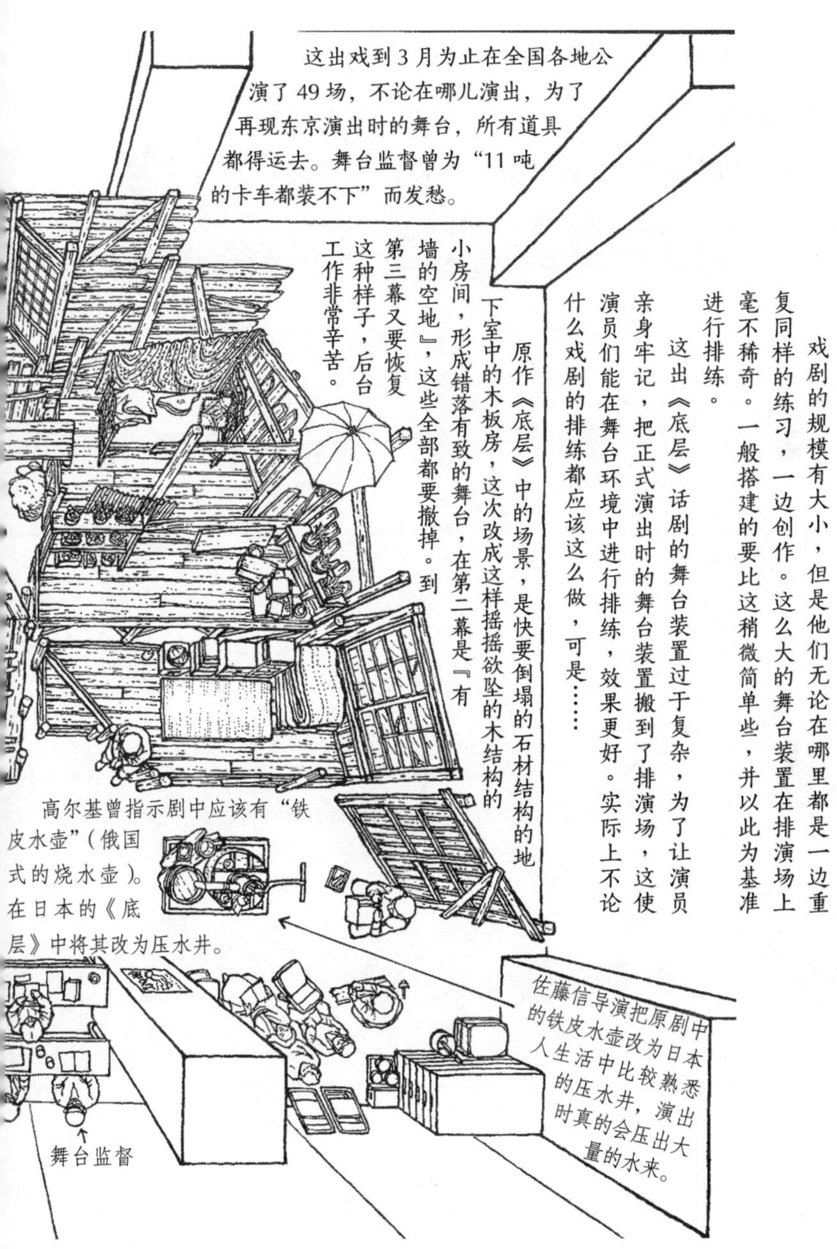
这出戏到 3 月为止在全国各地公演了 49 场，不论在哪儿演出，为了再现东京演出时的舞台，所有道具都得运去。舞台监督曾为“11 吨的卡车都装不下”而发愁。
戏剧的规模有大小，但是他们无论在哪里都是一边重复同样的练习，一边创作。这么大的舞台装置在排演场上毫不稀奇。一般搭建的要比这稍微简单些，并以此为基准进行排练。
这出《底层》话剧的舞台装置过于复杂，为了让演员亲身牢记，把正式演出时的舞台装置搬到了排演场，这使演员们能在舞台环境中进行排练，效果更好。实际上不论什么戏剧的排练都应该这么做，可是……
原作《底层》中的场景，是快要倒塌的石材结构的地下室中的木板房，这次改成这样摇摇欲坠的木结构的小房间，形成错落有致的舞台，在第二幕是『有墙的空地』，这些全部都要撤掉。到第三幕又要恢复这种样子，后台工作非常辛苦。
高尔基曾指示剧中应该有“铁皮水壶”（俄国式的烧水壶）。在日本的《底层》中将其改为压水井。
佐藤信导演把原剧中的铁皮水壶改为日本人生活中比较熟悉的压水井，演出时真的会压出大量的水来。
舞台监督

时代，这么搞太不划算吧……不过从反面来看，也可以说‘戏剧’搞得太奢侈了，活生生的人在你眼前演出的嘛！”

F某的确为所见所闻感动了一阵儿。经他这么一说，好像我们的戏剧家从事着制造奢侈的职业。

反窥河童

从剧场这种装置中的『窥视』

◉ 佐藤信

我必须重申，河童是舞台美术师。

实际上，说他是什么都行。我以为河童就是河童。

不论在剧场，还是在铅字的世界，或者是在其他出乎意料的什么地方，总之只要有河童在的地方，河童都会一如既往做河童，这就足够了。

然而他本人却说："我还是觉得那样不好。我是舞台美术师，并一直认真努力工作。"

仔细一想，的确如此。他在所有的方面燃起如此新鲜的好奇心，如果置之不理，对于一个人同时扮演堂·吉诃德和桑丘·潘两个角色的河童来说，剧场的特殊魅力似乎是不可替代的。

不，毋宁说河童独特的"窥视"方法本身就是从剧场体验中产生出来的。如果是这样，实际上也许可以说河童一次也没有离开过剧场。

所谓剧场，简单地说，就是直截了当截取“现实世界”的部分奉献给人们观看的、带有机关的舞台。总觉得河童非常认真地说“咱是舞台美术师”之时，我们必须耐着性情准备好“舞台”，使这个河童更加郑重其事。

❖ 佐藤信

1934年生于东京，1966年开展创建自由剧场的活动，1971年成立了“黑帐篷”剧团。在从事本剧团演出活动的同时，还涉足歌剧、舞蹈、小剧场戏剧等广泛领域。1996年末，就任世田谷公众小剧场的总监。

川端康成写作《雪国》的「霞之间」

“大雪下个不停，去《雪国》如何？”

实际上想法很单纯，于是我乘上大宫始发的上越新干线，前往越后汤泽的“高半旅馆”。

这里是川端康成自1934至1936年的三年间创作小说《雪国》时住过的旅馆。

也就是这里有一个房间，川端康成曾在其中工作过。以前在舞台上演话剧《雪国》时，为了收集资料，我曾一度造访过此处，丈量过房间的尺寸，也画过素描。

当时了解到小说《雪国》中描绘的很多事实。

川端康成走遍了全镇，并以他那滴溜溜乱转的眼睛窥视了这汤泽小镇。

小说中的场所全都是实际存在的。作品中的岛村文士走过的道路，女主人公“驹子”住的房间，两个人幽会的土地庙中的大树等随着时代的变化改变了模样，但还是保留着。

因为今年 4 月大阪的新歌舞伎座（剧团名）决定重新上演话剧《雪国》，我想去那里搞一点调查。表面上是这个理由，其实我是以此为由想弄清一点事——很想知道当时像川端这样长期逗留者的宿费是多少，他当时的收入有多少，以及他为写小说如何收集素材等等一些生活方面的实际状况。这次我甚至见到了“高半旅馆”的老板——72 岁的高桥半左卫门，得以了解到更为详细的事情。当时川端康成 36 岁，半左卫门年方 20 岁，他继承店主的名字前叫高桥正夫。

“那时的住宿费，1 天为 1 日元到 3.5 日元，川端住收费最高的房间。当时的米价 1 袋为 5 日元，所以 3.5 日元的费用是昂贵的。当时他还是不怎么出名的小说家，我父亲也不认识他。所以，父亲曾经问过我，‘账簿上写的川端康成那个男人好像是个文士，是真的吗？你知道不？’我回答说他是写过小说《伊豆的舞女》的作家。父亲说：‘那他是直木三十五一样写小说的啦？’‘不是直木，而是倾向于芥川那种。’‘那就是写那种没劲的小说啦。’作家与谢野铁干、与谢野晶子夫妇和北原白秋常到这里来，和父亲很亲热。和这些作家相比，当时的川端康成的知名度还很低呀！”①

① 直木三十五（1891—1934），大众小说家。芥川，即芥川龙之介（1892—1927），日本大正时代著名作家。与谢野铁干（1873—1935），与谢野晶子（1878—1942），日本诗人。北原白秋（1885—1942），日本诗人。

“川端康成能支付 3.5 日元的住宿费应该说收入不错。”

“我想并不那么好吧！偶尔写了稿子交给开往上野夜车的列车员，托他带回东京。第二天早晨出版社的人在上野车站等候接稿子。出小费给列车员捎的稿子全部都是‘驹子’的原型、一个叫松荣的艺伎办的。据说川端和松荣一起去车站，然后自己躲在不远的柱子后边，让松荣交给列车员。”

川端康成并不是在这个房间里一气把《雪国》写成的。从 1935 到 1937 年，他分别往《文艺春秋》《改造》《中央公论》《日本评论》等杂志投稿，一次投寄 30 页，稿费请对方用挂号寄过来。出版社的人从没有来这里拜访过他。

30 页的稿子的稿酬是多少？虽然难以跨过想象的界限。半左卫门说：

“30 日元左右的话……”

如果是这样，也就是 10 天的住宿费。似乎很奇妙。他之所以肯支付最昂贵的住宿费，大概是标榜像他一样无所作为、白吃白喝的文士的时髦奢侈吧，显示出让其他住宿者不能理解，看上去稍微有些异样的一面。

“晚上睡得很晚，快到中午才起床。整天无所事事，女佣们都说他是‘早饭中午吃的人’。”

川端在这里遇到了松荣，她当时 19 岁，是个感受性丰富，充满好奇心的姑娘……她不知道自己被写进小说里，别人告诉她，她才知道。川端之所以守口如瓶，也许担心她态度改变打已经改建，原建筑的外观已经荡然无存。现在称为“高半旅馆”，但是川端住的“霞之间”保存了下来。我打听到与当时不同的地方，力图重现原貌。

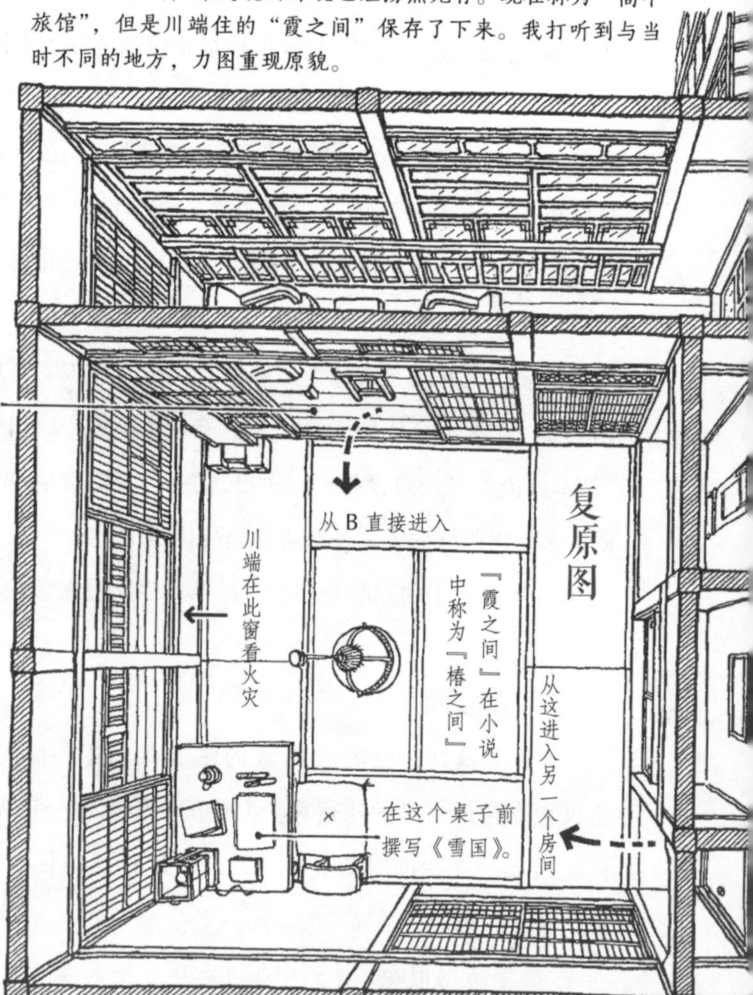
复原图
从B直接进入
川端在此窗看火灾
『霞之间』在小说中称为『椿之间』
从这进入另一个房间
在这个桌子前撰写《雪国》。

现在保存下来的『霞之间』，没有这幅图中所见的木板之间的阳台，拉门打开后突然变成了一面墙，让我大吃一惊。八帖的房间几乎原样保留下来，另一个房间与原样不同。

一般人从A进入这个房间，旅馆的人都是登楼梯从B进入。进门前一定要大喊“先生”，因为艺伎松荣这时要慌慌张张藏到另一个房间。高桥半左卫门说：“公开后，她就不躲躲藏藏的了。”这样的事与小说中“岛村”和“驹子”重叠，事实和虚构化一，甚至让人感到像作品中发生的事一样。《雪国》末尾一章中写的“蚕茧仓库失火”确有其事，发生在

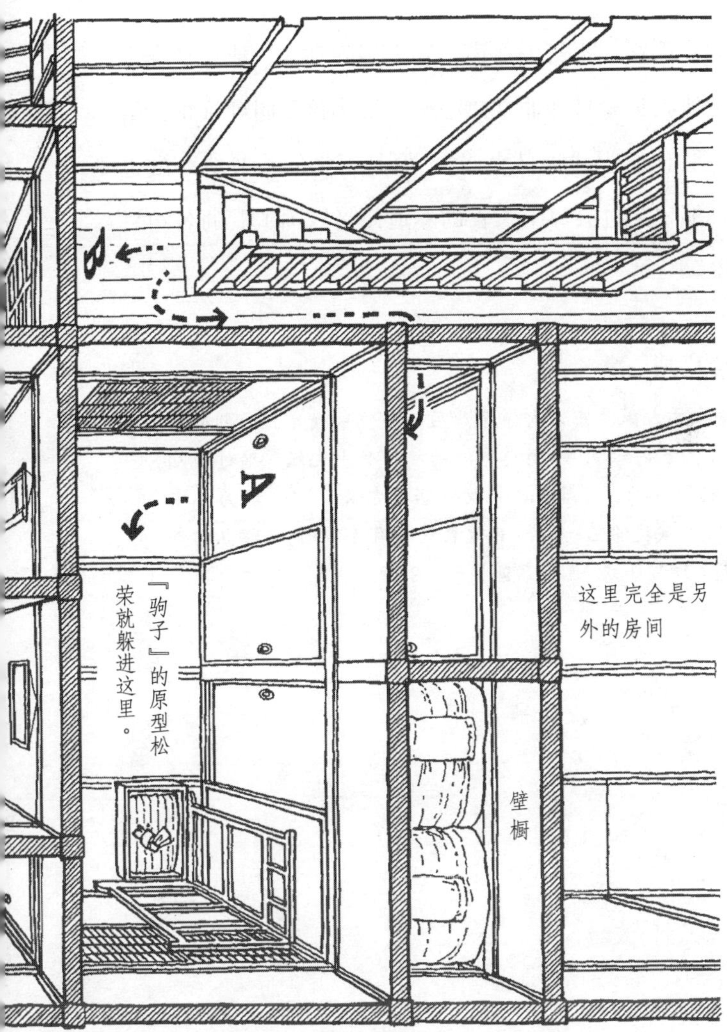

昭和十年十月二十二日七点左右，据说川端当时手扶窗框，探出身子，眼巴巴地张望。

川端康成自昭和九年秋天来这里，连续三年多次投宿，他一般是春秋两季来。当时越过三国山脉来到这里是另一个世界。昭和六年“清水隧道”开通，从东京来这里滑雪、洗温泉的人增多，冬天也异常热闹。川端似乎避开客人多的夏季和冬季，要见松荣，还是在她不忙的季节为好吧。

乱自己的创作思路。不管怎么说，别人不问到他，他总是寡言少语。可是他收集素材却非常热心……把小孩子叫到旅馆，给他们糖果，听他们唱“哄鸟小调”。但是下雪的季节他一次也没有来过，那“穿过县界上长长的隧道便是雪国了”的名句只是他的想象。

❖ 川端康成

1899 年生于大阪。东京大学毕业后，与作家横光利一创办同人杂志《文艺时代》，以新感觉派的旗手登上文坛。通过长期的文学创作活动，于 1968 年获得诺贝尔文学奖，成为日本获得此项文学奖的第一人。其代表作品有《雪国》《伊豆的舞女》《掌上短篇小说》《千只鹤》等，1972 年自杀身亡。

辻村寿三郎的偶人工房

工作间中播放着弗兰克·西纳特拉[①]的老歌。

“您就是这样一边听歌儿，一边做偶人吗？”我不禁开口问道。

我曾经想象他的形象——辻村寿三郎在略微昏暗的房间中，在他制作的偶人包围下，边听着日本古典音乐，边埋头制作偶人，完全是一片妖气缭绕的身姿。为什么会这样想呢？那是因为他本人和他所制作的“美丽而可怕的偶人”的形象相重合。

“偶人是面折射观看者自身的镜子”，这是我曾经听过的辻

① 弗兰克·西纳特拉（Frank Sinatra，1917— ），美国的演员、流行歌手，以洒脱的艺风和沙哑的声音而深受欢迎，在影片《从此到永远》中有出色表演，获奥斯卡男配角奖。

村的话。

如此这般的话，我大概有种被偶人看透那样的可怕心情了？反正我自幼就害怕偶人，如今仍为儿时听到的大人们之间悄悄说的“偶人身上是有人的灵魂的”话所束缚，而且无法从那种咒语的恐怖之中逃脱出来。辻村则完全相反，他六岁时就喜欢做偶人，并且一直做到今天。我对他这种给偶人灌注了人的魂灵的人，很自然地存有某种舞弄妖术的印象。

也许是弗兰克·西纳特拉的音乐毁坏了他的形象，这也使我稍感放心。

“你感到意外吗？我不怎么听日本的音乐，现在常听的是50年代美国的斯坦福流行音乐，最近常听托马斯·杜比的电子乐。此前是迈克尔·杰克逊一边倒的时代。”

“我猜想大概很多偶人摆在那儿，我是有备而来描绘的。”

“如果在自己做的偶人的重重包围中，就做不出下一个新的偶人了。既然做好了，就不放在旁边了。”

仔细想，也是这么个理儿。我自己也是一样，不在自己的房间中挂自己画的画。

即便听音乐，坂东玉三郎在歌舞伎和新派的休息室里听的都是钢琴协奏曲和歌剧，这些曲目未必都和他的工作密切相关。

尽管没有必要再一次感到吃惊，但是我之所以那么看辻村，还是缘于他自身所展现的妖怪般的气息。我虽然害怕偶人，但是他的偶人展览会和舞台表演，我几乎都看过。其理由是从一个个偶人身上，你能感到戏剧般的不可思议的魅力。

“喜欢戏剧，我不正是在戏剧界制作偶人吗？”

辻村嘴里说着，手上也不闲着，一直做着小偶人。我问他：“这样的偶人用于戏剧不是小了点吧？”

“这和舞台无关，只是消遣。也只有在忙的时候才抽空这么消遣，助理曾呵斥我，‘那种玩意儿退休以后再做吧’。”他如同淘气的小鬼一样笑了。

“那种偶人是谁求您做的吗？”

“不是，就是消遣……”

“这玩意儿，要卖的话，值多少钱？”

“不卖，一般都会送人。”

眼看着一个偶人就做好了，我真想要一个，可辻村嘴里并没有道出我的名字，也就是没说要送给我，只好等待这个机会的到来。

那个偶人只有18厘米高，可就连偶人指尖都表现得细腻传神。这要是消遣，也太了不得了。

“舞台使用的偶人，做一个需要多少天？”

“四天吧。编剧知道进度后说：‘四天能做出来的话，那就再做快点。’在其催促下，有点紧张……一上手四天不完成，实际上是做不出好的偶人的。”

出人意料，极尽精致的辻村偶人在那么短的时间里做成，这隔壁有间宽敞的工作间。舞台上用的偶人就是在那间大的工作间里制作的。

与我想象的房间不一样，但还是印证了辻村寿三郎的审美意识，是颇具风流的工作间。

抽屉里密密麻麻地摆放着古时女性的佩饰。用银或者

仓库的架子上放着很多制作偶人衣服用的小布块。

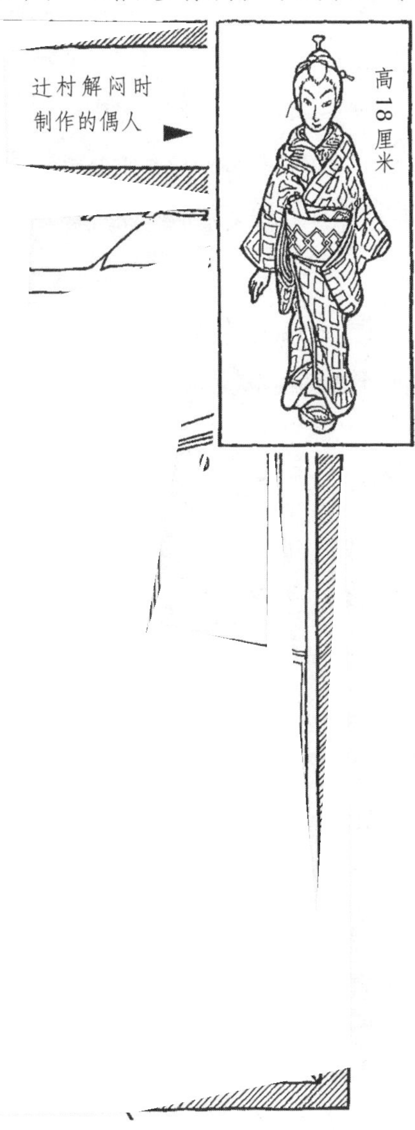

珑瑁制的小物件、簪子、笄、木梳排列整齐。

实在是难以想象的。

“一个偶人，如果耗费很长时间就厌烦了。其形象和其他的偶人重复，就做不成好的偶人，所以要一鼓作气。当然制作之前捕捉形象，是要踌躇几天的……如果再加上思索的日子，的确要花上几天工夫。”

我的确能理解他的感受，因为绘画也和做偶人道理是一样的。

“那么，做的时候，就不考虑偶人什么的啦？”

“对啦，头脑中想的完全是别的事。制作之前已经把偶人的形象考虑成熟，开始做只是手上的操作。所以听一些自己喜欢的背景音乐……”

“那样的话，给偶人

灌注魂灵又是怎么回事？”我认真地问道。

辻村听了笑道，“哪有……”

这次又和我想象的完全相反。他说，行家们在制作之中全神贯注，自始至终都在思考。实际上观看辻村操作丝毫没有感到妖术师般的气氛。做好的偶人在舞台上移来移去时妖气荡漾，那才是好的制作。

“NHK电视播放的木偶剧《新八犬传》是1973年拍的，《真田十勇士》是1975年拍的，两个剧都搞得很长，也把您累坏了吧。一共搞了多少个偶人？”

“每个剧都搞了三百多个以上。”

“观看后，感到了不起的是那些偶人嘴、眼都不动，也没有设面部表情变化的机关，但是却表达了丰富的木偶剧效果，在电视画面上的特写非常扣人心弦。稍微变化一下角度便呈现出完全不同的表情，实在逗人好玩儿。”

我问他今后的工作，他回答说要做“十日生剧场”2月公演的《恐怖时代》和3月在大阪公演的《蜷川・麦克白》的舞台服装设计，两个作品都是蜷川幸雄导演的。

反窥河童

想得开的人

◉ 辻村寿三郎

我做的偶人，以缱绻柔情“表达情感世界”的作品居多，因此我往往也被人们看成就是这种类型的人。正如河童在文章中所描绘的一样，我经常被想象成那种“妖气缭绕的氛围中的一尘不染的”人。其实，正因为我本质上是阳刚的，所以才会对比较柔弱的东西感兴趣，才一直在继续做偶人。

河童也和我有相似之处，不管是从事本职工作的舞台美术设计，还是画这种插图，他都能创造出非常纤细的世界，但是，他本人的性格完全相反，是个爽快麻利的人。

他虽然看上去像个“滑稽演员”，但本质上却是那种认真的“假滑稽演员”，正因为憧憬“滑稽演员”，所以才表现出那样一种言行。

人有“想得开的”和“想不开的”两种类型，河童不畏畏缩缩，是“想得开的”那种吧！然而，他也执著于某事。正因为执著，才能毅然决然地办好。如果不执著，也就不会毅然决然，那就只有畏畏缩缩了。

这样的我实际上想和河童做同类。正因为如此，我们虽然仅仅一起工作过一次，彼此却像老朋友一样，亲切无比。

❖ 辻村寿三郎

1933 年生于中国的东北，借与“前进座”剧团团长河原崎国太郎相识之机，开始制作歌舞伎的小道具，之后专门制作偶人。因电视木偶剧《新八犬传》《真田十勇士》的偶人制作而一举成名，现在活跃在舞台服装、导演、操弄木偶等领域。

前田外科医院的手术室

我讨厌手术。

大概没有人喜欢手术吧？只要一想，我就会贫血，感到不舒服，无法站立。话说得虽然有些夸张，但是，我对于流血和疼痛的确没有忍耐力。

所以，“外科的手术室”就是我最不愿意进、最讨厌的房间。一想到身体横躺在手术台上……然而，运气不佳时，也只好全部交给人家，一股劲儿地说“请您多关照了”。

“不是运气不佳，如果能用手术拯救的话，那就是运气很好啦！”

尽管我不得不来做一下订正。反正手术是可怕的，这没有道理可讲，是生理上的原因，我不那么想让人家摆弄。

讨厌手术的我，实际上曾经在手术台躺过一次，死心塌地把一切都交给了医生。那是一次痔疮手术，尔后 15 年一次也没有复发过，真是“谢天谢地”啦！

当时，就是前田外科医院的院长前田昭二大夫给我做的手术。他是昭和二年（1927 年）出生的，现年 57 岁，比我大 3 岁，我得叫他大哥。他喜欢体育运动，为一级滑雪运动员，高尔夫也打得不赖。最近他还出了一本叫作《高尔夫高手用这种大脑》的书，可是个名气很大的运动员。

听说我要去采访，他以为我要向他请教高尔夫哪！猴吃麻花——满拧。

“我可不打高尔夫呀！是想看看你的手术室啊！”我说。

“看手术室？万没想到！为啥？”

我讨厌手术早已传遍，尽人皆知。他怎么也不信。

“理由吗？是因为对‘痔疮’这样极普通的人类疾病感兴趣，可是为此疾病感到羞耻的人也不少。实际上三个人中就有一个得痔疮的，患病人数仅次于得龋齿的。所以要给患同样病的人提供信息，那你就让我瞧瞧你的手术室吧！”

前田医生以前曾告诉我，哺乳类中除人之外，其他动物都不得痔疮。他当年说的“痔疮只是人类疾病”那番话，至今仍深深地印在我的脑海中。

前田医生说：

“人从四肢着地爬行到站立行走之后，便开始在肛门周围发病，因为肛门距离心脏远，毛细血管最容易淤血。有一个人做了个实验，把兔子放在箱子中让其站立，观察兔子是否得痔疮，结果没有得，站了几个月，也没有得。人在婴儿阶段不得痔疮，能站立行走之后，就有可能得痔疮。所以痔疮是人类疾病。除了痔疮以外，癌啦、胃溃疡啦等疾病与其他动物完全一样。”

“能预防吗？”

“当然可以啦，要注意以下几点：

痔疮也叫血沉积症。这个词是从希腊语的 hemaroido 来的，就是‘血’和‘流’这两个单字的组合。‘痔’就如同这个字一样，是和血流相关的疾病。虽说都是肛门疾患，‘痔’又可分为三大类，一种叫肛裂，一种叫疣痔或痔核，还有完全不同的一种叫痔瘘……每种痔的发病原因各不相同。说到预防方法，第一要防止肛门周围的毛细血管淤血，为此应该避免长时间同一坐姿，如果避免不了，每隔一小时站起来，稍微走一走；第二要注意饮食，尽量多吃纤维质的食物。”

“也就是牛蒡、莲藕、菜叶等等吧……”

“说到纤维质，不必只考虑长纤维，薯类、谷物也是可以的。吃纤维质食物的意义在于使大便变软，防止便秘。最近社会上重新看待日本的饮食是件好事。此外不光注意进口的食物，也要注意排泄的方法。下蹲憋气使劲的姿势容易促成肛门周围的毛细血管淤血，特别要注意别在寒冷的地方排便，排便后的处理也很重要，也就是‘肛门卫生’。去手术室吗？正好我常想，为了不上手术台，应该稍微关心一下日常的健康。

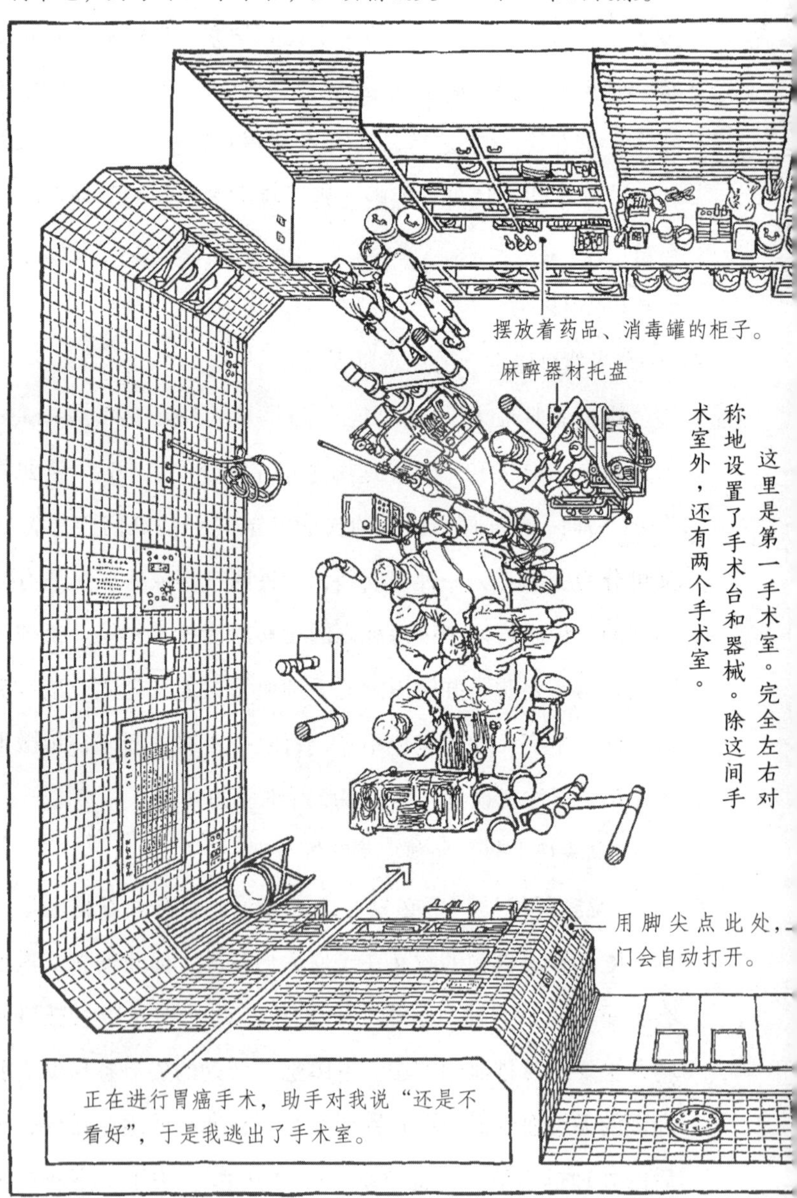

摆放着药品、消毒罐的柜子。
麻醉器材托盘
这里是第一手术室。完全左右对称地设置了手术台和器械。除这间手术室外，还有两个手术室。
用脚尖点此处，门会自动打开。
正在进行胃癌手术，助手对我说“还是不看好”，于是我逃出了手术室。

采访中果然我发生贫血症倒下，摄影和记录全都由我的助手完

对于曾经的痔疮手术，我至今仍心怀感激，很知足。

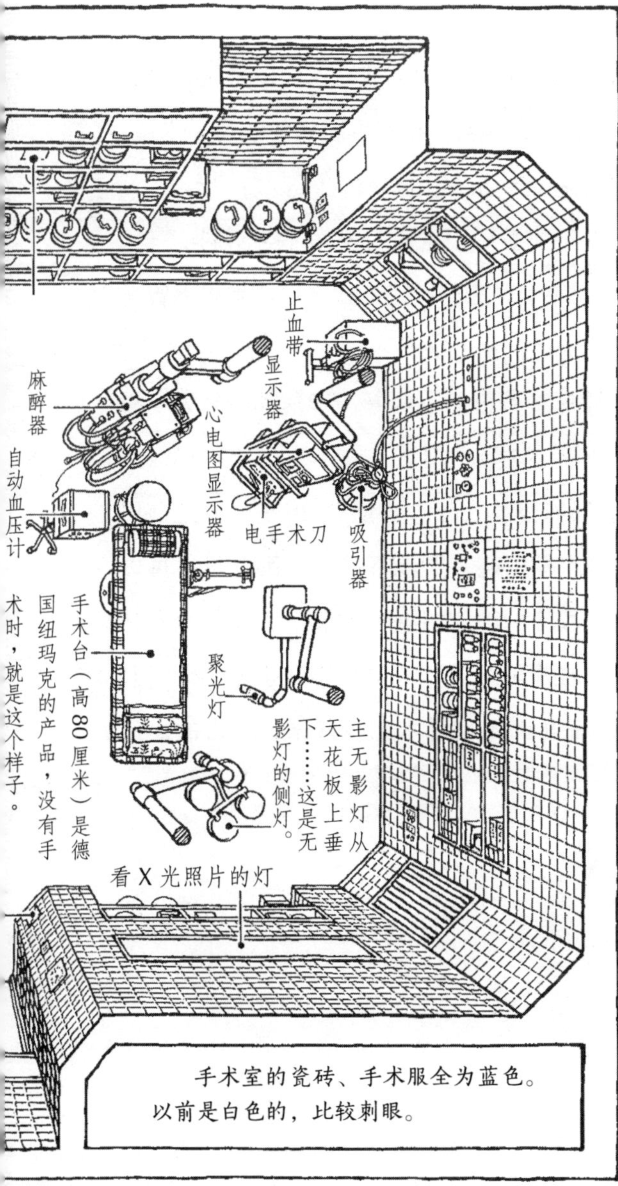

躺在旁边的沙发上，被陌生人嘲笑。

要开始手术了。”

虽然不是给我做手术，但是从早起我就感到不舒服，观看之前踌躇不安。在手术室前更换了和医生同样的蓝色手术服。患者已经被抬进了手术室里，正在实施麻醉。

这间手术室和15年前我做手术时的房间完全不同。三年前这里进行了改建，安装了全新的医疗器械。以前地板上曾有着各种各样的……

“地板上还是不要那些碍事的东西好，于是都吊到天花板上了，这也正是新手术室的独到之处。”

在这篇文章里，我有点拘泥于“痔疮”，但是你要把前田医院误解为治痔疮的专科医院，那就不妥了。医院里有可以做全身扫描的CT机、各种消化道用的内窥镜，设备齐全，是位于东京赤坂的著名的外科医院。听说每年做手术1200例，痔疮手术450例左右，与阑尾炎手术相较起来，所占的比例较高。

反窥河童

理解力较高的孩子

◉前田昭二

提到河童初次来我院的那种恐惧感，那真让人长见识。也可以说他是“对医疗行为的原始性、本能性的恐惧过多症”。根本没有什么躲躲藏藏，直接表现出紧张的样子，你根本不能把他看成大人。由于“痔疮”引发的出血，他极度贫血，面色苍白。告诉他除做手术之外，没有好的办法，他就“我害怕手术，我不做，我不做”地抱怨起来没完。

像他这种患者，我们医院还是第一次碰到。总算说服了他，进了手术室，结果又发生了一场骚动。当他知道麻醉下半身没有疼痛时，提出要看自己的手术情况，于是就扬起头，起身要看胯下。我们只能把他按下做了手术，我还是第一次遇见他这种手术当中发问的患者。在麻醉时他不听话，身体乱动，手术后曾为“站立性腰椎麻醉后头疼症”困扰了一阵儿。

时过境迁，现在轻松了。如今他转遍了医院，充满好奇地向护士提问，而且很有人缘。当时就非常好学，关于“痔疮”知识，应该比普通的学医的学生丰富得多吧。

河童一疼就大叫，但在医院里则是个传播快乐的特殊的患者，同时也是个好患者。之所以这么说，是因为他心地单纯，对什么都抱有朴素的疑问，而且不耻下问。毫无异议，他是个孩子。只要我好好解释，他就能理解，接着就能按照指示去做。他没有孩子特有的那种不讲理的任性。

就说他是个“理解力高，判断力强的孩子吧！”

自 1970 年起，河童便与手术室无缘。这是件好事。但我以为还是要量力而行，希望他能注意自己的健康。最好参加每年一度的体检。再补充一点，那就是最近新增加的定期内窥镜检查，它能够检查出早期难以发现的“大肠疾患”，而且现在这种检查一点都不疼。

❖ 前田昭二

1927 年生于东京。庆应大学医学系毕业后，赴欧洲留学。1968 年起担任前田外科医院院长。现在兼任名古屋保健卫生大学客座教授。被称为日本痔疮治疗第一人，还通过著书立说，普及医疗卫生知识。著作有《痔疮患者的心得本》《这样把痔一搞，就痛快了》等。

电影美术师村木与四郎的《乱》之城

直升飞机卷入乱气流中，机身上下左右猛烈摇晃。

“不要莽撞行事！”F 摄像几次叮嘱驾驶员。

乘惯直升飞机的人，遇此情况都会感到已经接近非常危险的状态，但是内心又觉得要求返航不合适。因为现在必须去看的是黑泽明导演的影片《乱》中出现的城池，它很快就要化为灰烬了。

自从听说在富士山麓的御殿场太郎坊搭建了《乱》的城池，就非常想一睹为快。然而总找不着机会。传闻影片马上要进入大火焚烧城池场面的拍摄，我就慌了神。后来又听说要等天气，拍摄推迟了四天，这样一来制片人的不走运变成了我的好运，在毁城之前看还来得及，因此现在万万不能返航再来。

早晨八点直升飞机从羽田机场起飞，向富士山麓进发，目标就是搜寻《乱》之城。御殿场比想象的大得多，城在哪里?《乱》之城总也不进入我们晃动的视野，飞了半天，总算发现了。

“在那儿，一定是！”

“好像是呀，在挺高的地方搭建的！”

我都傻了，把材料从那样的斜坡运上去可不容易。

靠近一看，规模之大，令人赞叹！四周环绕着有城门的屏障，中央搭建了主城。听说是建在天正五年（1577年）战国时代的末期，古城的雄姿魁伟高大。

在宽大的外景地上能看见人影晃动，但没有拍摄的迹象，我顿时感到“太好了！”一般应该去见导演，对其拍摄的作品进行采访，但这次除不想妨碍其拍摄之外，我还有个从电影美术方面来介绍电影拍摄方法的意图。所以在开拍之前，老早乘直升机飞来，想仔细瞧一瞧美术布景。

我请求让直升机下降到150米，在《乱》之城的上空盘旋，这个城搭建在海拔1300米的地方。从羽田机场起飞的直升飞机飞了一小时二十分钟后，又重新着陆，是一次安全的飞行。

几天后，我拜访了这部电影的美术设计师村木与四郎，就电影美术的方方面面向他请教。村木自1947年担当《醉鬼天使》的美术师以来，担当的几乎都是黑泽明影片的美术师，到《乱》已经是第18部了。黑泽明以凝练的手法而闻名，村木的美术设计也与之相应，努力让其设计的画面栩栩如生。但不是所有的地方都使用真的东西，做得让人看起来像真的也正是电影的趣味之所在。《乱》之城成了漂亮的实物。

耗费了四亿日元搭建起来的精益求精的“城”，在我从空中窥视后的第二天就被熊熊大火焚毁。鸿篇巨制的影片《乱》在六月公映。

影片《乱》中的城是靠三个城拍摄的。“一之城”为姬路城，“二之城”为熊本拍摄，“三之城”为在御殿场人工搭建的城。其全貌就是图正中这个城。这个城燃烧的场面在影片《乱》中成为高潮。
←5 号哨卡
马奔跑的场面扬起的尘土，每拍一个镜头要在地面上撒 60 袋灰才能产生效果。
“一之城”（拍不到的部分没有搭建）
“挡马栅”（防止敌人的马直接攻入的栅栏）
西门
←马厩
拴马桩 →
板墙里边有士兵奔跑
用来扑灭燃烧大火场面的水，是用塑料布制造的三个游泳池，接存天上的雨水。
西边角楼
1 号哨卡 →
为了制造黑烟，燃烧了旧的轮胎。此外还使用能制造出黑、灰、白等不同颜色烟雾的烟雾罐。一次拍摄得用五十罐左右，大的罐两分钟就燃烧完。据说这个地区风大，烟雾不好控制，因风向的关系有时要重拍。当地的大雾，和从地面上升起的水蒸气等都被摄入镜头中，达到了比较好的画面效果。
黑泽明导演避开晴天，专找阴天拍摄，常等候理想的天气。为准备拍摄，摄像机不工作的日子相当多。拍电影也“就是等待”。

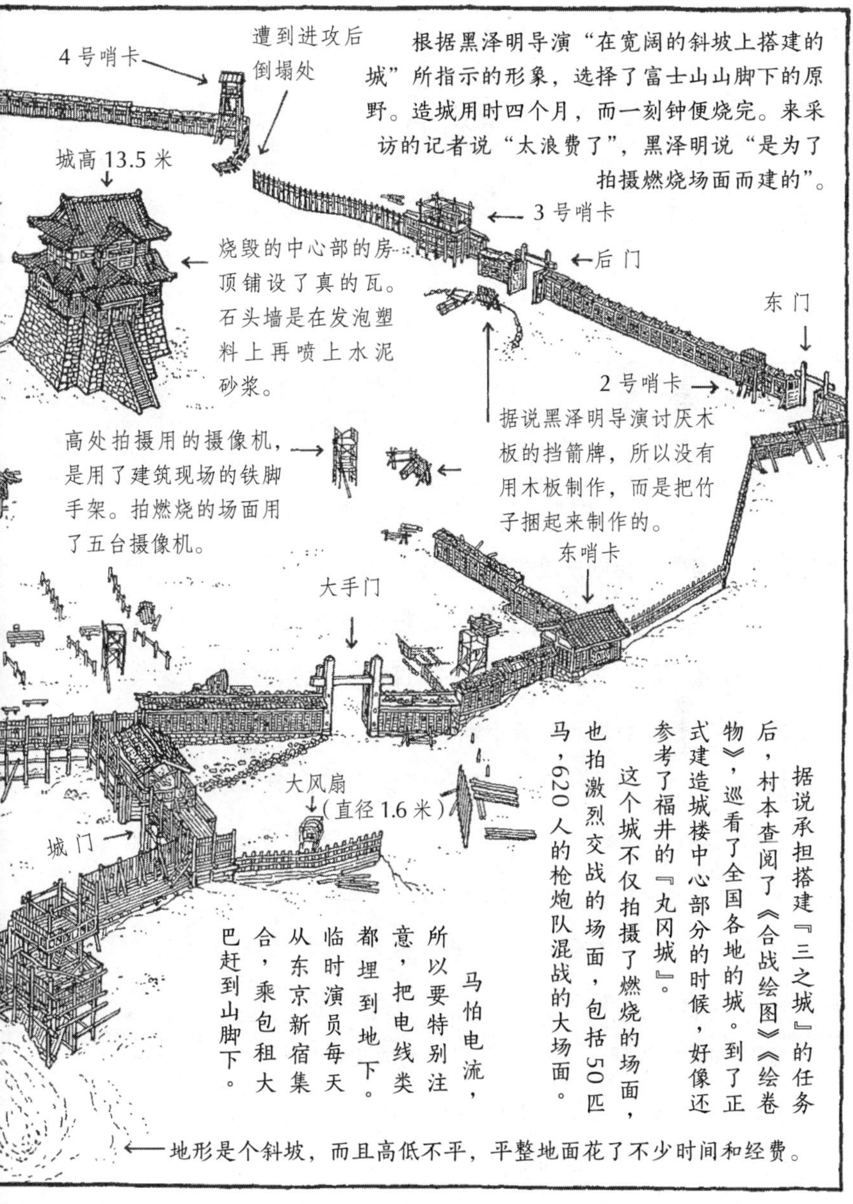
根据黑泽明导演“在宽阔的斜坡上搭建的城”所指示的形象，选择了富士山山脚下的原野。造城用时四个月，而一刻钟便烧完。来采访的记者说“太浪费了”，黑泽明说“是为了拍摄燃烧场面而建的”。
4号哨卡
遭到进攻后倒塌处
城高13.5米
3号哨卡
后门
烧毁的中心部的房顶铺设了真的瓦。石头墙是在发泡塑料上再喷上水泥砂浆。
东门
2号哨卡
据说黑泽明导演讨厌木板的挡箭牌，所以没有用木板制作，而是把竹子捆起来制作的。
高处拍摄用的摄像机，是用了建筑现场的铁脚手架。拍燃烧的场面用了五台摄像机。
东哨卡
大手门
据说承担搭建『三之城』的任务后，村本查阅了《合战绘图》《绘卷物》，巡看了全国各地的城。到了正式建造城楼中心部分的时候，好像还参考了福井的『丸冈城』。
这个城不仅拍摄了燃烧的场面，也拍激烈交战的场面，包括50匹马，620人的枪炮队混战的大场面。
大风扇（直径1.6米）
城门
马怕电流，所以要特别注意，把电线类都埋到地下。临时演员每天从东京新宿集合，乘包租大巴赶到山脚下。
地形是个斜坡，而且高低不平，平整地面花了不少时间和经费。

反窥河童

真正的写实主义

◉村木与四郎

看到《乱》的一套俯视图，我强烈感觉到与照片的不同。如果从相同高度、相同角度去拍摄的话，大概也能办得到。但是插图那样的亲切和氛围，你看照片是很难感觉到的。照片很无聊，仅仅是留下的记录，仅仅是原样的翻版，比如塑料布上沾着的水，总觉得被不舒服地拍摄下来。

然而，河童的这幅插图，可以说最大限度地加进了“技法”。不仅在敞开的两页大的空间中描绘下了一套图画，而且还出色地配上了文字说明，使其构成完整的一体。

这可以被称为“构图能力”，即不是所谓的“伪写实主义”，此点正是他的得意之处。

电影的剪接实际上是同一回事。画面构成冗长无聊的东西，再怎么和实物相同，也都是电影美术的失败。身为舞台美术行家的河童的确在这点上颇得灵犀。

当然，他追求写实主义，又不落“伪写实主义”的俗套，完全考虑到观赏者的视角。河童不愧是舞台美术的行家。

❖ 村木与四郎

1924 年生于东京。第二次世界大战后，入东宝电影制片厂美术部。1970 年有一度自由人时期，前前后后共从事电影美术四十年。他担当美术设计的电影有《保镖》《蜘蛛巢城》《天堂和地狱》《乱》等，以黑泽明的作品居多。

多面手和田诚的创作室

提起“多才多艺”一词，我立即会想到“和田诚”。

他的本职是印刷美术设计师、插图画家，不知道此外的工作与他的本职工作是处于怎样一种关系了。

这点从他最近担当《麻将放浪记》的电影导演一职即可明白。一个参加了这部电影拍摄的演员可以作证，“让人感到和田是不是以前一直就干电影导演的呢？”

对于电影本身，很多看过影片的人都连称不错。

有人说：“在和田的职业中，要加上电影导演一项。”

他本人却持否定态度：“只能算干过电影导演。”

不管怎么说，他不论干什么，都直逼那个行当的专家，这点实在太了不起了。

他的设计事务所与其说是一种画室的感觉，莫如说是各种各样的人出入的车间，说它是“广告创作室”更正确。

“并非铺张的房间，哎，各种人都来，是普通的工作间。”和田这样说道。

我顺便列数了一下所能想到的他染指过的工作：

电影导演、编剧、小说、小小说、童话、随笔、报告文学、相声、采访、翻译、作词、作曲、唱片制作、舞台策划、话剧导演、舞台美术、陶艺、摄影、漫画、动画，此外还有本职的平面设计和插图，加在一起有21种之多。而且这些他都能轻松搞定。他本人根本没有与时俱进的意识，但是从他那些工作中总能看到这个时代的“现在”。比较了解他的人说：

“和田诚是太空人，你不这样想，就会担心自己的脑袋出了问题，难免让自卑感折磨自己。”

我想窥视一下他的工作间，这样或许能发现其秘密的端倪，于是来造访他。

其实并非第一次来他的工作间，只是以前都没有仔细观察，重新再看，有着第一次访问一样的新鲜感。

“你准备就这样画吗？脏的地方别画了，求你了！”他的助手恳求我说。

“不如实地画就没劲了，读者也不快活呀！”和田笑着说道。

和田若无其事的话语让我感到了他的本色，倍感快活。

我想他对其“工作间”被人窥视、被人描绘是颇感兴趣的。他的那种使读者一起欢乐的精神，与他在工作中感到的愉提到画插图的工作，人们都能想象出画家面对桌子，一心一意执笔绘画的身姿。实际上和田除绘画之外，还有很多工作。我想到了他搞图案设计、和印刷厂的人搞广告招贴画的调色、与来访的编辑洽谈非常忙，但他还抽空协助了我的采访。

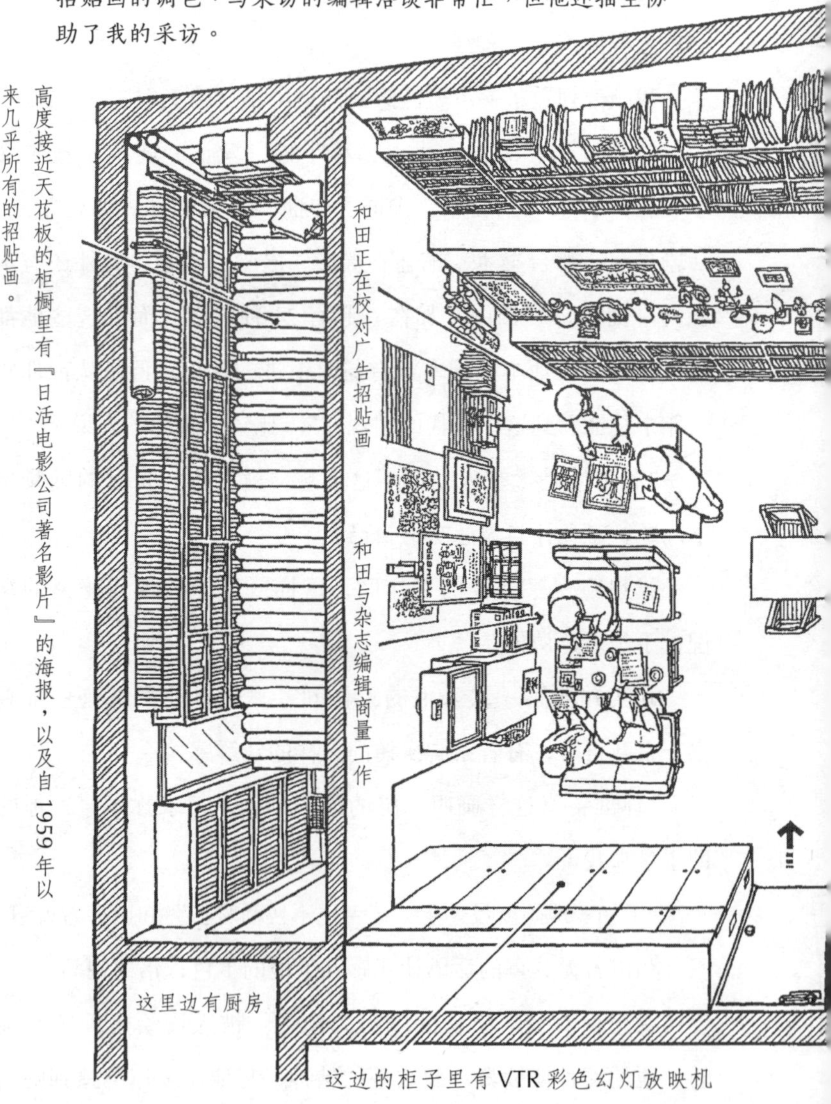

高度接近天花板的柜橱里有『日活电影公司著名影片』的海报，以及自1959年以来几乎所有的招贴画。

和田正在校对广告招贴画

和田与杂志编辑商量工作

这里边有厨房

这边的柜子里有VTR彩色幻灯放映机

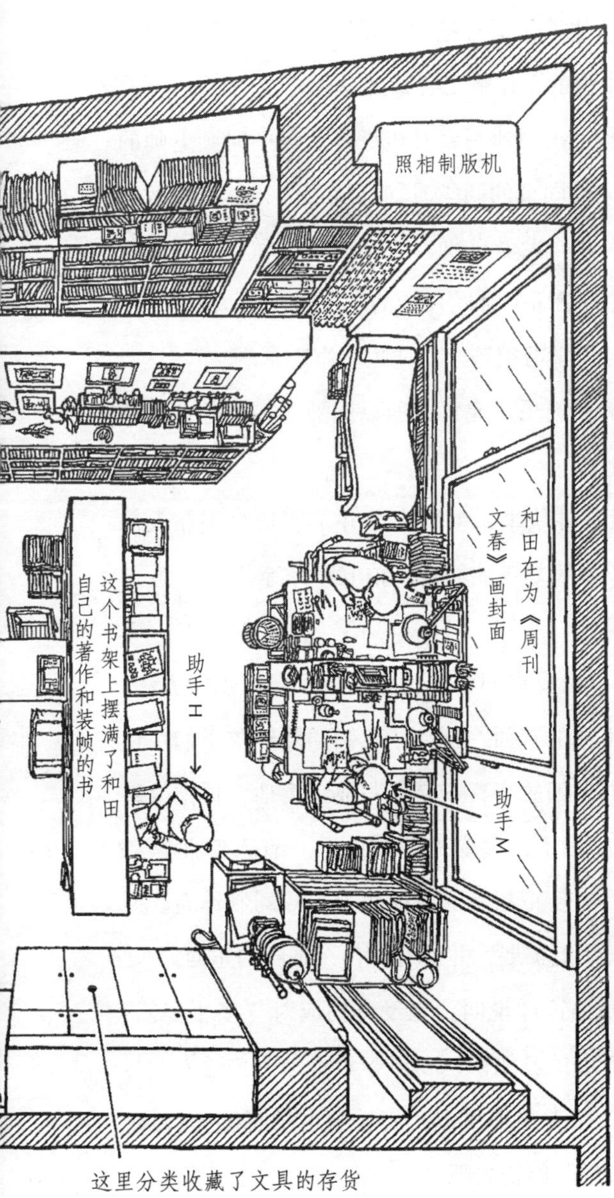
照相制版机
和田在为《周刊文春》画封面
这个书架上摆满了和田自己的著作和装帧的书
助手I
助手M
这里分类收藏了文具的存货

悦的要素是同质的。他不是那种把“玩乐”和“工作”分得一清二楚的人，毋宁说他的工作将二者归为一体。

他现在开始搞起了头像速写，其机缘是从高中时画老师的头像开始的。他画完给同桌的同学看，好玩可笑，继而在教室里传来传去，笑声一片，大受欢迎。

“细想起来，似乎是那个时候开始的。那玩闹让大家快活，自己也快活。孩提时代学习很苦，玩耍也废寝忘食啊！”

和田诚工作中的“娱乐”元素之所以强烈，多半是在这种背景下焕发出来的吧。

“让别人高兴虽是件快事，但因自己并不擅长直接在人前表演，所以才写相声、策划表演舞台、拍电影等等。”

他接着又说：

“什么多才多艺，没有那回事。我是采取顺藤摸瓜的方法，并没有搞什么异质不同的东西。比如：我画插图让孩子们快快乐乐，就又想在画面上编故事，于是就写成了童话，再把故事弄成韵文，就想谱上曲子，演变为能唱的歌。有人对此感兴趣，就商量做成唱片，反正都是做，就成了唱片的制作人。所以都是在绘画的延长线上扩展，并没有做什么不同的东西。”

原来如此。即便他这样说明，也没有构成对“多才多艺”的否定。但是，我不想反驳他了，和田毕竟不是个普通人。尽管如此，从他那多项超人的工作中我们丝毫也没有感到厌烦，这都是源自“让人快乐”的初衷吧。

反窥河童
我装出一边工作的样子

◉和田诚

河童说想看看我的工作间，我以为我的工作间并不值得一看，但是让窥视名手河童来看，我却感到很荣幸。我的工作间被幸运选中，也就高高兴兴地请他来看了。

从我的角度来讲，这不也满足了我想窥视一下一直在窥视他人的河童的好奇心吗？我多少了解一点河童的强烈好奇心，对他那想窥视就不能不窥视的积极进取的精神也想有所了解，但是对于他实际上是怎么窥视，如何来描绘那俯视图，我则根本一无所知。

到了约定日，河童带着同是舞台美术师的助手越野幸荣来到我的创作室，立即着手工作。河童取出卷尺，丈量、记录，助手从各种不同的角度拍摄了照片，我一边装着工作的样子，一边窥视河童。河童虽然说“对不起在忙中打扰”，但还是要求我“在那儿站一下”、“坐在那儿别动”什么的，提出各种问题，工作麻利，然后像风一样地走了。

几天后，我看到了完成图，虽然对河童的工作细致有所了解，可还是惊叹不已。对那些只有我一个人才知道的细节报之一笑，在这种地方有这样的东西吗？好像发现别人的事儿似的。

❖ 和田诚

1936 年生，在多摩美术大学学习时，以电影海报获得日本第七届宣传美术会奖。在设计、插图领域里展现出独特的技能，并且非常活跃。同时在写随笔、作曲、导演电影等各个方面也都推出了优秀的作品。

搞笑专家横泽彪的『机关』城

某杂志以年轻的女性为对象，进行了问卷调查，

“如果去东京你想到哪个地方看看？”

在为数众多的回答中，“新宿阿尔塔”名列前茅。

如果对年轻人说：

“举出一个你所知道的电视制片人的名字。”

大概毫无疑义地回答说：

“富士电视台的横泽彪。”

现在播放中的《笑笑好》节目和以前的《该你笑了》节目都是出自制片人横泽彪之手。

《该你笑了》节目开始播放于1980年10月，同年5月“阿尔塔”大厦建成。刚开放之时没今天这么嘈杂混乱。年轻人蜂拥而至，“阿尔塔”大厦闻名全国，都是横泽彪在这座大厦中的摄影棚里制作的节目播出后才实现的。

也许有人认为“电视每天广播，摄影棚又在新宿电车站东口，能够名声大噪也是理所当然的。”每天搞的电视节目个个都火，那就不需要制片人了。不论哪个电视台都想制作人气高的节目，需要能制作出这样电视节目的制片人。那种需要之迫切程度，不论在哪个行业都毫无二致，不过首先必须制造出畅销的产品才行。

然而畅销不畅销，不亲手做做那是不知道的。就连《该你笑了》节目开播时，电视台里的人还说“现在该你笑吗？”之类的风凉话。《笑笑好》节目起用了主持人田森[①]，电视界的行家们都横挑鼻子竖挑眼。什么“田森是深夜的面孔，起用他搞中午的节目，横泽也太沾沾自喜了”啦，什么“这次他办不到，肯定得砸”啦，持这样意见的可大有人在。然而，专家的预见都落空了。

横泽为什么能预测年轻人的行动呢？我想问问他，于是就到东京新名胜“新宿阿尔塔”造访了横泽制片人。

“听说你每天都来这里？”

“是啊！青年人的反应不看可不行啊，那就看不到下一步。只有向青年人求教，搞笑点才能变化下去，因此当感到有些不同时立即进行微调。我无所事事就砸锅了。看时装的变化，也

---

① 田森为艺名，原名森田一义，1945 年生于福冈市。早稻田大学中途退学，现为电视节目主持人。

能明白一二。”

听他这么一说，我又重新审视了一下来参加节目的年轻人，问道：

“和去年特别不同的地方在哪儿？”

“穿高筒靴的女孩，一个都没有吧？去年可很多啰。”

原来如此！原来是这么积累的啊！然后在此之上还有他那充满灵性的智慧以及久经磨练的直觉吧！

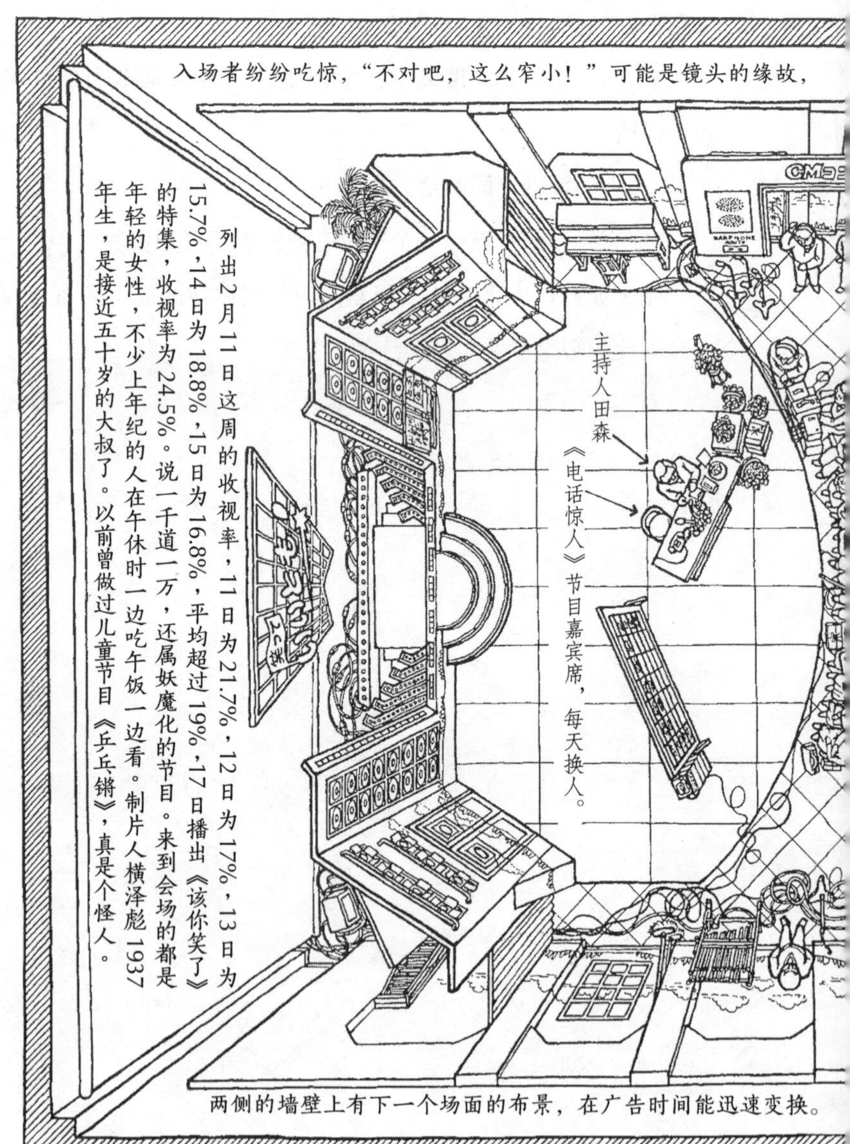
入场者纷纷吃惊，“不对吧，这么窄小！”可能是镜头的缘故，
列出2月11日这周的收视率，11日为21.7%，12日为17%，13日为15.7%，14日为18.8%，15日为16.8%，平均超过19%，17日播出《该你笑了》的特集，收视率为24.5%。说一千道一万，还属妖魔化的节目。来到会场的都是年轻的女性，不少上年纪的人在午休时一边吃午饭一边看。制片人横泽彪1937年生，是接近五十岁的大叔了。以前曾做过儿童节目《乒乓锵》，真是个怪人。
主持人田森
《电话惊人》节目嘉宾席，每天换人。
CM
两侧的墙壁上有下一个场面的布景，在广告时间能迅速变换。

当问到“看过别的电视节目吗？”很多人回答说看过《俺是滑稽一族》，这也是横泽彪作为制片人制作的节目。有位女性说：“常看新闻节目……但不希望用电视节目说教。”

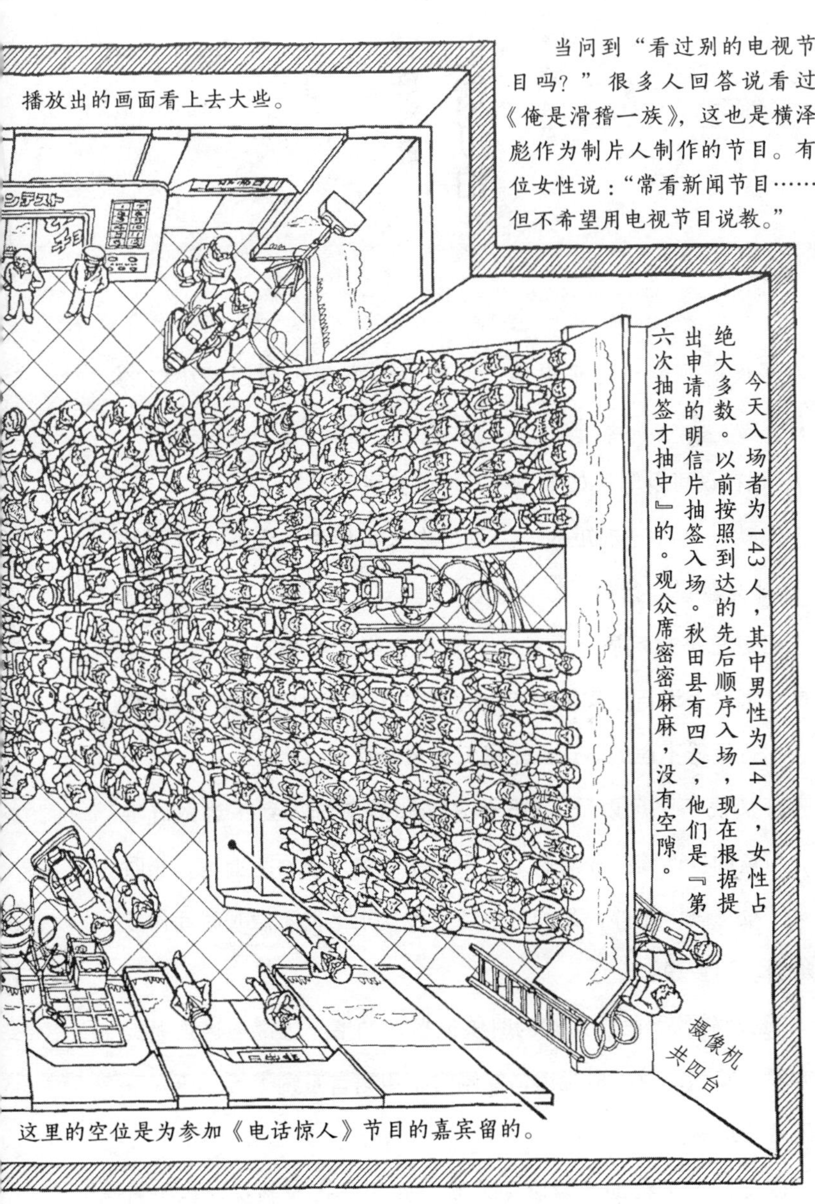

播放出的画面看上去大些。
今天入场者为143人，其中男性为14人，女性占绝大多数。以前按照到达的先后顺序入场，现在根据提出申请的明信片抽签入场。秋田县有四人，他们是『第六次抽签才抽中』的。观众席密密麻麻，没有空隙。
摄像机共四台
这里的空位是为参加《电话惊人》节目的嘉宾留的。

反窥河童

电话可怕

◉横泽彪

深夜，河童一打来电话，你就得做好最少要说一小时的准备。

“现在说可以吗？如果为难，你就直说。”

他就是这种守规矩的人。可是你又不能说“现在正好刚躺下”，于是就说“行啊，好久没聊了”。

河童总是靠实质活着的人，对他来说客套是行不通的。也就是“客套上说行，实际上有点为难”这种弯弯绕要让河童觉察了，那可是行不通的。这点正是河童最棒之处。

既然说了“可以”，就把七星烟和烟灰缸拉到手边做好准备。河童的电话筒挂在肩膀上，不用手来拿，他右手握笔，长时间毫不歇息画个不停，又能打电话，我这里不得不做长时间作战的准备。河童说：

“画琐碎的图画，无聊的时候很多，如果一边说一边画能提高效率，写稿子时不能说话，绘画时不用语言系统思维，语言系统闲置不用啊。”

因此，为了帮助河童驱逐无聊，即使深夜被骚扰，也不得不陪伴他。我的情况更特别，河童曾是我在富士电视台的前辈，我就更不能冒犯他了。所以帮助他描绘“窥视工作间”系列细微部分，虽然是间接的，但还是帮他不少忙。

“哎，河童曾是富士电视台的员工？”有人为此感到吃惊，这也不难理解。到六年前辞职为止的20年里，他是完全的自由主义人士，让你怀疑他当真是员工。河童是舞台美术师，对影像也非常感兴趣，参加了富士电视台的开班。所以他对职员的未来毫无兴趣，反正像自由人一样做外边的舞台设计工作、出书、参加市民的政治性活动，完全和现在一样是个大忙人。

而且他还担当员工工会的副主席，在那个时期我是执行委员，负责工会的小报，河童总是告诫我说：

“工会的小报必须易读、易懂、有趣才行。”

就是因为他，有好几次我都不得已通宵修改稿件。

我仅有一点睡眠不足的毛病，与河童一交往，这病情更恶化。河童是通宵达旦也满不在乎的那种硬汉，实在可怕！

❖ 横泽彪

1937年生于群马县。1962年入富士电视台工作。作为制片人在《这是相声》的节目中夺得了搞笑风潮中的先声。1980年起，以《该你笑了》为开端，把《俺是滑稽一族》《笑笑好》等一系列节目奉献给观众。

演员岸田今日子的播音间

“暴风雪越来越猛烈，摇动着那古老的小屋。”

……狂风怒吼，啪的一声，房门被打开。

“门口呼呼吹进的风雪中，伫立着一个美丽的少女。巳之吉想放声大叫，但是他叫不出声，身体仿佛被什么捆绑起来一动也不能动。”

（低声细语）“谁，是谁呀……”

……（音乐）……

这是在TBS电台的录音棚，《雪女》节目的彩排已经开始了，透过录音棚的玻璃窗，我向岸田今日子招手致意。

前几天读过岸田今日子的随笔集《开始拼凑》，于是想听听她的声音。她所写的文章，放声朗读时的旋律和呼吸的间隙，都变成了被吟唱的句点和逗点。句子比较短，完全是以朗读为职业的那种人的文体。

突然想见到她，就打电话问道：

“最近有广播方面的工作吗？”

“有啊！明后天就有，是无线图书馆的节目，朗读小泉八云的《怪谈》，我的搭档是草野大悟。”

“我到录音棚去采访，能顺便见见您吗？”

“好吧！”

于是我就来了。

对于如此珍视语言的她来说，与其搞电视剧，真不如搞无线电广播更合适。

“是啊！我更喜欢无线电广播。”

我接着就问她喜欢无线电广播的什么地方，她这样说：

“人们都说我没有生活感，电视所要求的是日常性，我正缺乏此点，做女演员就困难。然而，无线电是从日常性飞腾起来的世界，在黑暗里什么都能创造，即自己什么都能扮演，比如，能扮演风和云，也能扮演大象和螃蟹的幼儿，听众能以自己感觉到的形象来接受，是扮演了‘帮凶’的角色呀，这是和电视不同的，也正是无线电广播的绝妙之处。”

电视与无线电在用电波做媒介来进行广播这方面都是一样的。但是，二者又截然不同，那是明与暗的差别，录音棚没有摄影棚那种唧唧喳喳，既没有逼近的相机，也没有照明的灯光，只有立着的一只麦克风，辅助人员很少，大体上两个人就够了。

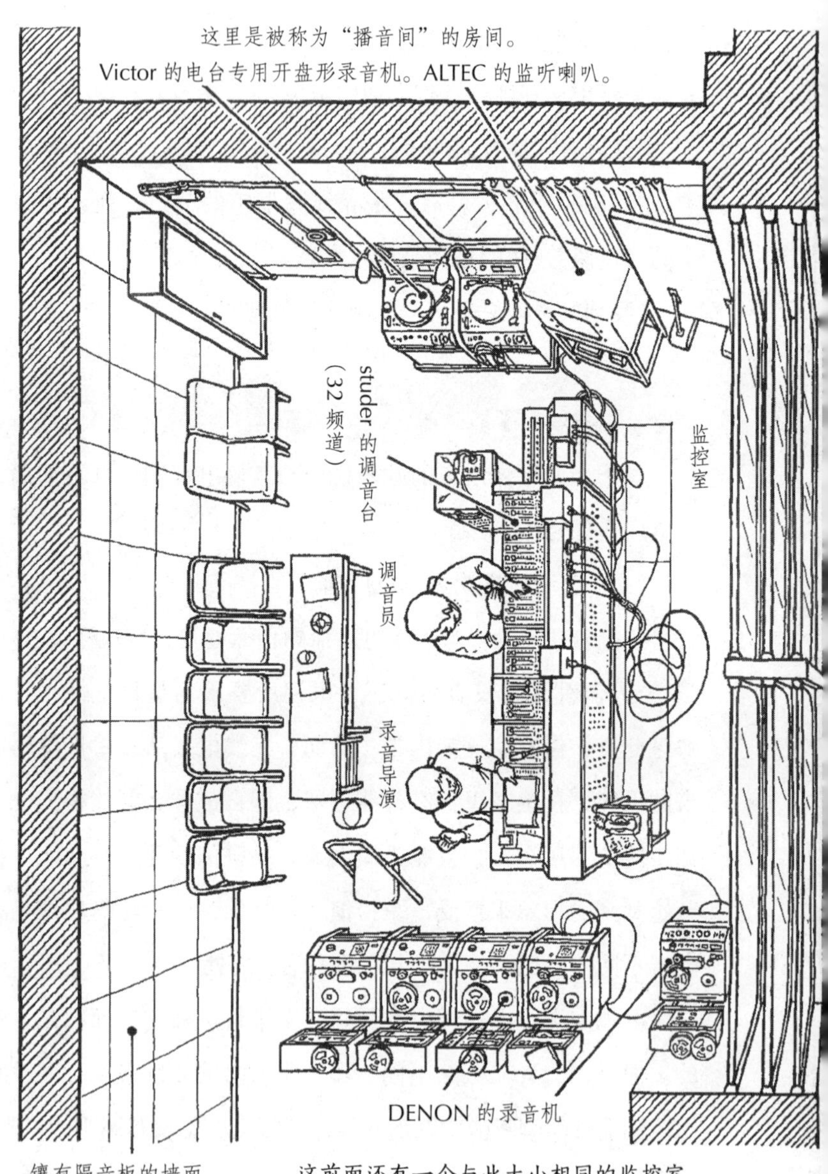
这里是被称为“播音间”的房间。
Victor 的电台专用开盘形录音机。ALTEC 的监听喇叭。
studer 的调音台
（32 频道）
调音员
录音导演
监控室
DENON 的录音机
镶有隔音板的墙面
这前面还有一个与此大小相同的监控室

TBS 无线电台的第一录音棚，能给交响乐团录音那么宽敞的地方，这里将其用“隔音屏风”隔开，变成小录音间，根据制作节目导演的要求，调音员进行了音响设计，制造出声音空间。为此根据录音作品的要求，“隔音屏风”的摆法和使用方法也是千变万化的。

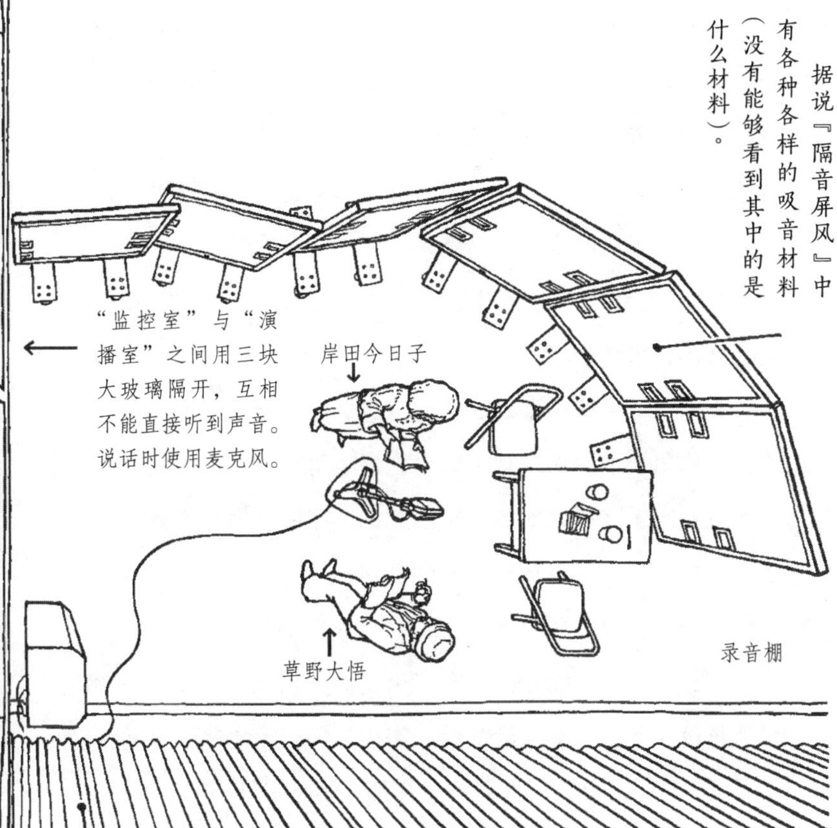

据说『隔音屏风』中有各种各样的吸音材料（没有能够看到其中的是什么材料）。
“监控室”与“演播室”之间用三块大玻璃隔开，互相不能直接听到声音。说话时使用麦克风。
岸田今日子
草野大悟
录音棚

打开帘幕，前面比此高一阶的楼面是更大的录音棚。

与电视相比，无线电广播是密室操作，有手工的感觉，仅靠声响和读音创造出的那种世界，听众如果捕捉不到，其声音形象就难以见效。幼儿能看电视，但不能听无线电广播。所以她使用了“听众是和她一起制作播音节目的‘帮凶’”的表达。

录音棚中的大雪化为更加猛烈的暴风雪，透过玻璃窗，看见扮演叙事者和雪女的岸田今日子和扮演巳之吉的草野大悟两个人站立在纷飞的大雪中，感到严寒的草野大悟忽而靠近麦克风，忽而离开麦克风，着意利用距离和感情变化声音。岸田今日子从叙事者转换为雪女，声音和语调立即也随之转变，她是行家里手，当然做得天衣无缝……

“我是无线电广播培育起来、训练出来的。至今我对无线电仍满怀感激之情。”

我觉得似乎明白了她所说的意思。在戏剧的世界中年轻时总得不到角色演，偶尔登上舞台台词也很少。可是无线电广播工作就不同了，可以朗诵大量的台词，能够扮演在舞台上演不了的主角，甚至可以从男人演到动物，遇到由一个人扮演各种各样出场角色的大好机会。

“谢天谢地！无线电广播完全是另一种舞台，魅力无穷。我把我扮演的人物奉献给听众，实在是快乐无比。这也是我喜欢无线电广播之处，描绘各种各样的人不是很好吗？”

“现在，听无线电广播！”这样说的青年之所以很多，也许正在于此吧！

反窥河童

喜欢误会

◉ 岸田今日子

三年前第一次和河童交谈时，我对河童说："下次去印度，请把我带上！"

虽然可以说我们是在同一个行业工作，然而到目前为止我作为演员，他作为舞台美术师，还没有合作过一次。我们互相之间总是遥遥相望，点头致意而已。正好我有了想去印度的心思时，又读了他的《河童窥视印度》一书，就把自己想去印度的心思当作平常事脱口说出。他是个充满好奇心的人啊，在这种想法奇特、拼命做事的人身旁，呆呆地看印度的感觉也会是很爽的。

河童没有这种想法，他有点慌了神，好像是说过"和我一起去，那可够受的"之类的话。

偶尔也有人领我前往，在我同吉行和子母女俩去过印度旅行之后，我遇见了河童，他问我："那你和小姐们一起去过了？"这使河童把初次见面就和人相约去旅行的我，看成"可怕的女人"这一事实暴露了。

河童对这样的误会满不在乎，完全像一个青年人。我喜欢这样的河童，那个误会就那么误会着吧！

❖ 岸田今日子

生于东京。自由学园高等科毕业后加入剧团文学座。以后分别所属《云》《圆》剧团，以演员、朗读者的身份活跃在戏剧、影视、广播的舞台上。她有《说给孩子听和没说给孩子听的故事》《开始拼凑》等多种作品问世。

时装设计师三宅一生的创作室

我想窥视三宅一生在六本木的工作间，但听说他正准备去巴黎举办时装发布会，并且已经进入冲刺阶段，这让我又有些踌躇了。

在这种情况下，人家不给你看工作间和发布之前的作品是理所当然的，尤其会拒绝时装发布会前对创作室的采访。

就连我自己在思考舞台设计很忙的时候，也要拒绝前来采访的要求。不管你兴趣有多大，也该有个节制才是。所以，我明明知道这些，还要张口说“让我窥视一下吧”，这是极其矛盾的。然而，读者之中必定有很多人也想知道吧，于是又编了些只顾自己方便的理由，就试着问三宅一生：

“如果不方便，请您直言不讳地说‘不’，我不会因您拒绝我而说您小气。”

听说这个房间平时什么也没有，空荡荡的。墙上、桌子上似乎给人简单、毫无生机的感觉。今天因有时装发布会所用的作品，因而变成这个样子，焕然一新。

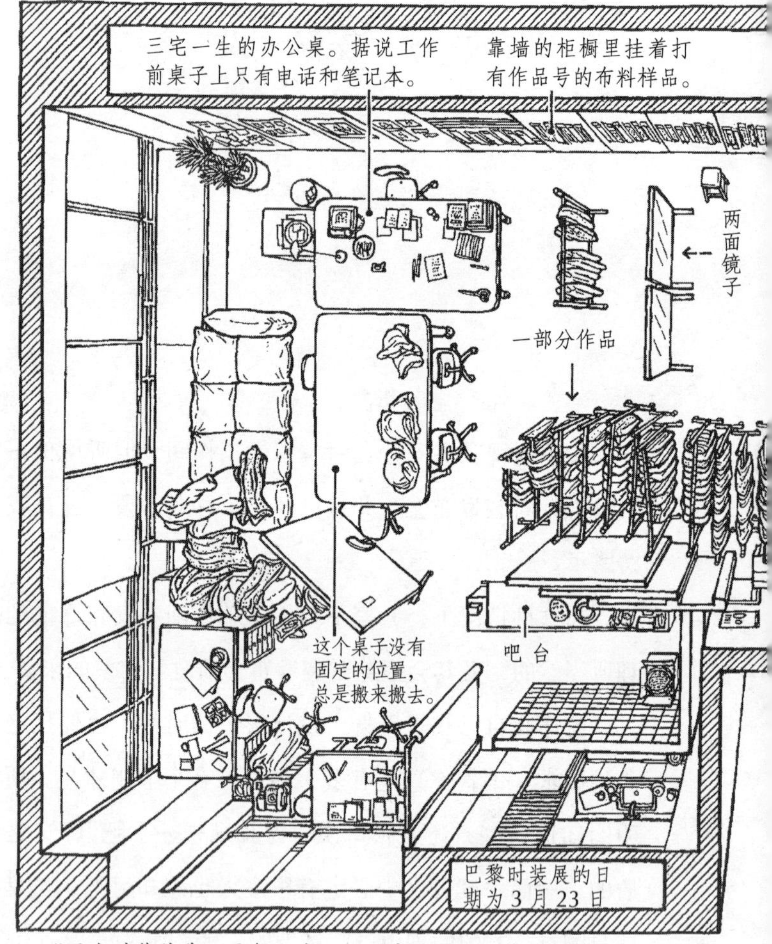

三宅一生的办公桌。据说工作前桌子上只有电话和笔记本。
靠墙的柜橱里挂着打有作品号的布料样品。
两面镜子
一部分作品
这个桌子没有固定的位置，总是搬来搬去。
吧台
巴黎时装展的日期为3月23日

“因为时装并非只是怎么穿，我无意强加给人‘这是一世的造型’。然而，一说‘按照你所喜欢的那样自由地去穿吧’，人们反而困惑起来，不知所措。”他说“满怀自信想怎么穿就怎么穿”，自始至终强调“更自由地穿”。

房间的百叶窗和帘幕都放下了，所以从对面的大楼窥视不到这里。他们还是有些防范企业间谍的意识……这也许是我的臆测。

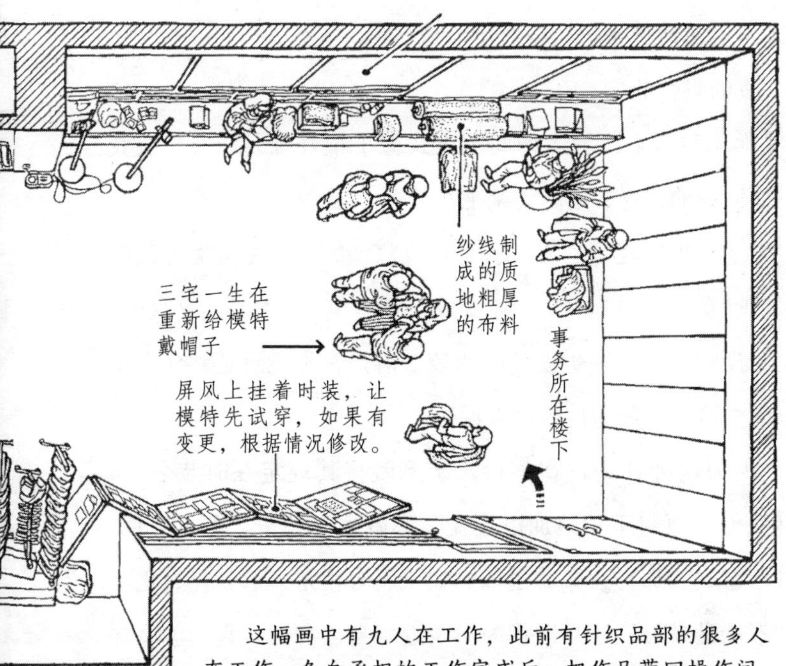
纱线制成的质地粗厚的布料
三宅一生在重新给模特戴帽子
事务所在楼下
屏风上挂着时装，让模特先试穿，如果有变更，根据情况修改。

这幅画中有九人在工作，此前有针织品部的很多人在工作。各自承担的工作完成后，把作品带回操作间。因此这个房间中的作品只是准备拿到巴黎时装展的作品中极少的一部分。他在工作完成后说："最近一个月到亚洲各国及南非闲逛去了。我思考的课题是如何把在那里遇到的文化与流传到今日的古老传统以及最近的机械文明联系起来。如果能把两极的东西结合得比较有人情味的话……"

尽管是第一次打交道，我还厚着脸皮战战兢兢地提出了采访要求。没想到他竟然说：

“可以，请过来吧！”

“真的吗？此例一开……”

“你那种从上边看工作间的方式似乎很好玩儿……一般我是一口回绝的，您，还是请来吧！”

三宅一生还花了心思，有意让我打消顾虑，尽可能让我顺利采访。

我没穿过三宅一生设计的西装，但是常常能感觉到他在工作方面的追求，因为他曾这么说过：

“因为这种款式正在流行，于是就将其规定在时装名下，而且我们又原封不动地加以接受，那就太没劲了。更自由地，照自己喜欢的那样去穿就是了。如果没有棱角，那就什么也不是，不论是素材，还是形状……拉近到自己身边，喜欢怎么穿就怎么穿。那才是自己独创的。自己穿了，且穿着自己不称心的衣服，能把个人的美显现出来吗？反正从被人给穿上的束缚中解放出来应该是好的。”

这么说来，他在服装素材的选择上相当随意，突破了固定的概念，还曾用纸制作服装。

“我从大自然那里学到了很多东西，从历史上看，人们曾穿过纸。年轻人不只把布当成服装，希望他们能够思考，木头能穿吗？铁不也很好吗？如果有这样的想法，就会从‘时装’

这一概念中解放出来，会更自由的。”

说到“时装感觉”，我近乎一窍不通，有三宅一生在我面前，我就什么也不在乎了。因为我所穿的也被认定是“一种个性”。

为了看巴黎时装展的新作，我穿着三年来一直穿的西服，毫无落伍感地前往他的工作间。

“想再做最后的检查，帽子是如何搞的？您来看看。”

为了不妨碍他，我请他允许我看角落的部分。

他一会儿走远，一会儿走近，自己来修正模特的整体形象。

“这样没品位，再短点儿，对对，坚决提上去！”

在房间里他比我想象的要快活得多，助手们没有叫他“老师”的。他和助理们也坦诚相待，一起愉快地工作着。

“是的，我认为团队是很重要的。不光是在这里的人，首先从做线开始，然后是包括所有参加进来的人……不仅包括日本各地的人，要跨越国界，还包括印度、印度尼西亚、法国等国的人。此外还要与临时工作的人员一起下工夫，互相碰撞。其信息要如何接受？服装被穿在身上才算完成，才真的获得生命，就连穿着人的行为也要划入我的团队思考的内容。”

就是巴黎时装发布会，三宅一生想交给参观者的作品似乎也是“穿着自然”、“自然穿着”。

反窥河童

预料之中和预料之外

◉三宅一生

在河童的插图中没有出现那种愁眉不展的人，个个都喜笑颜开。关于这一点很早以前就让我颇感满意。我想象的河童也不是把人画得怪怪的那种人。在印度旅行不会没有让他生气的种种不快吧，然而，读了他有关印度的作品，那些不快不知消失在何处，难觅踪影。什么采访，什么工作，我觉得他没有这种意识。他好奇心盛，喜欢接触各种各样的人。而且他乐此不疲，为之奔走东西。

为此，我十分高兴地接受了河童的采访。我期待会有一个怎样的人出现在我的面前呢？我把自己困惑来困惑去的制作程序展示给他看，实在有些不好意思。可河童是作家，我想他会理解我困惑的心情。

在采访那天我见到了预料之中而又预料之外的河童，在我时装发布会之前最忙的时候，他用卷尺进行丈量，用相机进行拍照，造成了一场不大不小的骚动，也让我精神放松，无比欢快。

河童五官并用，五感并发，直截了当地面对对方，这在日本人中是少见的。什么“人有内向和外向之分”，今后希望河童以广阔的世界为舞台，改变日本人内向的形象。

❖ 三宅一生

1938 年生于广岛。在多摩美术大学就学期间就开始服装设计，1963 年举办了第一次收藏展。大学毕业后前往法国，1970 年成立三宅设计事务所，此后以纽约、巴黎、东京为中心进行国际性的服装设计工作。

儿童文学作家灰谷健次郎的「小岛住处」

为了访问儿童文学作家灰谷健次郎，时隔 20 年我跨越明石海峡，来到了淡路岛。

神户出生的我，孩提时代就曾在须磨的海中畅游，眺望对面浮出的淡路岛。阴天，它隐没在雾霭中；晴空日朗，它明晰可见。也许因为距离遥远，需乘船渡海，那岛屿更让孩童们怦然心动，且急于前往探险。

灰谷健次郎自神户移居淡路岛已经五年了。我读到他的《白兔的眼睛》一书，屈指一算也有十年了。

那本书有种让我重返少年之感，书中的对话和语调全都活生生地传达到我的身上，让我感到故事的真实性，给我留下了鲜活的印象。

刚听说灰谷移居淡路岛，我就想到那岛上的山峦和旧码头，同时感到大惑不解：“为啥？特意？”

进而又听说他自己种稻、种菜过活时，更感到他似乎是个令人迷惑不解之人。我曾经读过他决心去荒岛上居住的动机的陈述：

“当小学教师的时代，通过对残疾儿的教育，我从孩子那里领悟到‘生命’——生存的意义。所谓的人的和蔼亲切是从平等看待一切‘生命’中产生的……因此，为了能看清自己，真实地感到处于生命的包围之中，下决心终止城市生活，搬到岛上居住。”

原来如此。与他相比，像我这样软弱的人是根本办不到的。窥视他总让我觉得有些歉疚，不好意思。可是，这些都难以抚平我想窥视其生活状况的欲望。

明石海峡上，海风劲吹，夹杂着细雨。虽然接近春天，还是有点凉意。我到达码头，乘上出租车，说了句“去灰谷家”，司机立刻明白。据司机说，他也常去拜访灰谷，与他商量孩子的一些事情。车行 30 分钟后，看到山上矗立着一座白色的房子。灰谷站立在房前的田地中。

“哎呀，您远道而来……”

“上次拍外景，谢了。”

我们互相问候了一下。

我们曾一度合作过，那是拍摄根据他的作品《老师，你来当家丁》改编的电视剧时。我把行李放在房檐下，马上跟着他去了土坡上的田地。

“这里能收 4 斗 1 升。我外出多，正好够我一年自给自足。那边的地种的是葱头。”

在房子的周围种了二十多种菜，水果很多，就连水果店都相形见绌。

“农家现在不种这几种菜了。他们种植那些来钱快的种类。他们也要买蔬菜和水果。”

灰谷摘下西兰花，砍了圆白菜，然后对我说：

“我去买点东西，您慢慢量房间的尺寸。”说完就乘车走了。

听说他很会做菜。房间里边有地炉，还有挂锅的钩子。

“这个地炉，能烧出什么菜？”

我一边自言自语，一边开始丈量这个房间，画出草图。

我是内心中想象着他的农家风情而远道来访的。不知道为什么他的房子如此现代，如此简单。一看就知道没有多少投入，也就是没有使用名贵的木材，却使用了节子很多的丝柏。

然而，房间中的陈列却摆得整整齐齐，看上去干干净净。

“他真的是一个人生活吗？”

我和助手边量边谈。

买菜回来的灰谷听到我们的对话。

“因为听说河童要来，所以慌忙收拾了一下，来帮助打扫卫生的阿姨很爱干净，把我的桌子也搞得很整齐，我倒觉得还是稍微乱一点好，容易给人一种正在工作的感觉。”

他这么一解释，我还倒理解了。

灰谷在地炉里生起炭火，给我烤了刚上岸的新鲜乌贼、鲫鱼、竹夹鱼，那叫一个香！生圆白菜、刚焯过的西兰花也馨香无比，那是早已经被遗忘的昔日的蔬菜味道。如今看起来，他生活很富裕。刚到岛上的时候，他曾为爬进屋里的虫子、老鼠而大伤脑筋。不论是清除石头开一块田地，还是耕田种地，其艰难都是难以想象的。其结果，灰谷神经衰弱症发作，情绪不安，夜间失眠……

“现在已经能自然地生活了。当时我感觉暴露出表面帅气的城里人的虚弱，‘陷入什么是生命的困惑中’而自暴自弃。”

我重新思考，得到感悟，生命原来是这个样子啊！

“孩子们从自然里学到的知识是很多的，和我们头脑中想的不同。”

我感觉似乎窥视到灰谷的本色。

我们围在地炉边，边品尝着菜肴，边聆听他说着有关两年前在神户北岭兰台开始办“太阳之子保育园”的往事以及对学校应有状态的思考。

“国家干预教育本身就是错误。教育是和孩子一起生存的人所从事的事业，不要权威。现在培育孩子的学校不正在成为伤害孩子的场所吗？”

灰谷的话对受到竞争观念和成绩至上侵害的教育现状，不自己种的蔬菜有西兰花、圆白菜、菠菜、白菜、小松菜、水菜、油菜、生菜、莴笋、芹菜、萝卜、胡萝卜、豌豆等，水果有苹果、柿子、桃、橘子、无花果、梨、枇杷、春桃、草莓等。

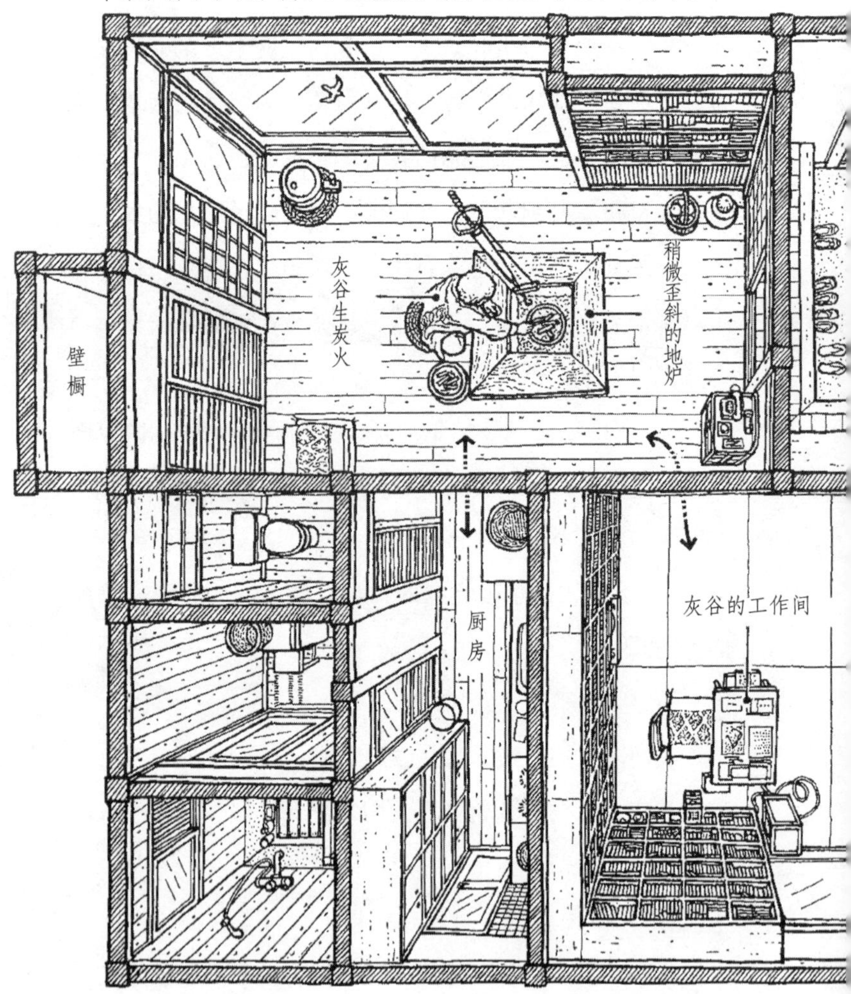

据说从这个房间能看到大海，我到达之日因雨雾朦胧没能看见。灰谷说："看不见大海，住在这里就毫无意义。对我来说，活的海才是最重要的，不是摆放着钢筋水泥的'濒死的海'。"

灰谷健次郎的作品有《白兔的眼睛》《太阳之子》《生活在岛上》《教与学》《谁都不知道》等。

为了防止鸟撞到玻璃上，在玻璃上贴上鸟影，据说此后鸟就不再往上撞了。

断提出疑问，敲响警钟。他的话语平静，但是颇具说服力。

谈话很愉快，以致我忘了时间，觉察时天已经很黑了。房子周围漆黑一团，是一种被遗忘很久的黑暗。在灰谷的陪同下，走了一会儿，我坐上了来接我的出租车。小雨还在不停地飘洒着。

反窥河童

是个了不起的人，可……

◉灰谷健次郎

河童是个不简单的人，反窥不简单的人，又不那么容易。

我抱头苦想。

世界上和蔼可亲的人多得很，可是在认定此人和蔼可亲之前，对方是否也能深切地感到我这个人不错?

我叫他“妹尾”，他却说“叫我河童就行了”。我不知不觉又以某种语气叫他“妹尾”，他又以同样的语气说：“叫我河童就行了。”

河童是个了不起的人。在电视台了不起，在舞台也了不起，在其他方面也很了不起，了不起的人大体上干了不起的事，还让那些摇头晃脑说“不”的人承认。这种令人讨厌的典型，也许是作家太宰治曾经引用过的那种精神上“处于被选择的恍惚和不安的分界上”的人。

了不起的人让人疲倦。这样了不起的人，他自己也疲倦。

河童是怎样把自己之中的“了不起”驱逐的呢?

不管怎么窥视河童也看不到这一点，这是河童仅有的让人生恨的地方。

❖ 灰谷健次郎

1934 年生于兵库县，做了 17 年的小学教员后成为儿童文学作家。发表了《白兔的眼睛》《太阳之子》《老师，你来当家丁》等作品，这些作品都是根据其做教师的体验而对教育提出问题。1980 年移居淡路岛，一边隐居山中，一边积极写作。1997 年以后住在冲绳。

染织家久保田一竹的「一竹过花」工房

我与“一竹过花”相识是在 15 年前。当时听到有关它的传闻，令我大吃一惊。

“真的吗？一件和服两千万日元！”

即使能有那么昂贵，也与我们这种平民百姓的感觉相去甚远。特别对我这样的穷人来说，其价格简直就是天文数字，只有望洋兴叹的份儿了。反正不亲眼看看无从说起，听说在银座的百货店里举办“一竹过花”的作品展，我立刻跑去看个究竟。然而，那里人山人海，排起一字长蛇阵，队尾盘来盘去。我只好排到队列中，耐心等候。

去之前，看了些照片，又听人们议论“一竹过花”的豪华，有了点儿背景知识。然而在实物面前，不由得倒吸一口冷气。

我是不想用“倒吸一口冷气……”等套话的，但当时的确是深吸一口气。

展品光彩夺目，的确那已经不是能用金额来估价的美术品。

尽管如此，“两千万日元”价格不菲，令人揪心。

一天，一个叫久保田的人打来电话：

“我以《华严绘卷》为题材编成戏曲《舞衣梦》，您能否给搞搞舞台美术？先见个面吧。”

他这么一说，我首先感到此人是“一竹过花”的久保田。虽然他特意相求，但是我还是想推掉。理由有二：

其一，光怪陆离的服装表演姑且不论，如果作为有故事情节的作品上演，考虑其舞台效果，那一定会有昏暗的场面。这样一来就看不到“一竹过花”所具有的细节美，显然也不会使前来观赏美的人得到满足。

其二，舞台后面昏暗，大道具表面粗糙。即使小心翼翼，在舞台表演的过程中也难免会刮了衣服。那么昂贵的衣服如果刮破，实在叫人担心。

不管怎么说，也是一件要连续多次出场的两千万日元的艳服呀，不可掉以轻心。

久保田边摆手边说：

“不用担心，为造就故事情节，舞台理所当然要出现暗的一面。在舞台上，看不到‘一竹过花’展示的效果也没关系。

想看的人在作品展上，在自己满意的距离上去看就是了……服装弄破了就破了，担心是多余的。那只是舞台上穿的服装。

我制作衣服，从没有一边考虑多少钱一边制作。说什么值两千万日元，最吃惊的还不是我吗？但是从我这里拿出去交到别人手里的不是价格，我所想的只是创造美。”

我被他的热情洋溢的话语打动，接受了舞台设计的工作。

其结果，“打破和服的概念”在舞台上获得了独一无二的成功，并非偏袒参加的辅助人员才说成功。通过这次公演，他想说的是：

“和服绝不是过去的民族服装，而是要离开过去向前发展的。为什么会这样呢？因为现在它成了与现代生活不相称的衣着，不仅为几百年以前的穿法所束缚，而且自由穿着的快乐也被剥夺了。和服理应与时俱进发生变化，希望每人都像现在一样更自由地穿着。”

虽说“希望更自由地穿着”，“一竹过花”的价格也并非让谁都能穿着，之所以那么昂贵，是与其制作过程相关的。它是经由令人发昏、费时耗力的复杂工序反复加工才做成的。

比如要经过：染、蒸、扎、漂洗、描线、着色、押箔、刺绣等几十道的手工操作。

有的作品要花上一年以上的时间，这与其说是和服，不如解释为“美术品”更让人明白。

事实上，外国的美术馆也将此作为日本美术品来鉴赏。

时隔很久，我访问了位于小平市的工房（工作间）。久保田一竹跟我这样说道：

“的确这不是谁都能穿着的衣物，我也没有想让大家来穿‘一竹辻花’之意。我想说的是请大家再观赏一下和服独特布料的绚丽，并请大家设想自己是一位设计师，进而以更积极的心态思考其在穿着上的变化，也可以做成西装的外形来穿嘛……为什么穿和服不能穿鞋？为什么穿和服不能穿裙子和佩戴饰物？如果真要捍卫和服的话，必须打破束缚自由的规矩，那样才能在日本传统中注入新的生命，与捍卫日本文化联系起来。”

我再一次为其充满激情的想法所折服。

久保田一竹，大正六年（1916年）出生，今年70岁，其精神的年龄无可匹敌。

这后边的车间有 18 个人在默默地工作，他们分别承担着不同的工序。

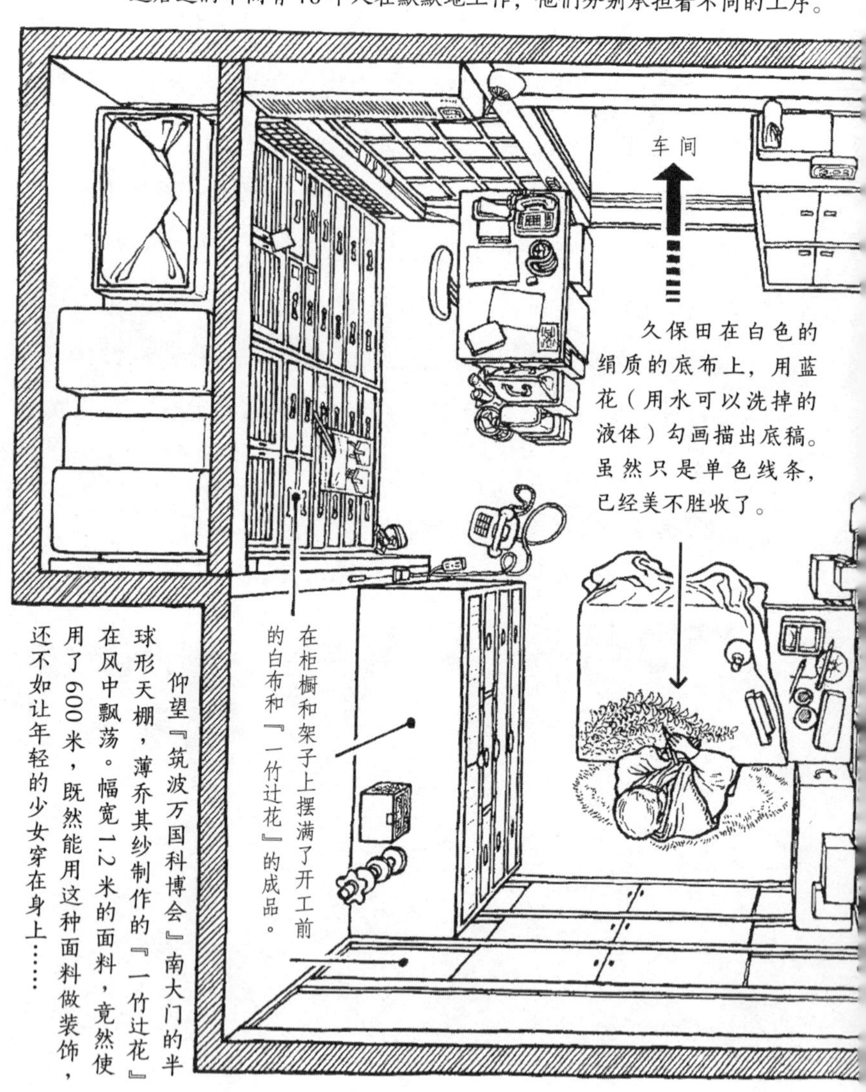

车 间
久保田在白色的绢质的底布上，用蓝花（用水可以洗掉的液体）勾画描出底稿。虽然只是单色线条，已经美不胜收了。
在柜橱和架子上摆满了开工前的白布和『一竹过花』的成品。
仰望『筑波万国科博会』南大门的半球形天棚，薄乔其纱制作的『一竹过花』在风中飘荡。幅宽1.2米的面料，竟然使用了600米，既然能用这种面料做装饰，还不如让年轻的少女穿在身上……

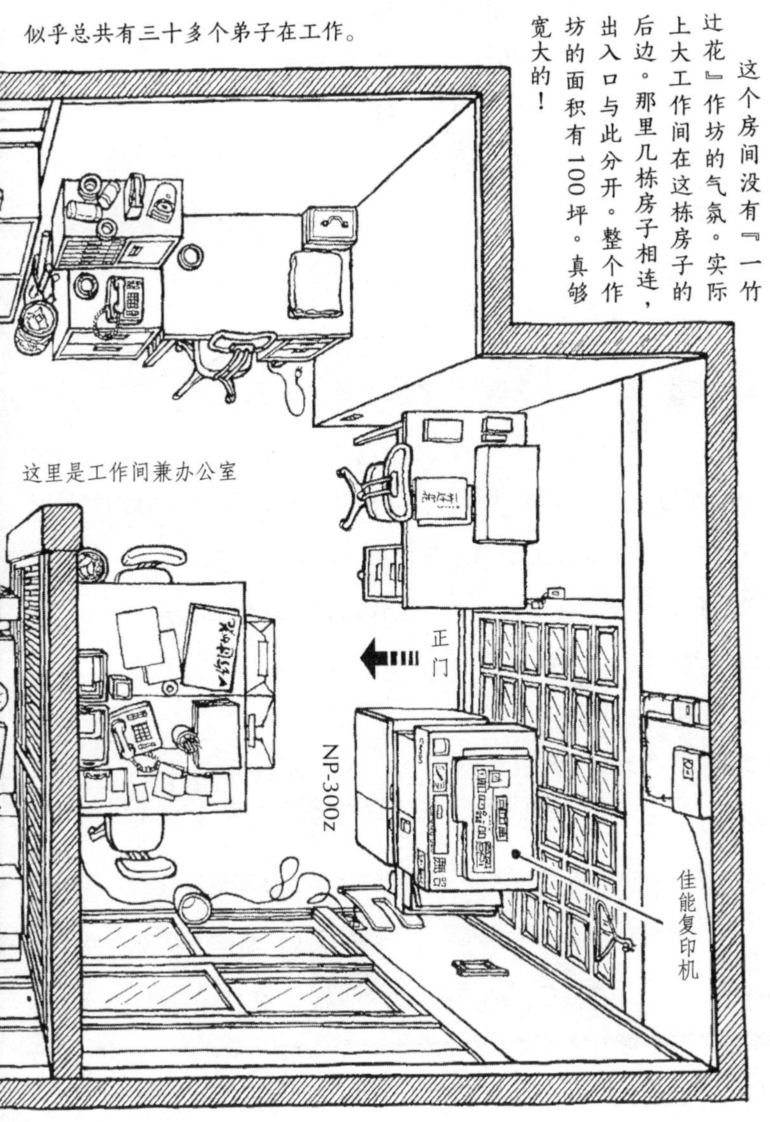
这个房间没有『一竹辻花』作坊的气氛。实际上大工作间在这栋房子的后边。那里几栋房子相连，出入口与此分开。整个作坊的面积有100坪。真够宽大的！
似乎总共有三十多个弟子在工作。
这里是工作间兼办公室
正门
NP-300z
佳能复印机

饶了我吧，别叫『先生』！

反窥河童

◉ 久保田一竹

“被人称为先生，从生理上我就不喜欢，您还是饶了我吧！”

这是和河童第一次见面时他对我说的话，印象异常深刻。当时我求他担当《舞衣梦》的舞台美术设计。我本来就喜欢戏剧，多次观看过河童设计的舞台，他是代表日本现代舞台美术水平的设计师，我十分尊敬他，所以称他为“先生”，对此他却说：

“饶了我吧，别叫‘先生’！”

从那以后，我就亲昵地叫他“河童”，坦诚地和他交往至今。这也是缘于河童百姓式的透明、开朗的品格。然而这种开朗的背后，有着异常的辛苦。听说他“17 岁就当了广告店的小伙计”。我也是从 15 岁开始历尽艰辛。河童腼腆，不好意思相告，但是我能觉察到他身上隐藏着很多辛苦。

虽然是个受苦人，但能直言不讳的河童，非常赞同我所提倡的“结合时代状况自由穿着和服”的想法，让我非常感念，他才是真正的舞台美术师。之所以这么说，是因为他在舞台上不用水，但表现了水。不是就事论事地使用素材本身和旧的东西，而是想以新鲜的感觉来布置，来表现，这才正是舞台美术师的想象力之所在。这和我对和服的思考很相似，这种相似性来自于相同的工作性质，以及由此而产生的愉快的交往。

❖ 久保田一竹

1917 年生于东京，年仅 15 岁就闯入手绘友禅（绸）的世界。五年后独立建立艺术工房，着手舞台服装设计工作。曾对繁荣一时的室町幕府时代的“辻花染”潜心研究二十年，并将其现代化为“一竹辻花”，1977 年一经公布即受到海内外的高度评价，并且广受欢迎。

气象厅地震预报科的「现场」

“最近关东地区好像要发生大地震。”

这样的传闻从前年的春天流传到夏天，其势头如野火一般蔓延。

“好像是官方隐而不报。如果公布的话，那还得了，恐怕要发生大恐慌的。”

“据说是从接近政府高官的人士那里泄露出来的，可信度极高。”

看上去各种说法都煞有其事。

说什么“高官的家属开始秘密疏散”啦，说什么“北海道地区的自卫队以演习为名准备南下”啦，让人听了毛骨悚然。周刊杂志也对这种传闻加以渲染，闹得人人心神不宁。人们纷纷涌到气象厅问个究竟。据说气象厅的职员为了否定传闻而手忙脚乱，有的职员还为电话响个不停神经衰弱了。最终没有发生地震，说成“那是谣言”。

前天4月7日，报上以《东京大学地震研究所的茂木教授在地震学会上发表东海地震前兆》为题刊登了报道，如果不能正确地理解他所表达的意思，便会担心起来。

“调查了以往的地震活动的结果表明：在1923年关东大地震发生以前，有个三十年左右的地震活动活跃期，接着是在大震后四十年左右的稳定期。然而从1969年以后，6.5级以上的大地震发生了八次，重新进入地震活动的活跃期。最近发生的地震的分布和关东大地震前发生的情况极其相似。这暗示了‘东海地震’的长期性的前兆，表示这一地区的地壳应力的提高。”

这条报道似乎与“东海地震”关联不大，但11日下午一点半，发生了震度三级的地震，我身边工作那个“讨厌地震”的助手感到地震，慌忙钻到桌子底下用颤抖的声音对我说：

“下次的‘工作间’，就采访调查和预测地震的地方吧。”

我一本正经地说：“我担心地震发生少的地区的人们，也许对此不怎么关心……”

助手说：“东海发生地震也要使东京周边崩溃，对日本全国会产生各种各样的影响啊！”

也是那么回事。于是这次的“窥视工作间”系列，就这么突然决定采访“气象厅地震预报科”，并且我们请该科科长、

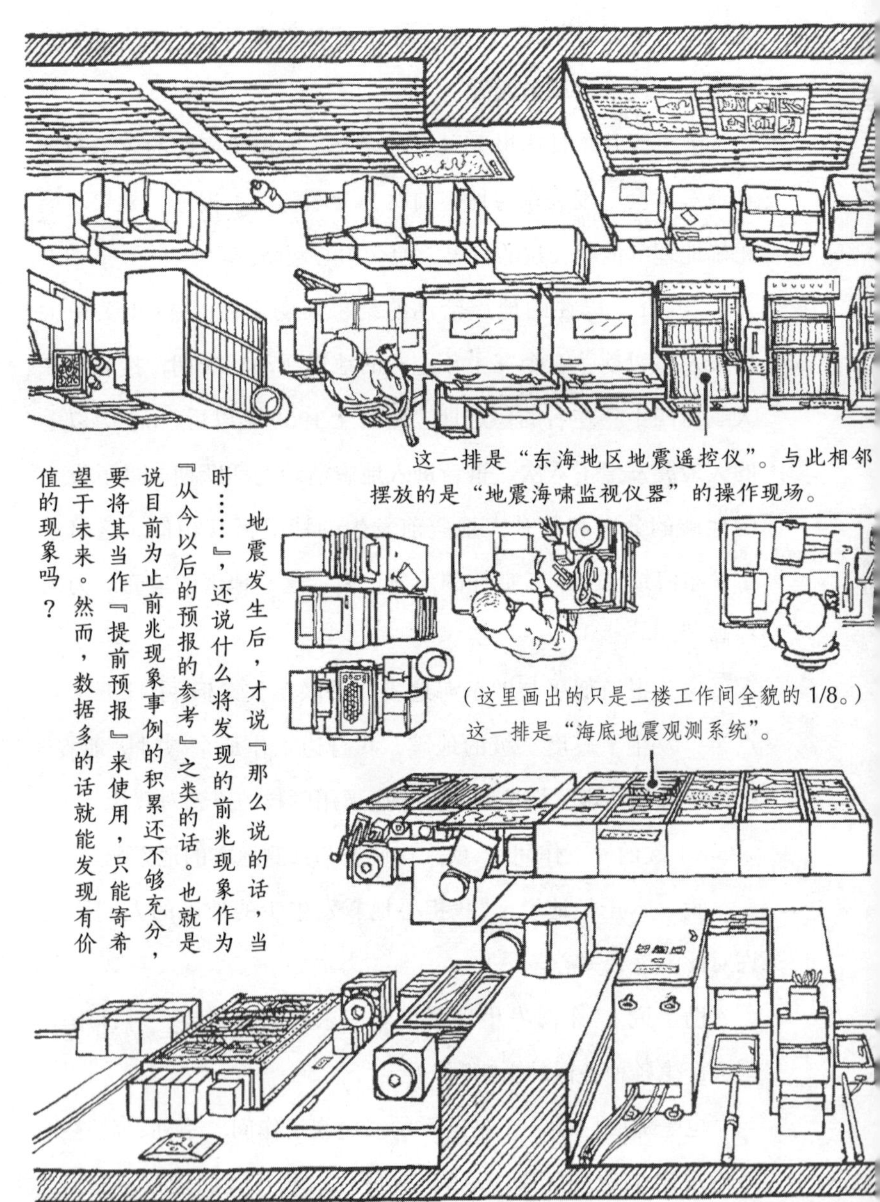
这一排是"东海地区地震遥控仪"。与此相邻摆放的是"地震海啸监视仪器"的操作现场。
（这里画出的只是二楼工作间全貌的 1/8。）
这一排是"海底地震观测系统"。

地震发生后，才说『那么说的话，当时……』，还说什么将发现的前兆现象作为『从今以后的预报的参考』之类的话。也就是说目前为止前兆现象事例的积累还不够充分，要将其当作『提前预报』来使用，只能寄希望于未来。然而，数据多的话就能发现有价值的现象吗？

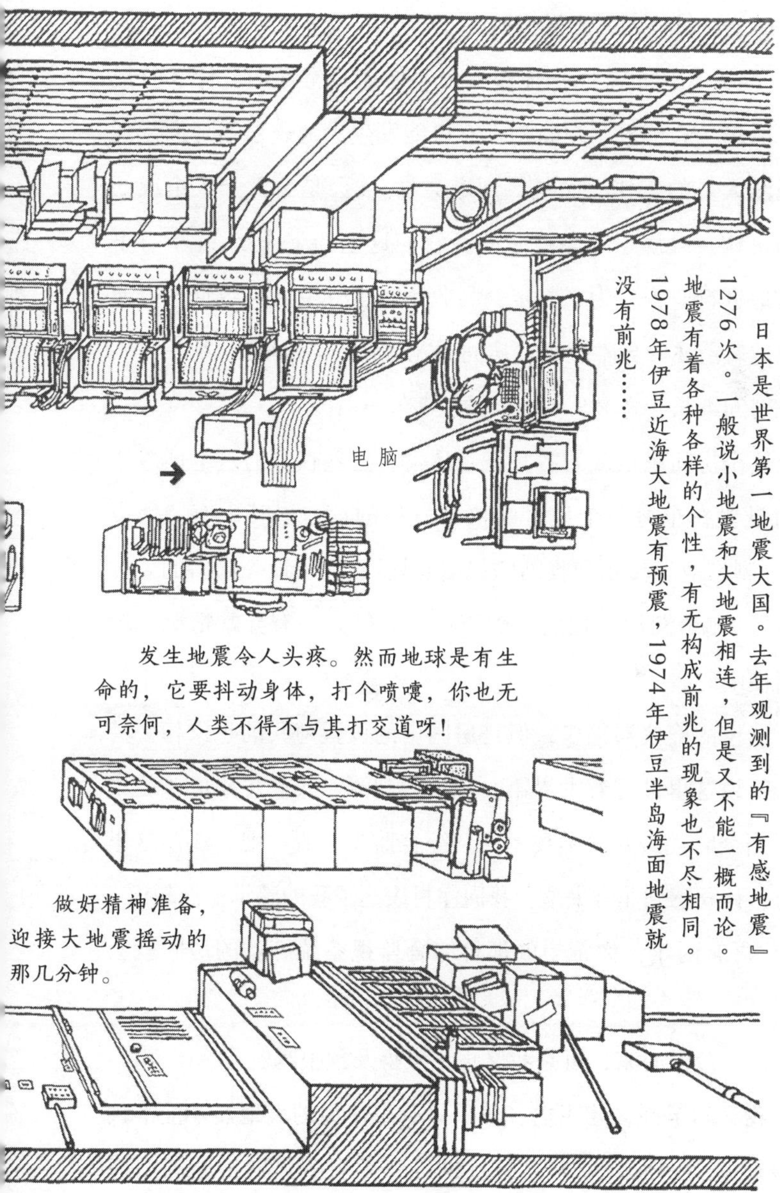

日本是世界第一地震大国。去年观测到的『有感地震』1276次。一般说小地震和大地震相连，但是又不能一概而论。地震有着各种各样的个性，有无构成前兆的现象也不尽相同。1978年伊豆近海大地震有预震，1974年伊豆半岛海面地震就没有前兆……

发生地震令人头疼。然而地球是有生命的，它要抖动身体，打个喷嚏，你也无可奈何，人类不得不与其打交道呀！

做好精神准备，迎接大地震摇动的那几分钟。

理学博士津村建四郎来做说明。

“与天气预报不同，地震方面不能做日常性的‘什么时候发生地震’的预报。判断是否有可能发生大地震，不是进行现场观测人员的工作，而是‘判定会’。该会是由六个人组成的咨询机构，隶属于气象厅长官。我们这里的工作是24小时不间断地进行监视，为‘判定会’收集日常性的必需数据，以便发现地震前兆的异常现象。房间很宽敞，先看看吧。”

房间细长，宽8.5米，全长98米。

这个房间里摆放着各种记录仪器，这些仪器通过电话线接收由设置在东海各个地区的仪器发送的信息。其中有“地震计”、测量地壳膨胀和收缩的“偏度计”、测量地壳倾斜的“倾斜计”、测量潮汐变化的“潮汐计”等等。一有异常情况，蜂音器便响起。

这里的确仪器很多，但是房间中的设置与我的想象相去甚远。听说这里进行着世界第一规模的观测，我便想象应该是集中了当今时代最新科学技术的“综合监视中心”吧，然而这里没有，让我感到非常失落。我向津村表达了我的感觉，他却说：

“再有两年，你希望的那种综合监视系统齐备的房间就会有了。”

总算放下心来，可是我又想，来得及预报吗？

我又问了许多才明白，似乎只有海洋型的大地震才能准确预报何时、何地、多大，而且也只限于观测体制健全的东海地区。并且一提到何时，有了短期性前兆现象之后，也只能以“几小时以内”、“两三天以内”的表达来预测。也就是不能像前年那样，几个月之前来预测 8 月 10 日前后发生地震。今后如果遇到这种类型的预言，你就当它是谣言。现在地震研究有了很大进步，虽有一定的预报水平，但是要预报垂直型的大地震是极其困难的。就是海洋型的地震，据说也未必能完全预报。前兆现象的表现形式和地震的大小以及发生时期等的关系，理论上或者统计上并没有完全搞清。所以观测数据中出现异常，立即用 BP 机召集“判定会”的委员，请他们来判定异常数据与大地震是否有直接的关联。

如果判定“有发生大地震的危险”，则由气象厅长官向内阁总理大臣报告，然后拿到内阁商议，发出“预警”。我一边听他说明一边想象这些手续所需要的时间，有些不耐烦了。

“但是轻易地发出预警，如果没有言中，那就成了‘狼来了’一类的谎话。从经济到社会的各个方面就要出现很多负面的东西。”

听他这么一说，我希望还是坚持预报，不要怕报错。

在巨大的地震来临之前，也需要真正的考验。

地震虽然可怕，但人们集体的恐慌更恐怖。比起火灾，地震后必定出现人员受害大的地方。即使明天不来，地震的确要来的。如果是这样，虽然不是浅田敏会长的话，我想：“预报本来就不是主角，地震防止不了，只能各自采取对策！”

反窥河童

正确的采访者

◉津村建四郎

我一直从事地震研究工作，在未接受这次采访之前，对妹尾河童是怎样一个人，我一无所知。所以妹尾河童来到气象厅，开口就是一番这样的话：

“关于地震的预报社会上误解很多。我特地前来请教预报的实际情况，请您准确地介绍一下。版面有限，请您从最想让大家了解的地方谈起。”

我听后实在吃惊，我还是第一次接触这么采访的人。然后他就要点进行提问，尽管每周我都接受采访，但是在短时间他就搞懂了，令我非常佩服。

他在现场环顾四周，流露出这样的感想，“科学如此发达，人命关天的监测中心的设备却令人有些失望”。据说他在此次采访之前曾采访了“筑波万国科技博览会”，再看到这里的实际情况，感到落差颇大。值得庆幸的是，为组建新的“地震活动等综合监视系统”的预算已经通过。我告诉他“两年以后，这里会如你所期望的那样焕然一新”，他才放下心来。

据我以前的经验，我花费了几分钟解释来解释去，在杂志上刊登出来的只有二三行对话，这种采访可谓不在少数，有的甚至把谈话的真正意思给搞拧了。妹尾河童则在截稿前打电话仔细地把稿子读给你听，然后提醒地问道："有什么不合适的地方吗？"让你感到丝毫没有误会。妹尾河童的文章和插图同样极其准确，把现在地震预报的技术水平和现场的实际情况归纳得简明扼要，清晰易懂。

❖ 津村建四郎

1933 年生于和歌山县。京都大学地球物理专业毕业后，曾在建设省国土地理院、东京大学地震研究所、气象厅气象研究所、地震火山研究所等处任职，坚持不断进行地震方面的研究，1984 年就任气象厅地震火山研究部预测情报科长，从此以后一直站在地震预报最前线。

画家须田剋太的画室

三十几年前，我常到画家须田剋太的家里去讨扰。

当时，我在大阪朝日会馆的剧场策划宣传部做插图设计员。我们请须田先生在我们搞的月刊杂志上画插图。虽然去他家取画稿不是我分内的工作，但是每次都是我主动说："我去取画稿。"

这样一来，我便常去他那间位于大阪和神户之间的夙川画室。

一天，取到的画稿中间破裂，出现一个洞，我非常诧异，就说："画上有个洞……"

须田说："没关系，把画放在白纸上，有洞的地方就变成白色的了，不碍事！"他毫不在乎，非常爽快。

事实上正如他所说的那样，在印刷时没有出现什么不妥之处。

那幅画是在肯特纸[①]上涂墨，用小刀把涂墨的地方挖掉，就成了用白线画出的作品。

须田完全像搞雕刻一样，疯狂地挖切，小刀所到之处就留下洞。

当时，须田 44 岁，我 20 岁。须田显得很年轻，与其说年轻，不如说像个孩子。要说那时的须田，趣闻成堆。大概是须田 25 岁时的事……

他家住埼玉县的浦和，国道铺沥青。那时这种黑糊糊的东西还很稀罕。他想把沥青当颜色涂在自己的画布上，受到这种冲动的驱使，深夜拿着尖镐去刨马路。刚要下手，却让警察逮个正着，被带到拘留所，受到盘查。

“为了画画，想要一点沥青块。”他回答说。

“有你这样盗窃国家公物的吗？”不但没有得到谅解，反而惹得警察咆哮。

我认识须田时，他已经在从事与画师相称的工作。可他本人并未将此当回事，与他想获得马路上沥青块时相比丝毫没有两样。

“用笔尖画画不灵，非得结合建筑、雕刻去画不可。为此，自己的精神必须是自由的。人只有用自己的眼睛凝视才能产生

① 英国肯特地方生产的绘画制图用的纸张。

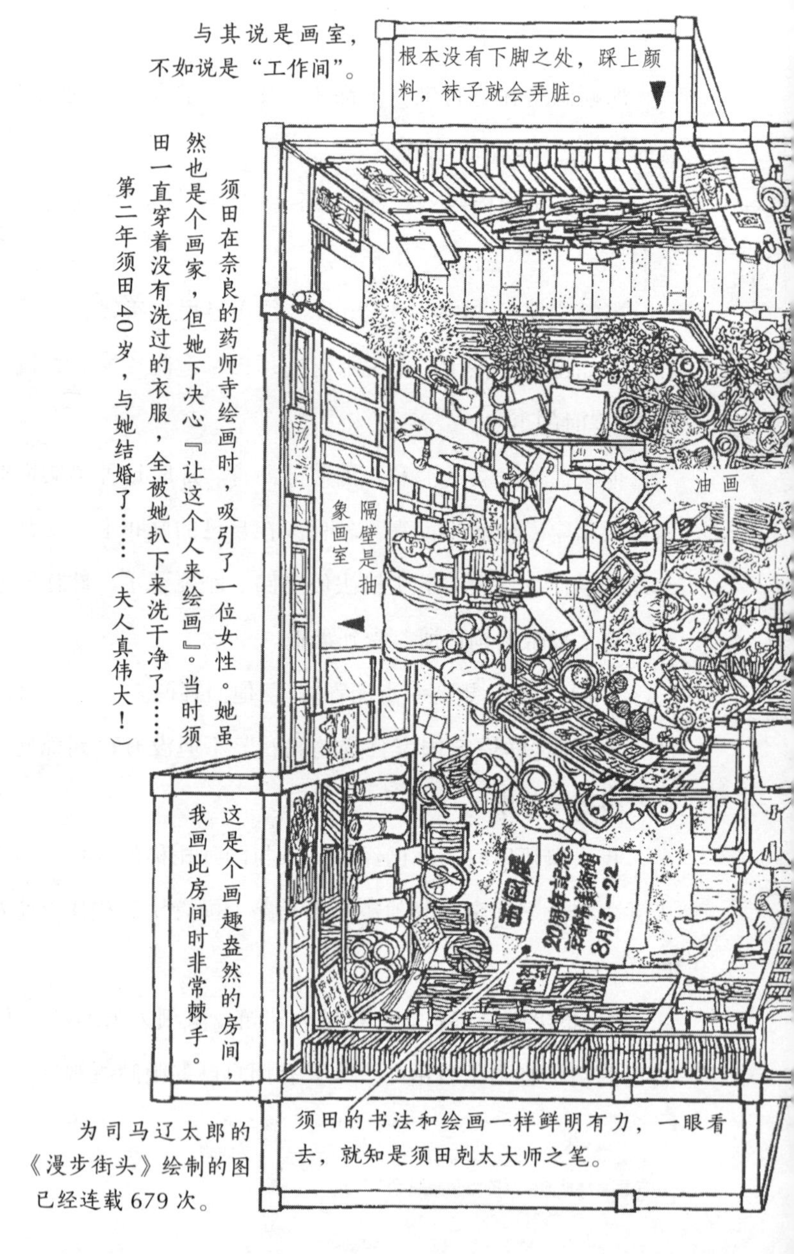
与其说是画室，
不如说是“工作间”。
根本没有下脚之处，踩上颜料，袜子就会弄脏。
须田在奈良的药师寺绘画时，吸引了一位女性。她虽然也是个画家，但她下决心『让这个人来绘画』。当时须田一直穿着没有洗过的衣服，全被她扒下来洗干净了……
第二年须田40岁，与她结婚了……（夫人真伟大！）
隔壁是抽象画室
油画
这是个画趣盎然的房间，
我画此房间时非常棘手。
须田的书法和绘画一样鲜明有力，一眼看去，就知是须田剋太大师之笔。
为司马辽太郎的
《漫步街头》绘制的图
已经连载679次。

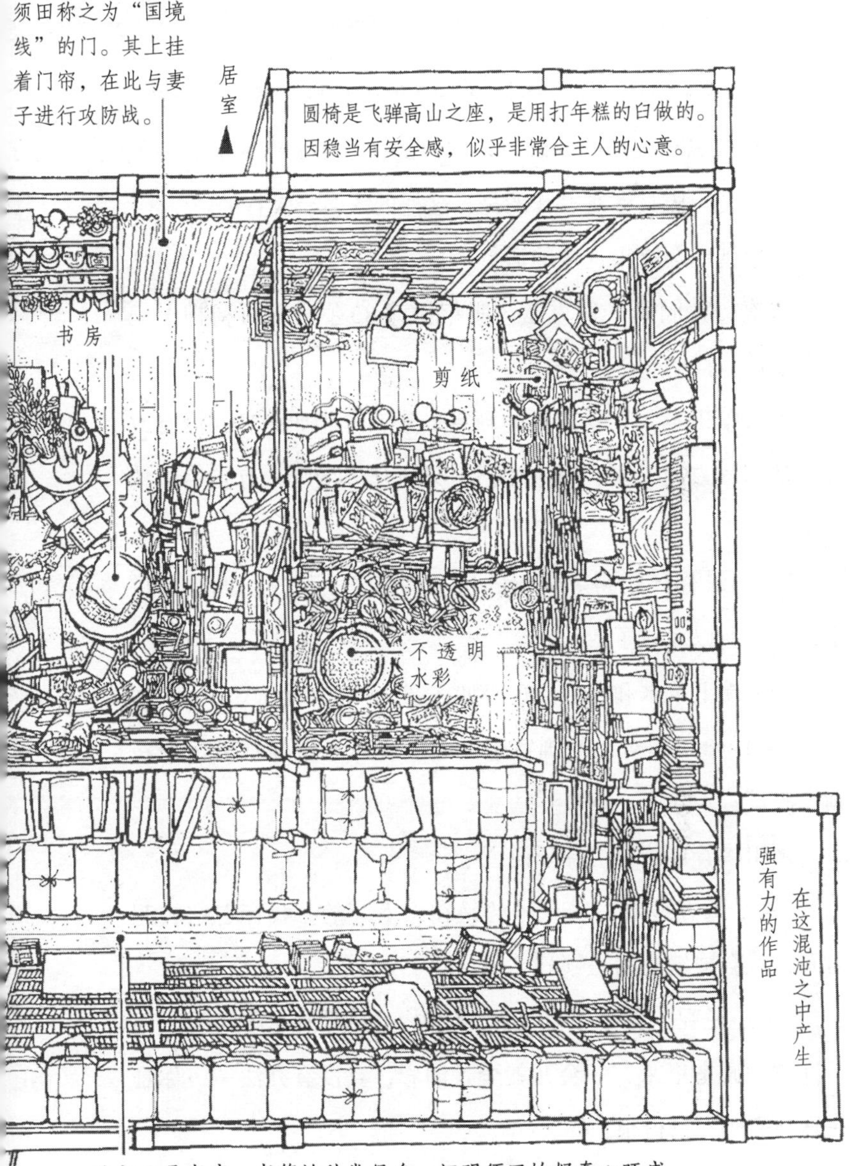

须田称之为“国境线”的门。其上挂着门帘，在此与妻子进行攻防战。
居室
圆椅是飞骅高山之座，是用打年糕的臼做的。因稳当有安全感，似乎非常合主人的心意。
书房
剪纸
不透明水彩
强有力的作品
在这混沌之中产生

这部分是书库。书籍的种类很多，证明须田的好奇心旺盛。

有不少装着刻过的色纸和金纸的碎片的纸箱，说明须田不仅绘画，有时在画上贴上剪纸，有时把照片和绘画合为一体。在表现上没有忌讳。《朝日周刊》的画是单色印刷，原画是用带色的不透明水彩画的。

画。无论对一个人也好，还是对一个苹果也好，都是一样的。那些觊觎权威和权力的人眼睛是浑浊的，看不见东西的，不能自由地思考。极具讽刺意味的是，这样的人会当大官的。”

没想到他会蹦出这样的话。

这次，我们俩久别重逢。明年他就 80 岁啦，可精神上完全和以前一样的年轻。

不仅须田本人，就连他的画室也是三十年如一日，没有改变。从河堤方向下来曾有个小门，只有那里变了，有点后门的感觉。

“对呀！你还记得。周围的房子都变了，从以前的入口进不来了。所以变成了后门。”

夫人端上茶水和点心，也一如往昔。

“老样子，我对他的画室毫无办法，只希望他把脏污留在画室里。”

须田指着自己穿的袜子说道：

“这个地方缝着白线记号的是在画室穿的，我穿着它去起居间，就会被她臭骂一顿。”

“你还说呢，整个家到处都是油彩。告诉他起居间的东西不许拿到画室里来，一会儿就全是油彩，真没有办法……你是在画画室吗？糟得很！”

须田打趣说：“这里怎么能画哪？这块儿是书房，坐在那把椅子上就成了画室，你到这边来，隔开的地方是画《朝日周刊》连载的《漫步街头》不透明水彩画的地方。转一圈这后边是写书法的场所，注意一点，要不就弄脏了衣服。”

从前就了不得，而今天其混沌的、动人心弦的力量更非昔日所比，让我哑口无言。

然而仔细一看，透过表面的杂乱无章，我感到房间本身也是须田大师的作品造型。

要对须田做个《天衣无缝》[①] 的描述，得自由地运用《无欲》《自由》《童心》《纯粹》一类的词语，然而，这些词语最近不常用了。

① 《天衣无缝》以及后边的《无欲》《自由》《童心》《纯粹》等都是须田作品的名字。

反窥河童
被河童窥视

◉ 须田刋太

窥视工作间这个想法了不得。说是“窥视”也不是坐在剧场前排看脱衣舞，而是有种抓住了其物的实体的感觉。那种感觉很有趣味，他每次的连载我都看，有几次我都觉得自己在被窥视。然而一见面，觉得他还是我三十年前在朝日会馆认识的河童。

他好像坐在直升飞机上一样，从上边完全驾驭了我的房间。这种方法让房间的主人看到了连他自己也看不到的实体，完全是一种新的视角。这种“自上而下窥视”的想法是杰作中的杰作！让我目瞪口呆。

画家让·克劳德·克里斯托有打包法，与剥开行为正相反，是一种包裹的艺术表现。实际上包裹行为不是让人看不到其物，而是抓住了物体所具有的其他本质。白昼看惯了的风景，到了下雪天或者夜晚再看，则完全不同，包裹的效果与此相似。河童利用独特的视角描绘的图画，只用线条，没有着色。但是他把照片中看不到的东西准确地描绘出来了。虽然与克里斯托的手法不同，原理却是相同的，因为都是亲自用手去触摸捕捉。

这种方法把平时漏掉的东西又给拾回来，河童窥视过一遍后更看透了实质。有的部分旁观者可能不怎么清楚，只有被描绘的当事人才了解。看上去他是若无其事地描绘，被窥视的一方有着“被窥视了”的紧张感。美国总统被窥视后才感到无比愉快。

我们在被河童窥视，我们这些被河童掌握了机密的一方，相反也看到完整的河童。

他在继续窥视各种不同职业的人们，被窥视的人通过河童如何将他们表现出来来反窥河童。对于那些坚持阅读，一次不落的读者来说，河童成了被窥视的对象，这样一来，成了三重窥视。

大家互相“窥视、被窥视”，“捕捉、被捕捉”，实际上是个非常好玩的结构。

❖ 须田剋太

1906 年生于埼玉县，自学成为画家。1939 年起参加过三次日本美术展，1949 年成为国画会会员。他是能将抽象与写实兼顾的画家，同时又是书法家。在《朝日周刊》上长期连载《漫步街头》的插图。1983 年获讲谈社出版文化奖，1990 年逝世。

美食家玉村丰男家的厨房

玉村丰男住到轻井泽整整两年了。夏天去轻井泽避暑姑且不论。从夏天一直住到冬天，我想那里不方便的地方肯定会不少。然而，听说他过得很快活，这倒让我吃了一惊。用他的话来说：

“为什么？轻井泽不光夏天有人住，就是冬天，也还不是有当地人住嘛！你们都认为我生活得很清苦难耐吧？”

他这么说，反而让我感到有些奇怪。

“你来看看，咱们吃个便饭，轻井泽的冬天也不坏，人又不多，很安静。”

他虽然这么说，可我还是想等到开春再去。因为积雪的日子，你要是去了，人家还不让你帮助除雪？干那种活儿，弄不好，要闪腰的啊！

“来这里的人当然要帮助除雪啦，不是还有白吃白住的情义在嘛。”

玉村说着爽朗地笑了。

樱花飘落，估计绝对不会再有不合时节的降雪发生了，我才前往轻井泽。

我拜访他的目的是想吃他亲手做的好菜。

说到玉村丰男这个人，诚如你所知，亲自下厨，大显身手，他对菜肴有着独特的想法以及丰富的知识。说到知识，他可写过好几本有关菜肴书了。我之所以能与玉村有同感，是因为他不单纯是美食评论家。他在饮食方面表现出的姿态，在于他本人从生活中享受到做菜和品尝菜肴的乐趣，并将此与写作工作相结合，他的潇洒让我羡慕之极。

于是，我也把能吃上好菜和“窥视工作间”的采访相结合，争取来个一举两得。

玉村丰男的家位于别墅区边上的杂木林中，周围没有房子，孤零零一栋。房屋的外观为灰色调，浓淡相宜，很雅致。但是晚上让人感到寂寥。

“的确漆黑一片，能看见星星，与獾子等各种动物为伴……”

虽然怀疑“他这个城里人是不是硬着头皮，强忍着过山里的生活啊”，但是他实际上是幸福的。

“这里的确有难以弄到手的食品，但进趟城买回来不就得了。同时，这里也有很多令东京人羡慕不已的东西。这种水芹，是在前边的小河里摘的。蘑菇的种类既丰富又便宜，蔬菜新鲜，就是肉，也是能搞到小诸牧场的好肉……河童也搬到这里住吧！这一带土地又不很贵。”

我感到太危险了，稍不留神，就会被他拉下水。但是我的工作又不能像玉村那样光发传真稿件就可以的。搞舞台美术设计的过程要与很多人打交道，我的活儿在轻井泽这儿可干不了。

即便他说“到东京才两个小时”，我感觉那也很难做到。

透过房门的玻璃窗，厨房就在眼前。“很多来访者都很吃惊。不仅可以突然间到达厨房，有时还在门厅用餐。”

用餐的地方不固定，要视当天的心情而定。不论什么地方都可以吃饭。好像也有到外边吃的时候。

玉村的所作所为是开玩笑，还是认真？这样想，人的头脑要乱套的。

右侧房间，全铺了不锈钢的地板。因其下通着暖气，所以地板上热乎乎的。和我同来的助手喜欢淘气，悄悄地把温度调高，热得发烫，人在其上快成“铁板烧”了。

我问玉村“为什么把地板搞成不锈钢的？”我想玉村的回答不会说服人的，而且也不会让人满意的。可他却说：“因为好玩才弄的。我想夏天冰凉，感觉不是很好吗？”

的确好玩。弄成不锈钢地板，是在我去访问前的一周搞的。此前这里代替地毯铺了大量的沙子，据说叫作沙子房间，他在里边玩耍。来访的人开始大惑不解，后来很多人像孩童一样天真，光着脚挖沙子玩。

“把沙子翻来挖去，起尘土不好办哪！我们想随便在里边玩，所以就铺上不锈钢。”

玉村执笔写作的房间在厨房正上方的二楼上。不管怎么看，总感到这栋房子最重要的心脏部分是厨房。别人把厨房称“工作间”，他自己也不否认。截稿时间临近，不管人家怎么催逼，他也要坚持站在厨房自己做饭。

“要问‘那夫人干什么呢’？让人感到她什么也不做似的，其实收拾碗筷由她来做。”

有的男人心血来潮，偶尔进厨房，可是像玉村这样顿顿都快快乐乐地做的男人在日本却少见。他往房间里铺沙子，把地板弄成不锈钢的，这些都证明他是个思想自由的人。所以，男人做饭有什么奇怪的？

“这么好玩的事，怎么能让女人来做！”他心里可能是这么想的吧。

今天给我们做的菜肴是韩国凉拌菜、泰国风味虾，还有印度茄子和咖喱鸡等，五颜六色，令人垂涎欲滴。

他操作顺序鲜明，动作快，而且味道也很棒。

“厨房就是工作间，如果不全力以赴去做……厨房太宽也浪费，对我来说这么大正好。”

烹调板上有棚架，这幅画中被省略了。

不锈钢的烹调板，其下是冰箱和冷藏柜。因为是厨师专用的，所以灶眼的火力比普通家庭用的要大。这里的一切都是专门定做的。注：因为玉村的近著《新型乡村生活的设想》(PHP出版社)中已经公开这栋房子的平面图，所以没有画玉村家的全貌，与玉村商量后，我画了1楼和2楼(乍看像开放的建筑，实际上他相当重视防范设施)。

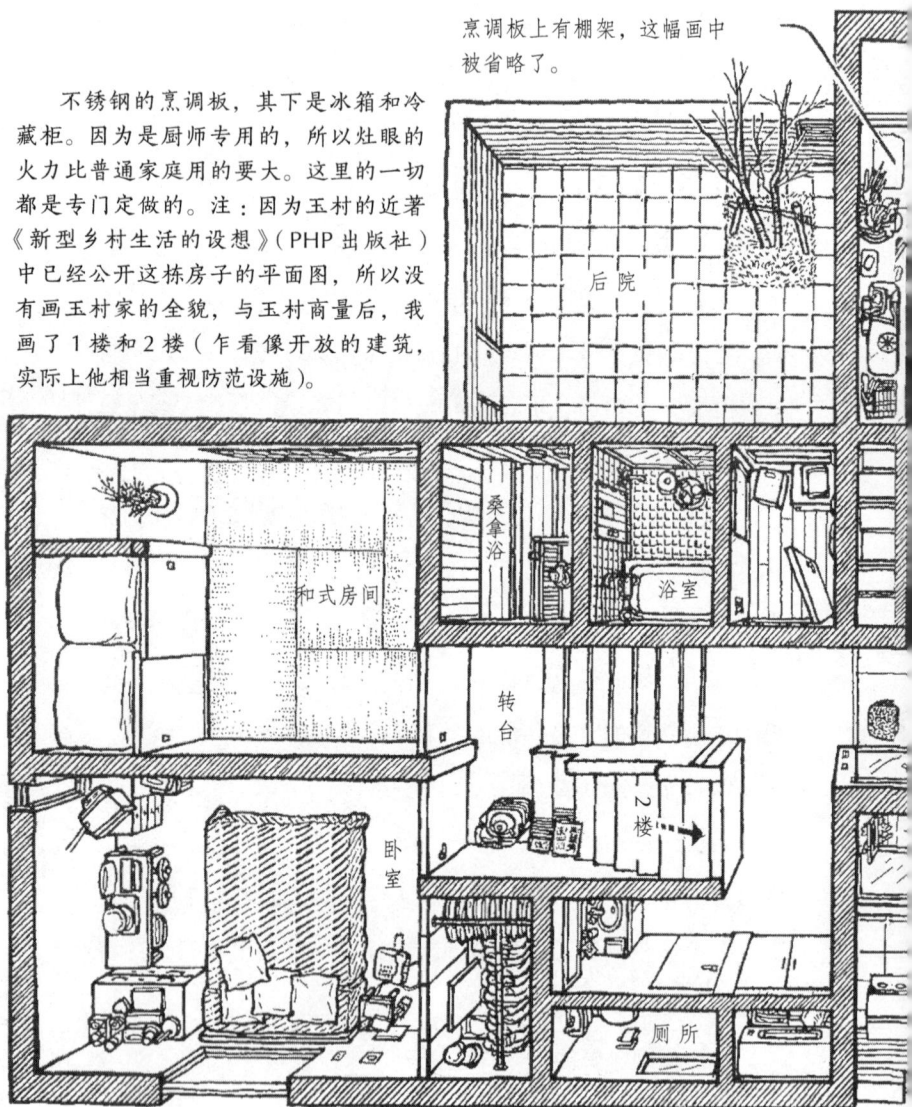

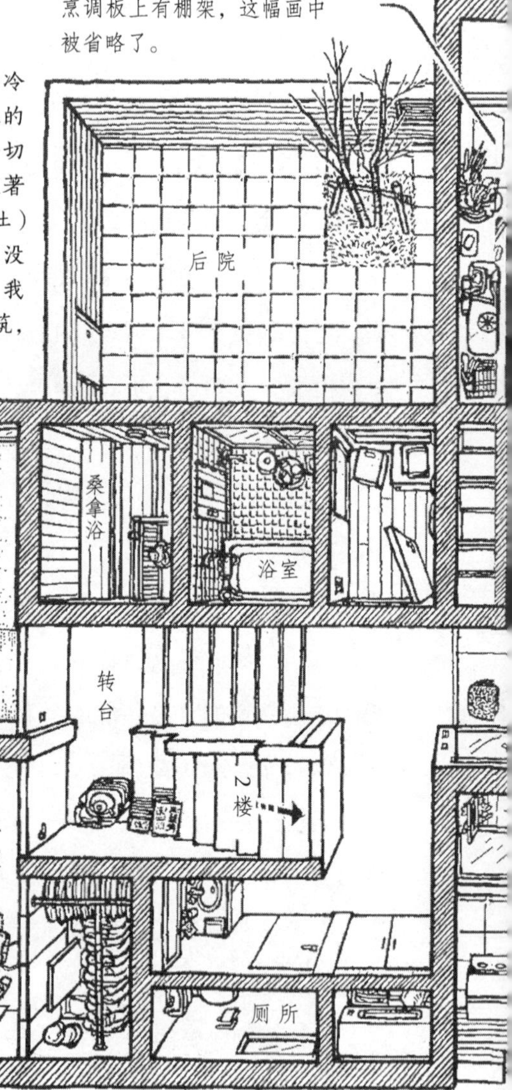

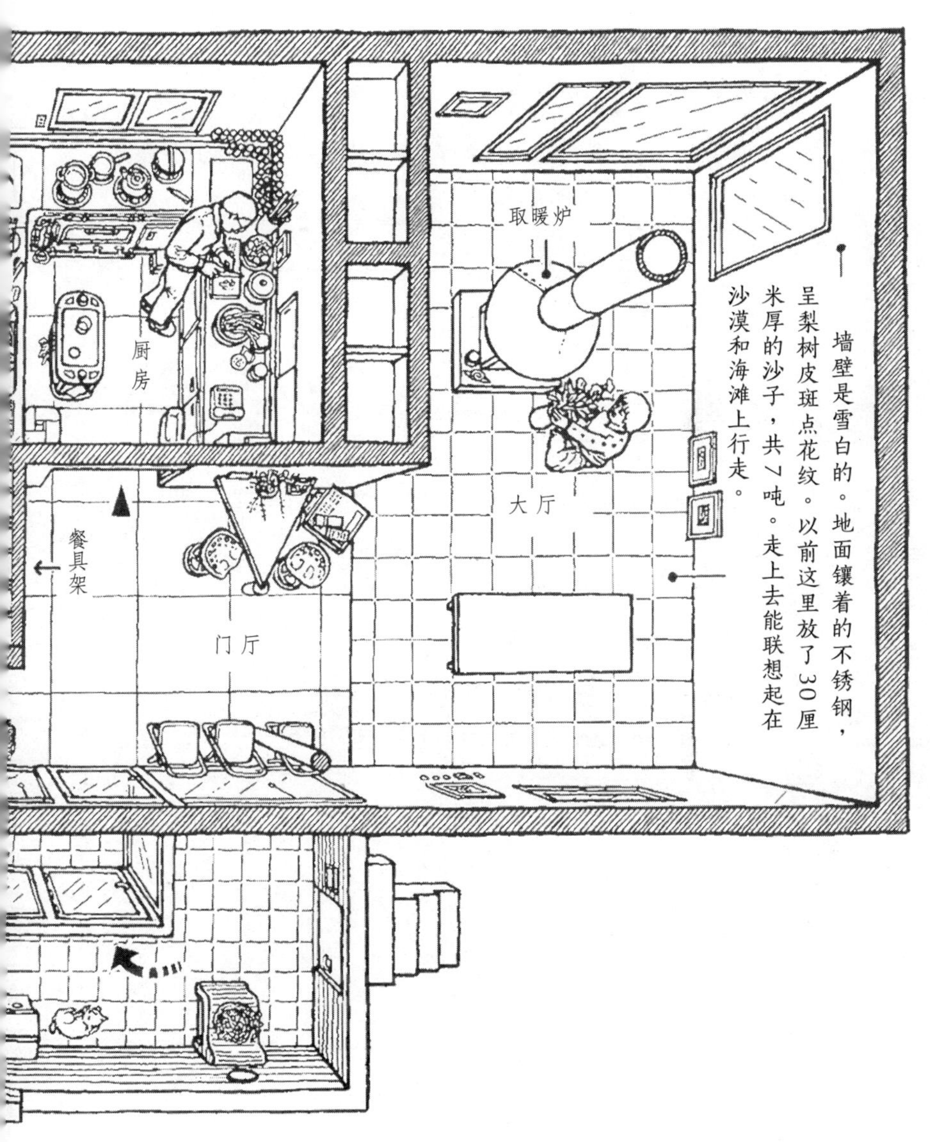
取暖炉
厨房
大厅
餐具架
门厅
墙壁是雪白的。地面镶着的不锈钢，呈梨树皮斑点花纹。以前这里放了30厘米厚的沙子，共7吨。走上去能联想起在沙漠和海滩上行走。

“玉村的做菜哲学？”

“不为概念所束缚吧，比如：凉拌青菜时弄错而浇上了油，也没有必要慌张，就把它搞成中国式的凉拌菜好了，自由自在地享乐。”

不论是工作，还是做菜，他的生活方式是一致的。

反窥河童

异常的人

◉ 玉村丰男

我与河童只见过四次。

一年半以前，去其府上拜访是第一次。其后包括“窥视军团”的来袭共有三次。但是我与他的亲密交往，与见面的次数成反比。

河童是个电话魔鬼，深夜一个人在自己的房间里一边画一边给我打长途电话。也许是非常寂寞，承受不了在密室里孤独闭塞的情感吧。对于一般人的电话，都是“喂、喂”的开头，而河童来的电话则发出“咕—、咕—”的猪叫，无可奈何我也以“咕—、咕—”、“汪汪”、“嘎欧、嘎欧”等动物的叫声来回应。有时这样的交响要持续打一次电话的长度，如果“喂、喂”用“咕—、咕—”来代替的话，那肯定是河童异常，我怀疑，说不定他得了拘禁性神经官能症。

河童异常喜欢见人，而且对所见所闻几乎都显示出令人感到惊异的兴趣，本来他就不是圈在工作间的人，而是活跃在街头巷尾的人嘛。

河童异常健康。

他不喝酒，但开朗。

他一直是开朗的、笑眯眯的，接受一般人难以接受的麻烦的工作，日以继夜地坚持干。性格上像一个受虐狂。

反正河童是个异常的人，其异常是最帅的。

❖ 玉村丰男

1945 年生于东京。1971 年东京大学法文专业毕业后，从事过口译、导游、翻译等工作，后从事写作。主要作品有：《巴黎旅行杂学笔记》《伦敦旅行杂学笔记》《文明人的生活规矩》《做菜四面体》等，1997 年至今，住长野县小闲郡东部町。

模型师三浦宏的「手工艺间」

四年前当我看到在银座画廊展出“江户时代的吉原妓楼”的模型时，不禁目瞪口呆。我的职业虽然也是做舞台模型，但我所做的无法与这极其精致的模型相比。从其煞费苦心的制作中立即可知作者非等闲之辈。可他是个什么样的人呢？我又猜不出来。

那模型时代考证充分，柱子、屋瓦的尺寸自不待言，就连拉门的格棂都分毫不差，让我惊呆了。“精致到如此程度！”更令我吃惊的是房屋背后放置了盛接雨水的天水桶。那与其叫模型，不如说是实物的雏形，实际上也装着水，而且滴水不漏。听说作者是制作“木桶的工匠”，令人信服，否则是做不出 15 个直径为 8 厘米木桶来的。那桶上还有作者的签名——三浦宏。

三浦的爷爷是造船木匠，据说造过航行在隅田川上的货船。然而其父没当造船木匠，成了制作公共浴池和家庭浴池用的浴盆浴桶的桶匠。

当时受东京城市发展的影响，河川和运河的功能衰退，对船的需求减少。造船与造桶是截然不同的两种工作，但是技术上有类似的地方，那就是不论哪一种都要求不能漏水。反正都与水有着不解之缘。

三浦继承父业，成了桶匠。不过，在战争中从建房到造车，什么都干过。理所当然就能造模型——正规的房子。

今年新年，我收到了在有乐町的西武百货店举办他个人展览会的请柬，于是高兴前往。这次展出的是“江户时代的长屋[①]”和“前街的绸缎庄”。

我问道：“这次，你要住这长屋里吗？”

三浦说：“是啊，我很佩服前人的智慧，他们虽然贫穷，但是在狭窄的空间中下了很大工夫，建成适合居住的好房子。我一边领悟其妙，一边高兴地做起来。我真想缩小自己，住到里边去。”

这个长屋居住着木匠、裱糊匠、裁缝匠、做木屐者等各种手艺人。

他把木匠的工具箱拿给我看，其中有 2 厘米长的小刨子等八种家什。前街绸缎庄的账房上摆着的 3 厘米大的算盘，珠子还能拨动，真像有 10:1 比例的人住在其中似的。所有东西都像

---

① 隔成几户合住的一栋长长的房子，类似于大杂院。

能使用似的经过精密制作，做长屋使用的每一块小木板都能告诉我这一切。与以前做的妓院模型不同，这次使用了各种各样的板。

“要做长房子不能用长的好材料，可以把用在正面剩下的半截材料混在一起使用，所以材料不统一，比较凌乱。”

使用的材料有：杉木、丝柏、椹木、松木等。

“椹木？”

“是一种能做桶的材料，因容易破开，也是铺房顶的好材料。桂离宫的房顶就是用椹木板铺的，长屋不使用这种好材料，而是薄的半截的。”

看来，长屋与普通的模型不同，其精细也非同一般，听他这么一说，真是天外有天哪！我为之钦佩不已。

“务必来呀！”

在三浦的邀请下，我登门造访了位于东京浅草寿町的三浦家，他的工作间面向大街，是非常典型的庶民区的手艺人的住房。

“我就是在这样狭窄的地方工作的。做浴室的时候，没有足够的空间真发愁。”

虽说发愁，可这也不是本职工作，又不能为做模型而神魂颠倒。只是做自己想做的事，他家里的人跟着受累吧。

为了不让助手说出“别把自己的事丢在一边”，我只好保持沉默。

三浦宏生于大正十五年（1926年），儿子三浦祥宏生于昭和三十九年（1964年），现在学徒做桶匠。父子二人都健在。

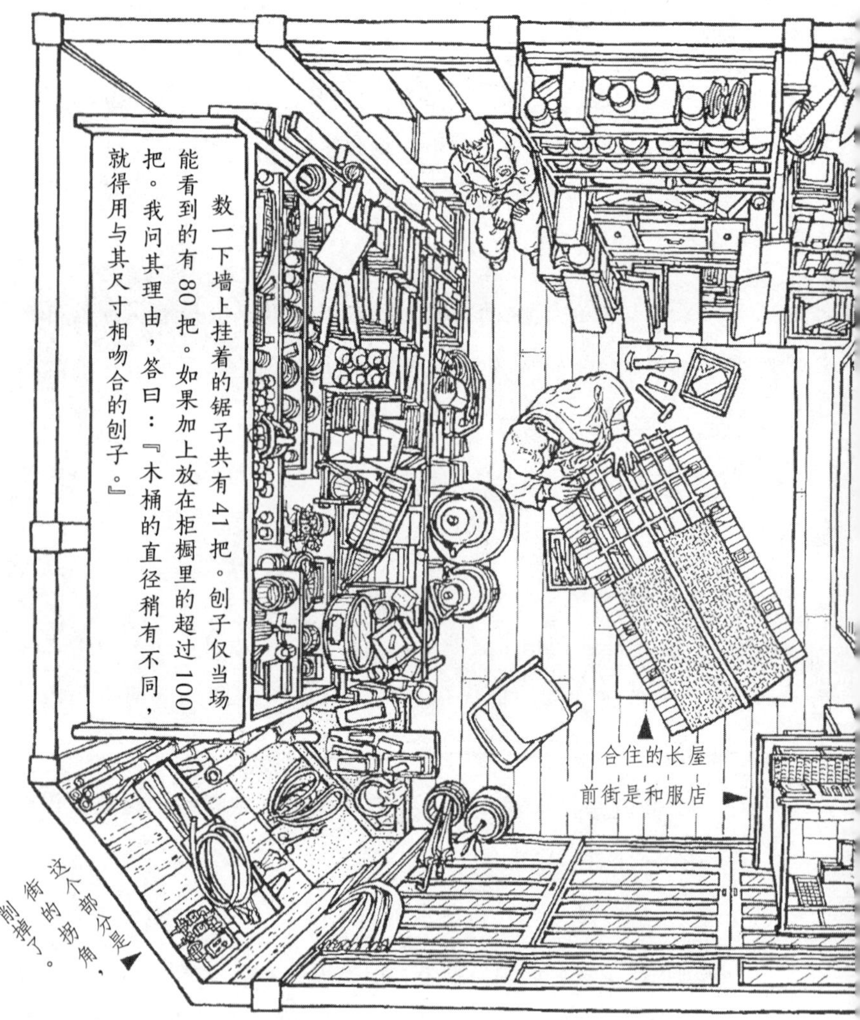

数一下墙上挂着的锯子共有41把。刨子仅当场能看到的有80把。如果加上放在柜橱里的超过100把。我问其理由，答曰：『木桶的直径稍有不同，就得用与其尺寸相吻合的刨子。』
合住的长屋
前街是和服店
这个部分是街的拐角，削掉了。

这一带现在仍是住着各类工匠的居民区。有做古建筑的木匠，做佛龛和装饰配饰的艺人等。似乎三浦下次准备制作“有石榴树的澡堂”。

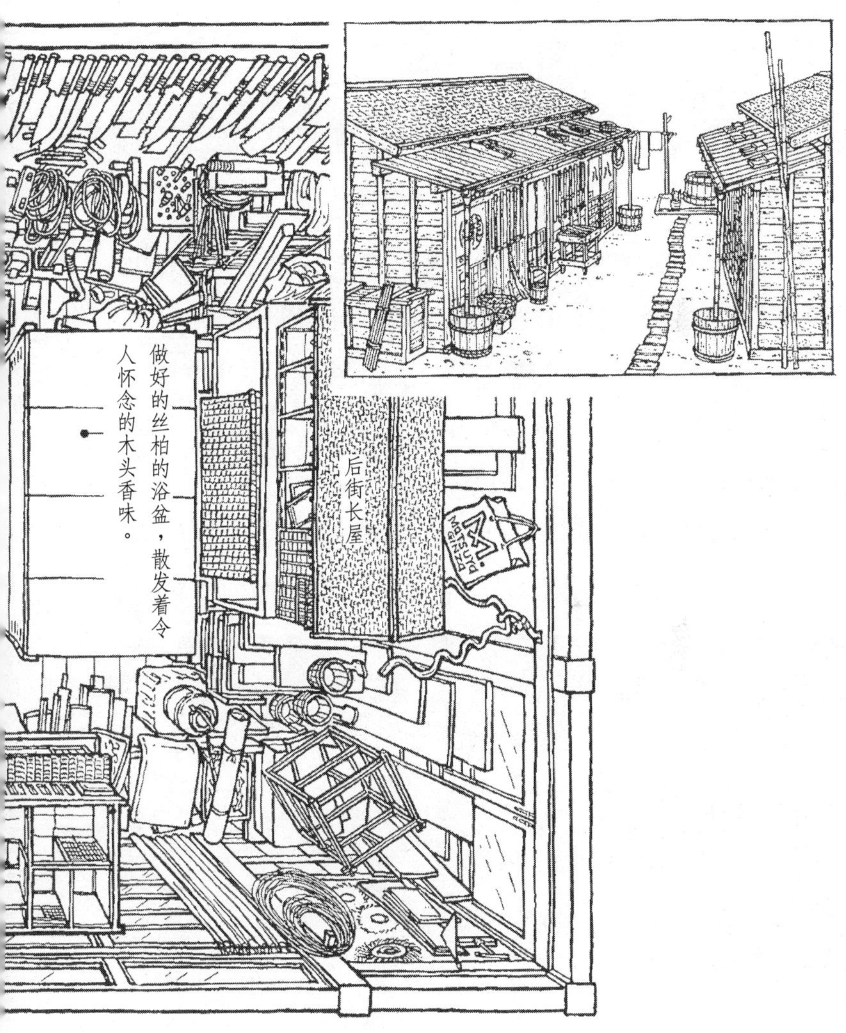
后街长屋
做好的丝柏的浴盆，散发着令人怀念的木头香味。

我之所以佩服三浦所做的长屋，不单是因为那是个长屋的雏形，而是它表现了人们生活的智慧、生活的哲学。首先屋顶有导水管，下边有盛接流下来雨水的天水桶，长屋的地面上有共用的水井和吊桶，正因为三浦是桶匠，所以特别对生活用水给予了极大的关心。

“是呀！比起一般人来，我对于水还是牵挂的。以前人们非常珍惜水，那时不如现在这样用水丰富，所以没有滥用。这是从玉川上水引下来的、在四谷见附分水的水管道模型……”

他给我看了由圆筒形的桶连接在一起的模型，从中可见他对于水的沉思相当强烈，他甚至想再现埋在地下面的东西，我为之脱帽致敬。

“饮用水和洗刷水是分开使用的。天水桶存水用于洗刷，淘米水浇盆栽花木，对枯水期一直常备不怠……这和打开水龙头，水就哗哗流的今天是截然不同的。把今天和往昔对比一下做何感想呢？即便不考虑到这些，今天这么浪费水，我觉得也可惜了。”

在我看来，三浦就是想表达这个意思，才要以模型来再现江户时代的长屋吧。

他还说了这样的话：

“想到打上‘甜水’的名字来出售水，这种只要出钱就能买到水的风潮与保护水质、珍惜用水正相反，那是水质不好的国家才干的事。”

反窥河童
彼此较真

◉三浦宏

“啊，防火桶里装着水。这是三浦的签字。”

这是河童观看了“江户时代的吉原妓楼”模型后的第一句话。河童看到了悄悄放在华丽氛围中的妓楼后面的防火水桶。

真正想请他看的地方和我要说的都被他一语道破，实在令我高兴，这将会给我今后的工作带来很大影响。

这句话，让我明白了河童本身也专注于“水”。他去印度旅行时，自己下到河里，水没到脖子。我本人也有这方面的经验，进到河里能够看到在陆地上看不到的东西，即所谓“看到了看不见的东西”。河童进到河里，因为具备这种眼睛，所以才能成功。

他来采访时把仔细丈量过的实物画在画中，把我根本没有注意到的角落的破烂都鲜明地描画出来，当初要是将这些玩意儿稍微整理一下就好了，但现在已经成为事后诸葛，晚了。我马上拿起他的画，到我的手工艺间仔细对照，发现惊人的一致。其较真精神感染了我，让我感到非常愉快。

今后愿以彼此较真的精神交往下去。

❖ 三浦宏

1926 年生于东京。从 12 岁起就在父亲的指导下学木匠。继承家业制造木澡盆、木水桶等，同时开始制造千石船、屋形船等模型，后发表了比例 10 : 1 的吉原的妓楼、分栋平房、澡堂等精巧的模型，成为人们街谈巷议的话题。

工科教授茶谷正阳的研究室

摊开对折的白纸，从中或者会立起立体的球、金字塔、泰姬陵[①]等建筑，或者展现出开放的花朵，叠一叠又恢复到原来瘪塌的状态，建筑物等又都隐藏到接缝中去了。这种“折纸工艺品”，名字叫“折纸建筑”。虽然不是戏法魔术，开开合合搞几次，也令你觉得不可思议，感到挺好玩，而且造型优美，富于想象力。

现在，这种“折纸造型游戏”在妇女和孩子中间正在悄悄地流行，而“折纸造型游戏”之父乃是东京工业大学的茶谷正阳教授。

去年春天，在银座的百货商店举办了“游戏博物馆二部”

---

① 泰姬陵，位于印度北部阿古拉的伊斯兰陵墓。

的展览，在第二会场上我第一次见到这种不可思议的“折纸建筑”。这个展览会还有一个小标题是“拓宽知觉世界”。入口的墙上写着：“欢迎您到奇怪王国的博物馆来！这里是世界上哪儿都没有的‘发现王国’。请您暂时先放下现有的游戏常识，当您未泯的童心被唤醒时，肯定会开辟出一个独创世界。”会场里有自动装置机关游戏、戏弄你眼睛产生错觉的幻影、描绘出不存在风景的绘画、能与电光玩耍的作品等共 200 件，其中就有茶谷教授的“折纸建筑”。

那玩意儿放在丙烯玻璃箱子里，很遗憾不能用手触摸。白纸折成的展品在电流的驱动下，不停地一开一合变化。我驻足在那里眼睁睁地看了半个小时。

从前，有种打开后会从中突然出现一个东西的“小人书”。然而，这种“折纸建筑”与那种小人书不同。首先“折纸建筑”的造型好看，让我佩服。

实际上“折纸建筑”很好地把握了建筑的单纯特征，以精练的造型感把抽象的圆形、四方形、阶梯状等东西都做出来。当时我自己胡乱佩服一番，还不知道该作品是出自建筑师之手。未必所有建筑师都有理想的蓝图。这里的表现虽然不那么准确，但是至少不是画匠式的造型，的确是建筑师式的造型。

茶谷教授以此次展示为契机，将“折纸建筑”刊登在杂志上，并谈了他的初衷：

“日本建筑师教育委员会曾就‘提高对建筑的关注的方法’

展开过议论。其中有这样的论调：‘如今再对建筑师和建筑学生进行教育为时已晚，不如对将来想成为建筑师和建筑主顾的男女少年们发出建筑美的呼吁。’当时我正在玩这种折纸，从此便做起来了。”

我想见茶谷教授一面，于是就以“窥视工作间”名目，走访了位于目黑区大冈山的东京工业大学的研究室。

听茶谷教授说他对我画的俯视图也表示出关心，我们一见面后马上进入建筑的专门话题。茶谷教授现在研究中国地下住宅，那是全村人都能钻到地下去的建筑构造，到处都挖了一个四方形的洞，它起着院子的作用，其周围是横向连接的洞穴式住宅。要拍摄全村的照片，只能从空中俯视才行。于是要靠风筝来代替直升飞机，把相机捆在风筝上进行拍摄，据说那照片还拍得真不错。

“黄河流域的气候条件非常严峻，地下住宅有着冬暖夏凉的好处，你想去看看吧。我想要是河童去的话，会仔仔细细从上观察，鲜明地描绘出来。”

我当然很感兴趣，可这时助手却说：“该量房间的尺寸啦！”向我发出了牵制球。如果接着谈下去，我很可能接过他发的球，说出“到中国去”这样的话了。

听了茶谷一席谈，我完全明白了他是那种关心“人的生态”的建筑家、学者。

“我似乎被误认为折纸匠，我是搞建筑的。”

茶谷深夜在自己家中思考“折纸”。到教室里向助手询问他们对作品的评价。这个房间隔壁也是研究室，里边有六个人在工作。

想得到茶谷作品的话，有《折纸建筑纸型集》和为孩子写的《令人一惊的折纸》等作品。

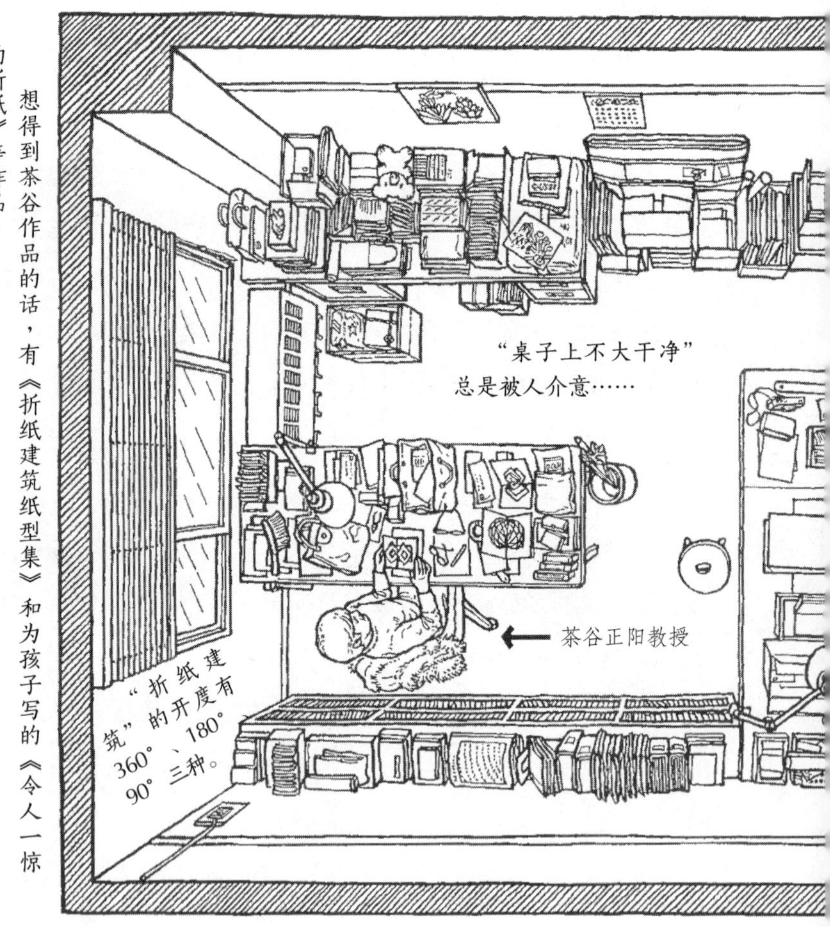

“桌子上不大干净”
总是被人介意……
茶谷正阳教授
“折纸建筑”的开度有360°、180°、90°三种。

中泽敏彰技官
实线的部分用切刀切掉，虚线的部分弯折制作。这是法国国王路易十六时代的王室建筑家鲁道夫空想出的『控制水流管理人的住宅』。河水从建筑的中心部分流过。

茶谷教授淘气地笑了。我看着他试着发问：

“有了这种‘折纸建筑’，对建筑感兴趣的孩子将来成为大人时，建筑家的工作不就更难做了？委托人和居住者也会有自己的意见，他们会说：‘随便建房，我们可不答应！’”

“我就希望这样，建筑本来就应该是居住者、使用者的。首先要有这种意识，建筑家不可独断专行。”

听了这话，我更懂得了茶谷教授寄希望于“折纸建筑”的内涵。

反窥河童
想窥视一下河童

◉ 茶谷正阳

我打算先下手为强，请河童在其《窥视日本》《窥视欧洲》等书上签个名，他却打趣地说“那我得先爬上天花板瞧瞧”。当真？让我惊诧不已。

于是他就把我桌子周边描画下来。其结果叫我大为惊叹，暴露了我“为他人瞎忙，无暇顾及自己”的真相。

要说桌子上杂乱无章，那就像从前老先生那样的桌子连小偷都不碰，办案的警察却问“怎么搞得这么乱七八糟的啊”；你要是真的整理一下桌子，周围的人反而会问：“怎么回事？”

（如同泥土中开出莲花一样，废纸中会出现折叠得方正的纸币，那可是奇迹。）

一边翻阅着河童所画的舞台、房间、稀奇的机关图，一边品尝着阅读的快乐。每逢河童说爬上天花板、飞上空中时都让我们大吃一惊，让我们觉察到他那新视角。就连舞台也是不仅给观众看前面，而且还赶时间下工夫从旁边、后边、上边、下边展示，让我们展开想象的翅膀。

河童会怎样来窥视？他会像摄影家用相机的取景器窥视一样吗？作为他的一个读者，我要从正在窥视的河童的背后来窥视他。

❖ 茶谷正阳

1934 年生于广岛县。就学于东京工业大学建筑系，并成为该校的教授，讲授制图学。1997 年成为该校的名誉教授和法政大学教授。本职工作外，还做“折纸建筑”，因制作正房、窑洞等折纸民居而成为人们讨论的话题。目前又开始做电脑折纸。

评论家立花隆的书房

去年9月，三十几个伙伴集聚到立花隆家，在那里举办了印度音乐家庭欣赏会。那个房间是专门为听音乐而建造的，若是这方面的发烧友，自然会产生浓厚的兴趣。然而我感兴趣的则是他的书房，很遗憾那次没能看到。

我总感到有种偷窥的可怕，感到在书房中弥漫着他苦吟的气息，所以，没能轻松地说出“让我看看你的书房”的要求。

最近立花隆整理完成了四大卷《洛克希德事件审判旁听记》。法庭审判的旁听历时七年，整理撰写花了八年。虽然用书籍的分量和页数来衡量他的著作有些不妥，但这本书毕竟重达2.05公斤，长达1465页。要以400字的稿纸计算，则共有3660张，实属精心制作。

“客观上虽然能构成一部大长篇，可是我自己却感到在分量上比起预想的轻得多啊。”立花隆本人说道。

这种真实的感觉，比起成书的重量感，以及多年来为之倾注的心力来还要沉重啊！

单看立花隆的工作，不禁让人想象他有着逼人的魄力和威力。然而一见到本人，感觉完全相反，“哎，此人，就是那个立花隆？”要描写他一下，不怕你说太表面化了，首先是他说话文静，其次眼神和表情令人感到亲切，头发蓬松，衣着随便。总之，他做过那么恢宏的工作，却丝毫没有自负之情。

“还是想看看你的工作间……”我这么一说，他却落落大方地说：

“行啊！”

之所以说“还是”，是因为有着一半想看，一半怕看了不妙的预感，十分踌躇。踌躇的理由也没有什么更深的意思，只不过因资料和书数量庞大，有种要摆脱“描绘起来很辛苦”的心情。

然而，读《洛克希德事件审判旁听记》，根本没有提到这些。和他的工作相比，我的那点辛劳根本都算不上数了。

开始这样思考的同时，我自己也想了解一下资料的分类法和藏书的整理法等，把这些有实际利益的个人兴趣加上去，恐惧感也随之烟消云散。

立花隆的书房虽然在他家的二楼上有一间，但是因为狭窄，又在附近的公寓借了一间做工作间兼书房。

在打开书房门前，我早有了精神准备，即便如此，当看到房门附近堆积如山的资料时，助手还是回头看了看我。

听说这里的仅是日常的必要资料，汤岛那边还有一间是这个两倍大的书库，这些是从那里运过来的，我更加为之一惊。

他说："还没有怎么整理，审判方面的资料虽然做了边缘分类，但工作之中要搬来搬去，房间中杂乱无章，不能总保持一个状态。"

他的书房虽然乱，但和我那总是找不到东西的杂乱似乎有所不同，这里像零件堆一样散乱，可如果看到了书籍被集中、堆积的逻辑性，就会明白这种混沌犹如活火山的岩浆一样。与此不同，我的工作间则是一座垃圾山。立花隆的资料分类法毕竟在立花的头脑中，我是无法模仿的，而且于我根本无用。那仿佛和置身于东京秋叶原街上批发计算机零件的商店中一样，对机械知识一无所知的我，实在是石头掉河——扑通（不懂）。他的书房让人觉得很像由发烧友或机械狂组装出的机械。

这么说，立花隆是那种无与伦比的爱好机械的人，即使做追究"田中金钱脉络"工作，也是把一个个小的零件收集在一起，进行组装般地说明其构造吧。不难感到他的分析、整理、构筑才能与此相关。

与他见面，话题总是音乐，这与他的工作相去甚远。一提到他，朋友们都说，知道其人，喜欢歌剧，对组合音响迷之又迷，"完全是病态"。

立花隆家中的视听器材，记述如下：● 扩音器（喇叭）正厅主用　4 频道　5 波段（JBL　松下　TAD）/ 前延迟用代码 / 后环绕用　● 阿酋菲滋
这是可移动式书架，前后两排。
FABLES DE FONTAINE

纸袋到处皆是，据说是用于搬运汤岛书库的书，但是感到送回去实在麻烦。剪报纸等资料整理工作由夫人和其妹妹承担。

玛兰士　雅马哈　反干扰主放大器（个人制造管球式）● 反干扰前置放大器　● 索尼　频道切换器　● 松下　唱机　● 那卡米奇　卡式录音机　● NEC CD　● 玛兰士　谐调器　● 山水　脉冲编码录音机　● 索尼　NEC　松下　录像机　● 先锋　激光唱机

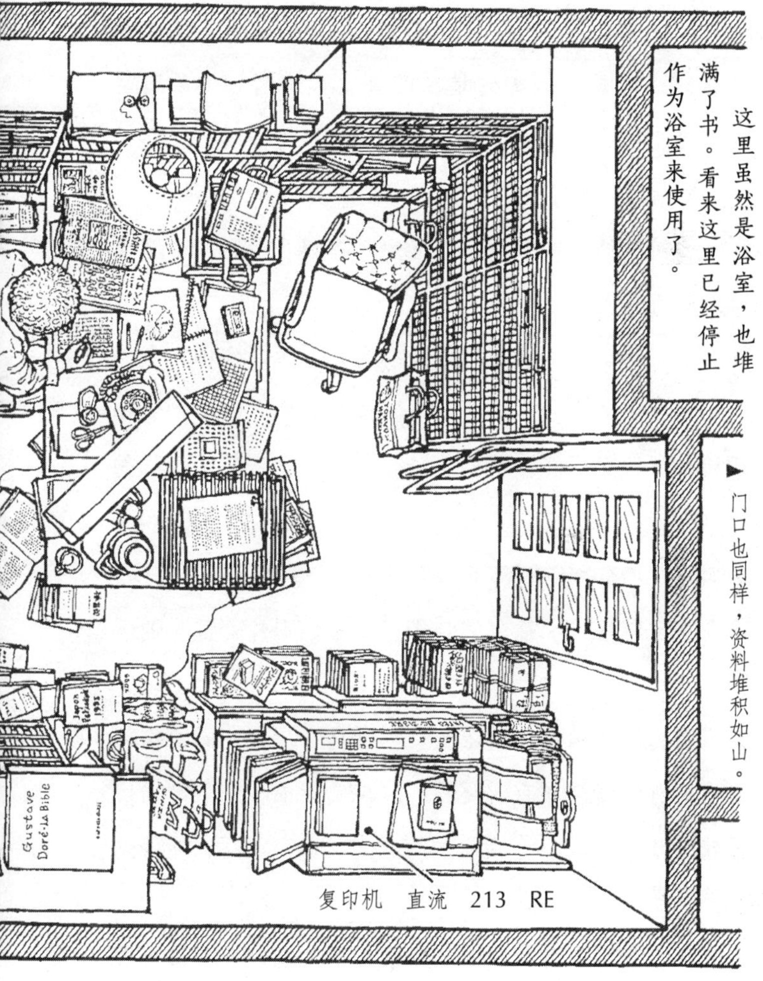

这里虽然是浴室，也堆满了书。看来这里已经停止作为浴室来使用了。
▶门口也同样，资料堆积如山。
Gustave
Doré-La Bible
复印机　直流　213　RE

他非常渴望做一张唱片。去年秋天，印度音乐家卡伊拉撒·锵德拉·蒡笛在他家举办了古典声乐演唱会，立花隆把这次演唱会的实况录音制成了五百张唱片，只限于在朋友之间发行。

为什么这么发烧？因为这是在印度也很难听到的珍贵音乐，在日本更不待言，而且在非常温馨的气氛中演唱的，还是由小室哲哉等行家以数字化录音方式录制的。

演唱者蒡笛师傅是侍奉琅布尔藩主的古典音乐家，也是汲取了该音乐源流的人。

这种音乐是与马路演唱极端相反的音乐，也是那种在众人集聚的音乐会上绝对不演奏的音乐。因此与我们平时听到的印度音乐相比更显珍奇，能使我们切身感受到印度音乐中优雅的一面。

这张唱片还别有风趣地起了个《杰·立花》的名字。

立花隆甚至着迷于唱片套的制作，每一张唱片套都是他亲手制作的。

标准价格比市场销售的稍微便宜。可是唱片套不同价格不同，让人感到有点怪。如有需要的，请与“〒101 东京都千代田区神田神保町 1-21-1 和多大厦·综合文化社”联系，能得到详细资料。

过去爱好收音机的少年，如今热衷于唱片制作。不过，现在他仍如同少年一样。

道听途说妹尾肇是怎么变为妹尾河童的

反窥河童

◉ 立花隆

当时，妹尾在大阪的朝日会馆做《时事画报》设计的工作，画海报什么的。二十刚出头的他，看上了杂志社附近酒吧的女孩子，并且泡在那里，打烊后就住在那儿，第二天早晨起来，妹尾从那儿上班。

一天，在那个酒吧，端上的下酒小菜里带有菊花。妹尾说："说不定还有其他能够吃的花呢！"于是，他把那个酒吧里的花各摘一朵，依次品尝。这个酒吧花很多，共有七八种，有苦的，有涩的……

过了一会儿，妹尾突然肚子剧疼，谁也不知道是哪种花搞的，疼得他满地打滚，东倒西歪，苦不堪言。大家都只是发笑看热闹，再就是看他干傻事玩耍的眼神。

当天有位客人，《朝日航空》的总编斋藤寅郎说：

"你小子像个河童（水怪）！"

于是大家随声附和，"对，对！像河童，像河童！"

第二天，河童这个外号传遍了整个朝日新闻社。以前就有

“那小子可不是人啊！”的说法。不是人，那是什么呢？又说不出来，但是已经有了这个外号的基础。他的真正的名字叫“妹尾肇”，自那以后，不论谁都只叫他“河童”。

最初妹尾在藤原歌舞团着手做舞台美术工作时，藤原义江老板也想不起他的大名，在节目单上就写了“妹尾河童”，此后就连他父母的来信上也把他的名字写成了“妹尾河童”。借此机会，他就向法庭提出改名的申请，把自己的名字改为“妹尾河童”。要改名可不那么简单，费了不少劲儿。人家说：“更改户籍上的名字的立法宗旨，是解除那些被父母起了怪名字的人的痛苦。本来有着正经的名字，硬要把它改为稀奇名字，只有你一个人。”

❖ 立花隆

1940年生于长崎，东京大学法语专业毕业后就职于出版社，后又从新入东京大学攻读哲学。1974年以《田中角荣金钱脉络研究》一书逼迫田中内阁垮台而一举成名。主要著作有《田中角荣研究·全纪录》《农协》《洛克希德事件审判旁听记》《自宇宙归来》等。

布景师岛仓二千六的巨大画室

看过5月7日富士电视台的节目《这世界，原来如此》的人都会知道岛仓二千六这个人。即便不知道他的名字，不认识他的面容，通过电视、电影或者舞台一定曾经看过他的作品，虽然这么说，但他不是演员。

他的职业是专门画“云彩”的画家。委托他工作的人，或者他的伙伴都称他为“画云彩的小二”。虽然对于已经44岁的男人不能总是称“小二”，但是和名字完全一致，他是如天空飘浮的云彩一样温和的人。

他所画的云彩会被当成真正的云彩，

“他画的的确颇像真的云。”

可以说他是个有这种本领的人。

电视广告需要晴空、白云和碧海，于是有外景队前往关岛和夏威夷去拍摄。然而，大自然变化万千，往往并不能如人们想象的那样，尤其展现不出我们需要的那样的理想云朵。有时等了十天，结果还是胶片没派上用场，就打道回府了。在这种时候就会有人说：

“小二，帮帮忙！劳你画夏天的云彩！”

虽说都是云彩，但根据状况的设定和电视剧的场面，云彩的表情也是不同的。有冉冉上升的乱积云、卷积云、絮状云、卷云，还有阴云密布的可怕的云等，任何云彩都是不同的，但是岛仓二千六都能把它们巧妙地画得百云百样。所以，当你看到电视画面上出现的云，感到“真美的云哪！”时，其实那些云彩多半出自岛仓之手。

在电影《零战燃火》中出现的很多飞机和云彩飘动的画面，这些画面有时比主角还重要。那些作为小型战斗机和实物同比的飞机座舱背景的云、染为鲜红的壮丽的大片火烧云，都是岛仓在摄影棚的墙上用喷笔画出来的。

所谓的喷笔，即利用压缩机把空气压缩储存，再将其通过喷嘴喷射出来，让颜料变成雾状，成为一边飞舞一边绘画的工具。

我见他自由自在地用喷笔编织出云朵，看上去简单，实际上喷出的空气和颜料不那么好调节，可以说很难做到随心所欲。

他画云彩已经 25 年了，现在仍然说画云很难。

实际上，我们把云朵拍成照片，再原样放大，那是变不成立体的云的，那样的云也与电视剧不吻合。导演和美术设计的形象，取决于岛仓如何解释与绘画。他在相当于巨大的画板的墙壁上不打底稿，直接用喷笔来描画。他说：

“我是一边感觉风向和太阳的位置，一边使自己成为云彩……如果生拉硬扯去画，云彩在空中就飘不起来了。”

有一天，他打来电话说：

“我要画大的云啦！如果你感兴趣，想看的话，那就来吧！”

既然他有话在先，我就高兴前往。迄今已经多次看过他作画，可没有一次是从始至终看完的。

那是电影厂摄影棚的墙壁，上下 6.3 米，全长 37 米的大画面，底色全涂为蓝色，上半部颜色深，往下逐渐地明亮起来，宛如万里无云的晴空。面对墙壁，岛仓站在移动式踏台上接连不断地描画出云来。看着晴空上飘浮的白云，觉得应该是种心情愉快的工作，但其实绝非旁观者想象得那么轻松。

“所以在没有工作的时候，为尽量呼吸新鲜的空气，我就到山里找溪流垂钓，欣赏自然的云彩。”岛仓说着笑了。

我思索着“这样耗时费力的职业的未来”，尽管有电脑设计，放大照片的技术日趋发达，然而这种工作似乎不会根绝的。其理由很简单，这是只能依靠手绘的方法，才能如愿以偿地得到美丽的云。现在年轻人中间对 SFX（特技摄影）很感兴

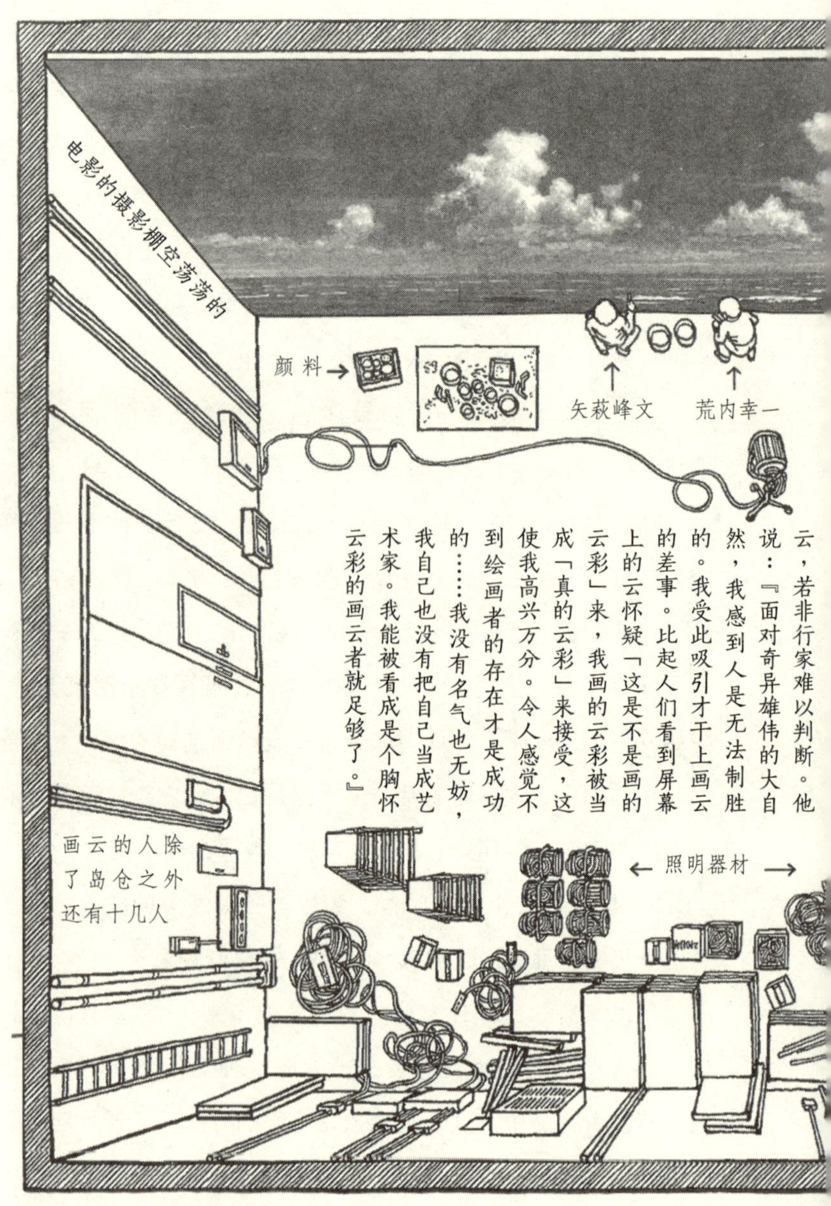
电影的摄影棚空荡荡的
颜料
矢萩峰文
荒内幸一
云，若非行家难以判断。他说：『面对奇异雄伟的大自然，我感到人是无法制胜的。我受此吸引才干上画云的差事。比起人们看到屏幕上的云怀疑「这是不是画的云彩」来，我画的云彩被当成「真的云彩」来接受，这使我高兴万分。令人感觉不到绘画者的存在才是成功的……我没有名气也无妨，我自己也没有把自己当成艺术家。我能被看成是个胸怀云彩的画云者就足够了。』
照明器材
画云的人除了岛仓之外还有十几人

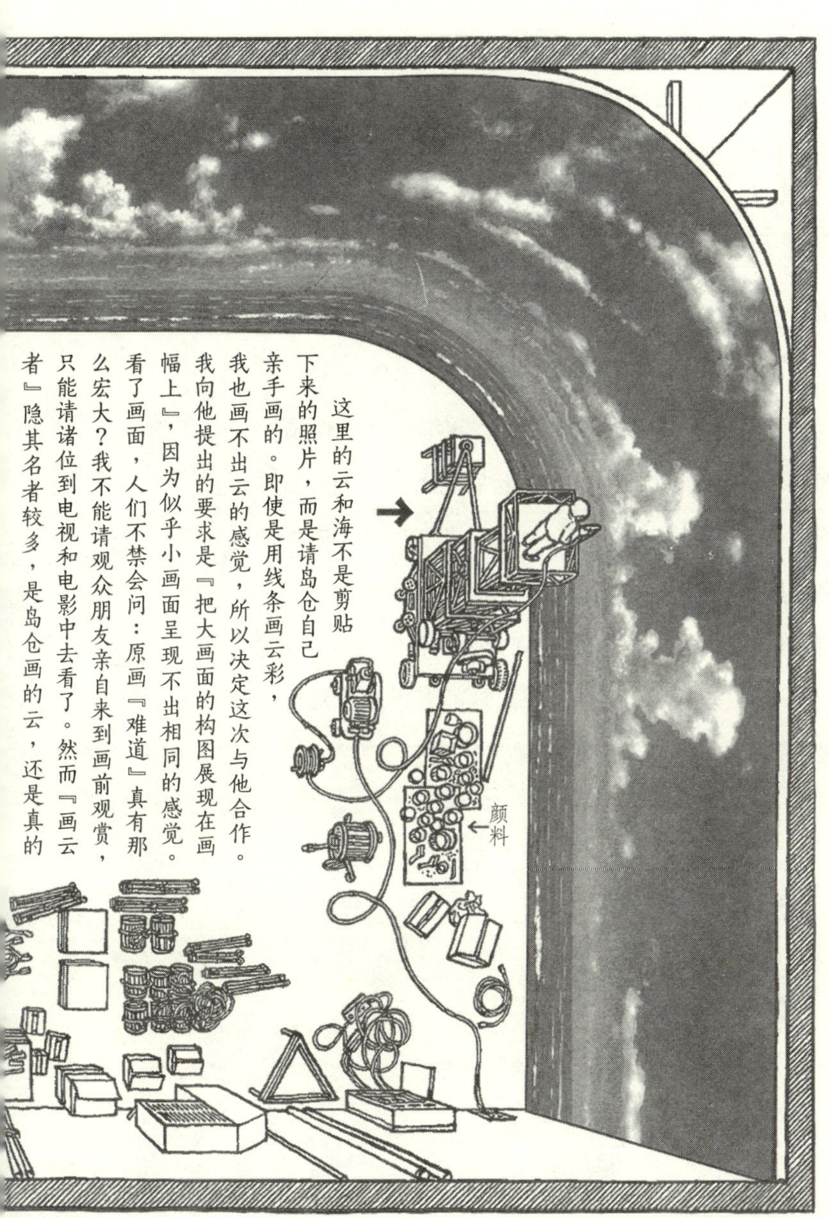
这里的云和海不是剪贴下来的照片，而是请岛仓自己亲手画的。即使是用线条画云彩，
我也画不出云的感觉，所以决定这次与他合作。我向他提出的要求是『把大画面的构图展现在画幅上』，因为似乎小画面呈现不出相同的感觉。看了画面，人们不禁会问：原画『难道』真有那么宏大？我不能请观众朋友亲自来到画前观赏，只能请诸位到电视和电影中去看了。然而『画云者』隐其名者较多，是岛仓画的云，还是真的
颜料

趣。那是靠人的脑和手结合产生的，而且要经过比较繁琐的工序。将来人们借助科学技术的部分会多起来，但是都缺不了人来制作的主体性。“画云”可以说是其原点。

巨大的画面下方由年轻人来画海的波涛。眼下矢萩峰之（31 岁）和荒内幸一（26 岁）在他的手下学艺。矢萩已经第四年了，荒内才只有一年。哪个行当都一样，即便是愿意干的人至少也得修炼五年。能独立工作也需十年……

岛仓着手干这个行当已经 25 年。他不愧是才子，挥洒自如，云接连不断地在他的手下呈现出来。他画云的形状，加云的阴影，接着强光照射，为让云更加现出柔软的韵味，再以天空的底色调整轮廓，最后画出纵深就完工了。

经过 18 个小时，摄影棚大小的天空就呈现出来了。

今年，被在电视广告中出现的夏天的云彩所欺骗的人一定少不了。

反窥河童

所托的工作 虽然艰辛……

◉岛仓二千六

与河童一起工作有十多年了。很多人都从河童描画的缜密中，觉得他的想象是严格的，规规矩矩的。实际上完全相反，他像孩子一样，是个有着天真的玩耍童心的人。

所以当河童说“有点事想求您”时，就有点被邀“一起玩玩”的感觉，预感到是一件好玩的工作，一定参加。

然而，那工作，代替好玩的多半是操作的艰辛。虽然事先早知道这些，我还是甘愿上套，这都是基于河童的人品。我这里自当竭尽全力。

作为美术指导的河童虽然有着明确想表达的意图，但他不把其细微的说明强加于你。这与河童自己独自完成的那种工作的完美性是完全相反的。正是因为有合作完成和个人表现的区别，他才要玩出各自的不同。

他是个有着“把工作干得好玩”主义的人，即便是在作战般紧张的工作间里，他也经常说些笑话活跃气氛。要传达自己的意图也是河童式的，简明扼要地说清后，下边的工作全都交给现场的工作者，靠他们的创意和苦功来完成。所以我们也要不辜负其信任，努力加油。其结果，总是会留下“工作充实的快感”，并说“工作虽然艰辛，但干得挺值得”。

另一个就是一有机会，他便聚光于那些幕后拼搏的人。这次“工作间”所介绍的“画云”，便是其中之一，这一行当的伙伴们都喜出望外。

不过，我们只想向他预约一件事。

那就是“索性让河童自己亲手画画云给我们看看哪！”因为河童喷笔绘画也很棒，一定会给读者们献上一幅与铅笔画完全不同的佳作。

❖ 岛仓二千六

1940 年生于新潟县。18 岁成为独立专业画家，开始从事绘制电影布景的工作。20 岁转入东宝特技电影制作公司，担当系列电影《怪兽》的布景设计，1981 年起为自由绘画人，除电影、电视、舞台的布景外，还为各地博物馆画透视画，以超群的绘画技能闻名于世。

阿久津哲造博士的人造心脏开发研究室

比起其他手术来，有关“心脏手术”的报道总是让人激动不已。

美国的威廉阿姆·修莱达于去年 11 月 25 日接受安置人造心脏的手术以来，目前仍在更新存活记录。似乎人们关心的焦点集中在“能活多少天”上，这让我有些异样的感觉。

两年前，帕尼·克拉克接受人造心脏手术时也是这个样子，他活了 120 天后死了。当时，有两种意见，一种是“仅把死亡时间推迟一点点”的批评意见；一种是“医学史上的创举”的肯定意见。即使在医学界对此的评价也是泾渭分明。

这次给威廉阿姆·修莱达安置的“人造心脏”比克拉克所使用的那个人造心脏在时间的量上要长得多吧？这方面我很外行，知之甚少，但又非常想了解一下。

进而，也想打探一下有关现在正轰动的“脑死”……

我前往位于大阪吹田市的“国立循环器病中心”，拜访了阿久津哲造博士，我请他“解释一下，让我这样外行人能够搞懂”。

28年前，阿久津博士是世界上第一个给狗植入人造心脏的人。那只狗虽然只活了一个半小时，但因这是敲开“心脏移植”大门的划时代的实验，所以给人们留下深刻的印象。最近在美国的动物实验中，给羊安置了人造心脏，创造了存活297天的记录。移植技术有了相当的进步，即便如此，据说它不久便死了。我听到现在美国的报刊报道：对于如今成为人们议论话题的威廉阿姆·修莱达来说，其结果也可以说是相同的。于是我就想问：现阶段是否和动物试验阶段相同，如果是这样，那么结果是否定的意见，实施人造心脏的手术为时尚早……

“我认为比起克拉克安置的人造心脏并没有进步。”

我听他这么说，为之一怔，心想果然如此啊！似乎“理想的人造心脏”必须等到21世纪以后才能得到。

“那就是说目前不值得给人安置人造心脏，如果安置也都等于试验啦？但是我听说现在患‘心肌梗死’的患者靠‘辅助人造心脏’得救了，那是另一种东西吗？”

“‘辅助人造心脏’和‘人造心脏’是两种东西。‘辅助人造心脏’置于体外，在一定的阶段帮助心脏做工。为了避免二者混为一谈，这里将其排除在外。‘人造心脏’又被称为‘同处性全面置换器’，是完全植入人体心脏位置的装置。在原理上是一种简单的泵一样的装置。现在还没有制造出令人满意的‘人造心脏’，其障碍是材料的耐久性和能源问题，现在这是个很大的课题。”

这么一说，我想起威廉阿姆·修莱达坐在蓄电池轮椅上的样子，系着往人造心脏输送空气的管子。不拆除那塑料管子他是不可能自由活动的。

“像现阶段这样附带条件提供能源，患者是过不上‘自由的高质量生活’的。今后的医学为了一个一个地解决这些问题，已经进入一个必须和其他科学技术部门共同研究开发的时代。然而，现状是很难得到其他部门的协助。比如这个‘人工阀’，如您所看到的，其构造极其简单，能开能关就可以。很遗憾，这些都是进口货。用这种‘人工阀’替换患者的心脏阀，挽救了很多人的生命。这样一个阀，你看需要多少钱？80万日元，一对160万日元。在技术方面要说日本做不出来，其实并非如此。日本能制造出更好的、更便宜的，但是为什么日本不造呢？因为企业方面尽量不想去插手直接与‘生命’相关的产品，而积极开发那些实惠比较多的、不承担风险的医疗器械。就是对‘人造心脏’用的小型马达，也表示出敬而远之的姿态。”

在制造室里，微型的机器在转动，制造出塑料的“人造心脏”。旋床旋转加工“人造心脏”的内部，必须使其内部表面

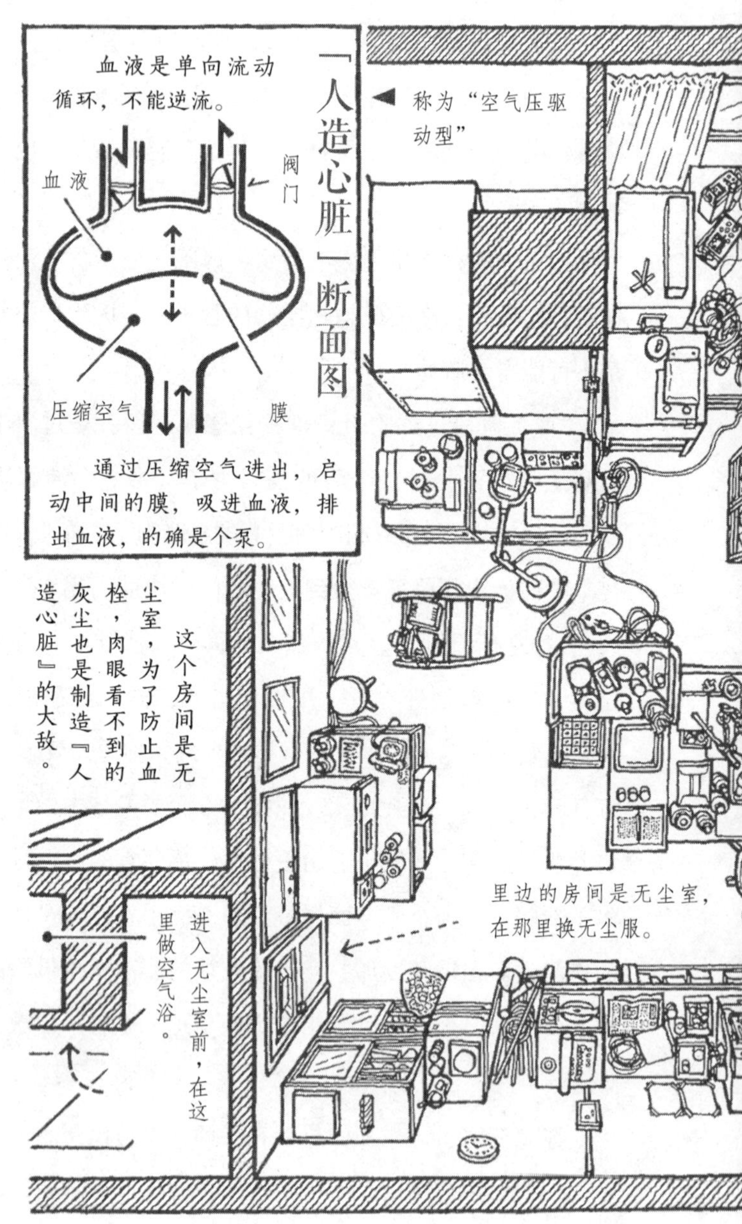
「人造心脏」断面图
血液是单向流动循环，不能逆流。
血液
阀门
压缩空气
膜
通过压缩空气进出，启动中间的膜，吸进血液，排出血液，的确是个泵。
称为“空气压驱动型”
这个房间是无尘室，为了防止血栓，肉眼看不到的灰尘也是制造『人造心脏』的大敌。
里边的房间是无尘室，在那里换无尘服。
进入无尘室前，在这里做空气浴。

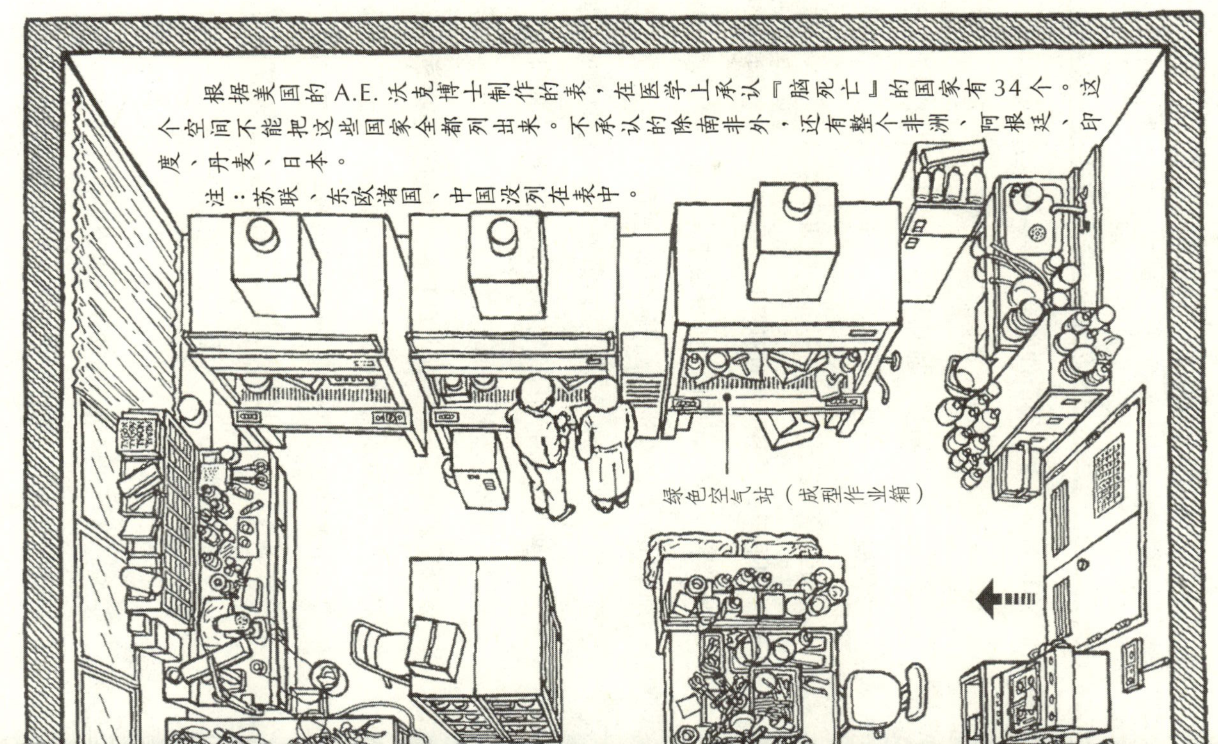
根据美国的A.E.沃克博士制作的表，在医学上承认『脑死亡』的国家有34个。这个空间不能把这些国家全都列出来。不承认的除南非外，还有整个非洲、阿根廷、印度、丹麦、日本。
注：苏联、东欧诸国、中国没列在表中。
绿色空气站（成型作业箱）

均匀光滑，否则影响血液循环，导致血液凝固，引起“血栓”。现在用各种各样的方法全力防止，但如果没有新的材料，解决起来就会相当困难。

“‘人造心脏’还没有达到救人的程度，它距离人体器官功能的要求还很遥远。为此脏器移植的方法比较好，但是也有许多没有解决的问题。脏器移植需要获得脏器，那就必须从死者身上马上得到，要获得活体心脏比起其他脏器要困难得多。这牵涉如何判定人死亡的问题。现在以‘脑死亡’来判定人死亡的国家不少。这在日本则与人们对死的观念相关，要改变其意识非常难，我们对遗体的感觉和宗教观也与欧洲大不相同。”

“心脏鼓动就证明人活着，这种想法占上风啦。”

“是的，文字上也写的是‘心之脏’。如果要问‘人的心脏在身体的什么位置’，多数人都会捂胸，其理由为它是能感知到‘鼓动’的脏器。之所以感觉与心脏直接相连，是由于随着精神状态的变化心脏的鼓动也随之变化，所以在那个地方并没有‘心’。‘心脏’虽然也起了个‘肝脏’、‘肾脏’等一样的含‘脏’字的名字，却是功能最单纯的脏器，也就是一个‘泵’，所以可以造‘人造心脏’。除心脏之外，其他脏器都是人工做不出来的。肾脏有着从血液中清除废物的功能，此外还做更多复杂的工作，所以通过洗血代替肾脏功能，叫‘人工透析’，而不叫‘人造肾脏’。

“我不是否定心脏功能的重要性，而是把心脏也作为一个脏器来认识。‘死’不是心脏停止跳动，而是人作为有个性的个体的终结，也就是应该根据‘脑死亡’来判定‘人死亡’，不过，我不希望您误解，‘脑死亡’与‘植物人’的状态是完全不同的。”

“脑死后多长时间心脏停止跳动？”

“从几小时到几天，也有时间相当长的。‘脑死亡’的人绝对不会再生。日本的问题不在于有关死的判定，而是从遗体中取出脏器这点让很多家属有抵触……”

如果有人提供心脏活体，血型和组织又匹配，其“脏器移植”的质量之高，是“人造心脏”无法比拟的，存活时间也很长。心脏移植手术在日本仅有一例，在世界上已经有 1200 例。最近接受手术的患者中存活两年的占 70%。将来脏器移植会道路大开。但是必须首先解决对“脑死亡”的观念问题，否则，寸步难行。

我想这不只是医生和宗教家之间的争论，是否我们也该进行思考呢？

反窥河童

我知道了那种画的秘密

◉阿久津哲造

初次接受采访时，我模糊地认为河童是位采访记者，见面之后他却自称是舞台美术师，让我感到很惊讶。他的助手也是舞台美术师。舞台美术师怎么会如此关心人造心脏呢？实在让人感到有些奇怪。采访开始后，我得知这项工作是与舞台工作毫无关系的采访。反正他表现出很高的热情，不断提出问题，从没有似懂非懂的表情，一问就问到明白为止。看来，在来采访之前，他已经仔细地阅读过相关资料，进行了一番学习。

更让人惊讶的是他进入研究室丈量尺寸时的仔细。房间的大小自不待言，他们对房间内的所有仪器都进行了测量，并做了详细记录。我真不明白有什么必要画得那么琐碎。提到采访，我也以为就是听我讲一讲，拍上两三张照片便可以打道回府了。总之都在我预料之外。

然而，当我看到杂志上的报道和他画的绘图，我第三次大吃一惊。我终于明白他为什么要仔细地进行实际测量和采访。他不是建筑家，而是以舞台美术师的手绘画出比照片更加真实的图画来。

这样一来，不论谁都一目了然。对于认为医学是难以理解的人，这种画法无疑是一种好的探讨方法。从研究室的正上方俯视来了解人造心脏，这真是一种奇想天外的想法。不仅视角强烈，而且非常有说服力，佩服，佩服！

河童为了描绘这张画投入相当的精力，做得非常仔细。我们在采访现场不期而遇，虽然我的工作间被他窥视，然而通过其热心采访的身影，我感到我也窥视到“他的工作间”。

❖ 阿久津哲造

1921 年生于群马县，毕业于名古屋大学医学系。1957 年赴美，曾先后在密西西比大学医疗中心、得克萨斯心脏研究所进行人造心脏的研发工作，取得了巨大的成果。1981 年回到阔别二十四年的日本，因“头脑反输入”的论调引起舆论大哗。现在为泰尔茂（有限股份）公司董事会会长。

陶艺家加藤唐九郎的陶艺室

在日本陶艺界，要提到加藤唐九郎，那可是上帝。可是别人叫他“加藤唐九郎桑”[①]，他毫不在意。

“现在的风气，都乱叫老师，我可不喜欢。连个性都没有了。本来直呼其名是最有力量的，但是有些不妥，那就勉为其难叫我‘加藤唐九郎桑’好啦！”

说着说着，我竟忘记了他今年已经是88岁高龄。

他一度曾对电话发生兴趣，完全是想了解一下，于是就搞个彻底。

四年前，他感到文字处理机挺新鲜，也买来玩玩。

在他身上有说不完的洋溢着好奇心的趣闻逸事。我虽然知

① 在日语中对人称呼时，习惯在名字后面要加上“さん”，汉语读音为“sang”，故音译为“桑”。

道是个极其平常的问题，但还是试着问他：

“您年轻的秘诀是什么？”

“与其说年轻，不如说像一个孩子啊。孩子感兴趣的是‘为什么’一类的疑问。长大成人后，感到不可思议的事情逐渐减少，而实际上自己根本不懂，但又装出一副很懂的样子。这样的人就老得快，你在《艺术新潮》上发表的那篇莱昂纳多·达·芬奇的故事很有意思，我不知道在那个时代他插手舞台装置。他感兴趣的地方很多呀！所以他很年轻。莱昂纳多·达·芬奇把艺术和科学分开考虑，他认为科学和艺术是从同一枝树干长出来的。一个国家政治、经济、文化三者必须保持平衡，在文化中艺术和科学的平衡也不能失去。”

“这么说，您去过‘筑波科学博览会’啦，您觉得怎么样？”

“我随便说说，如果不考虑更牢靠地认识基础科学的方法，那么，科学万国博览会就毫无意义可言。不利用影像，不把研制成功的东西弄得豪华些，就招不来客人。实际上除了那些表面的华丽，还必须告诉人们那东西的制作过程是如何发展过来的，这就是基础科学的重要性。20 世纪马上就要结束了，但是没有指示出 21 世纪方向性的内容，太遗憾了。”

他的意见异常尖锐。

“听说你要看工作间，不知哪儿合适。烧陶的工作间又不只一处，窑现在烧着看不了。看转台好吗？”

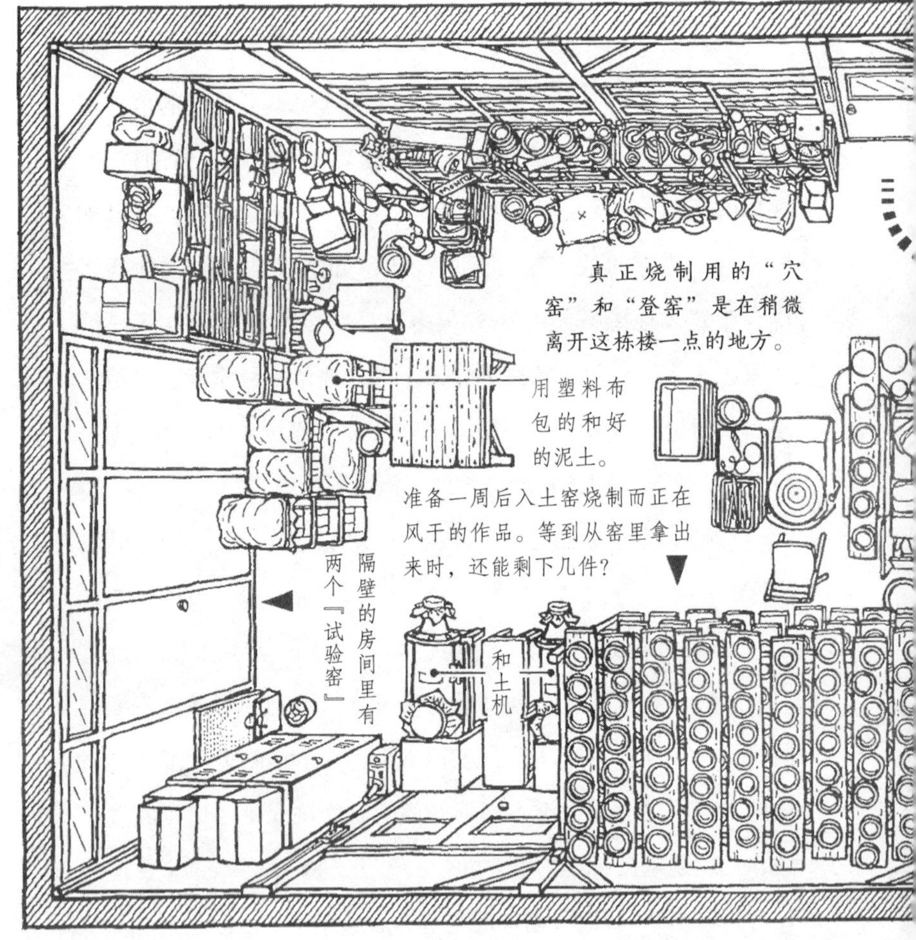
真正烧制用的“穴窑”和“登窑”是在稍微离开这栋楼一点的地方。
用塑料布包的和好的泥土。
准备一周后入土窑烧制而正在风干的作品。等到从窑里拿出来时，还能剩下几件？
隔壁的房间里有两个『试验窑』
和土机

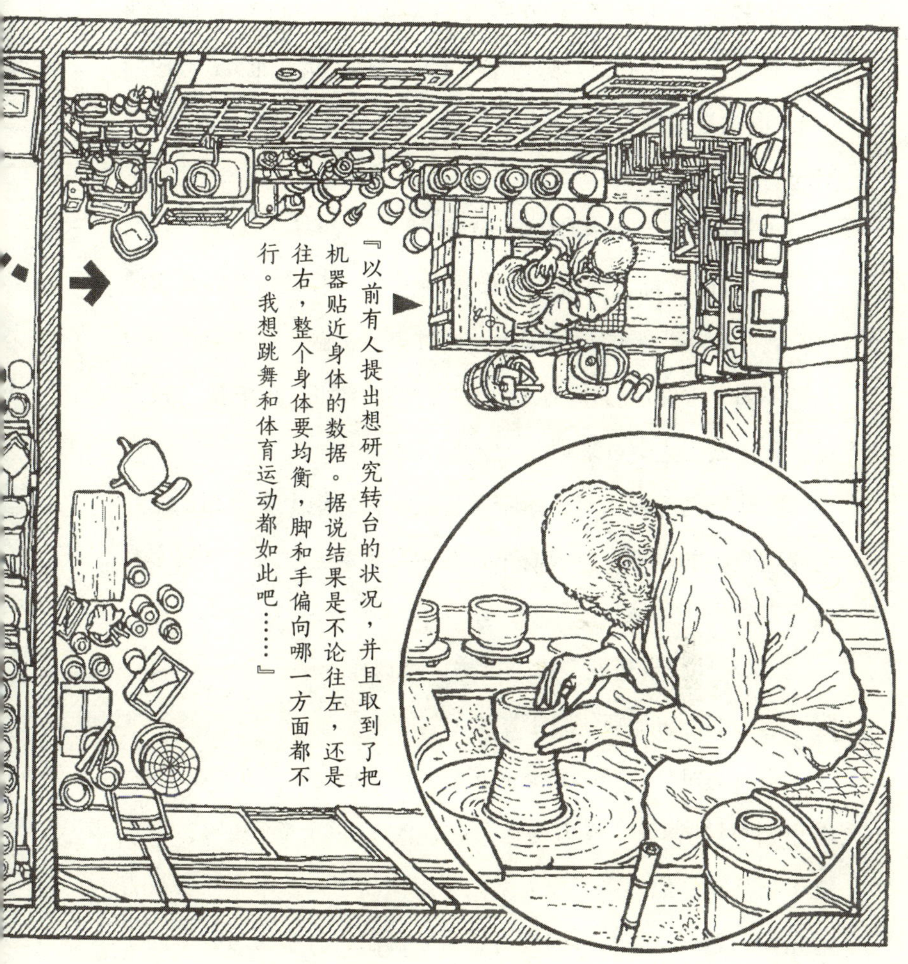
『以前有人提出想研究转台的状况，并且取到了把机器贴近身体的数据。据说结果是不论往左，还是往右，整个身体要均衡，脚和手偏向哪一方面都不行。我想跳舞和体育运动都如此吧……』

去看转台前，先参观了《陶艺纪念馆》，展室中央的玻璃箱子里放着一块直径为60厘米的大陶盘，白色底上画着两条“鲇鱼”，生动有力。旁边书写制作日期“大正七年”（1918年），也就是说这是他29岁的作品，年纪轻轻地就已经成为了不起的陶艺家了。

“听说您20岁时还学过小提琴？”

“要了解欧洲，通过小提琴这种乐器，不正是更有真实感吗？教我拉小提琴的是德国人，通过和他接触，我理解了德国人的精神构造和气质。他教授的方法很亲切，在逻辑上很严谨，我边领悟边学过来。”

加藤唐九郎在当时还信奉基督教，在思想上受到相识的井上藤藏牧师的影响，且投身于社会主义运动，度过了丰富多彩的青春时代。

“多次被警察逮捕，投进牢房。被当作异端、奇人来对待。附近的人都说‘那家伙终于发疯了’。”

当时的时代，经济萧条到了极点。唐九郎说：“即便现在，思想如故。”谈及“权力构造”时，他咬牙切齿声嘎嘎，拳击桌子响咚咚。他力主“权力是做不出作品的。艺术不需要权力的光环。教育也如此。问题是怎么个搞法，有学历与有学问是两码事。要掌握的是学问，而不是学历。”接着又谈到和毕加索的交流，去中国的访问，超越时空，纵横世界。

听说他现在的读书量极大。书库中大型移动式书架成排，宛如图书馆。

被称为不朽的名著——《原色陶器大辞典》是他36岁时着手编辑，历时七年完成的，这足以说明他年轻时就努力治学。即便是与陶艺无缘的人，通过1960年的“永仁之壶事件”，也该知道“加藤唐九郎”陶艺家的名字。那是一个被鉴定为创作于日本镰仓时代的国宝级的“壶”，而它实际上是23年前39岁的加藤唐九郎所作，并赠送给别人的作品。他本人承认“那的确是我制作的”后，媒体如同社会事件一样大肆报道。这时，他对“陶艺作品的价值取决于年代是否久远”抱有疑问，此点给我留下深刻的印象。

在转台旁坐下，我请他做个碗，随着转台转动，手中的碗不断地立起。

“转台操作简单，只要练习骑过自行车的人，不论谁都能做。难的是烧窑。那火焰像魔女一般，不会按照你想的那样去做。”

“听说出窑的作品有大半要敲碎？”

“心里希望得到更好的作品，但总不如意。即便差点能打动人心也可，但是好东西并不容易得到。所以就不断地敲掉。”

加藤唐九郎大师，我这里失敬了。

反窥河童

加藤唐九郎虽然痛快地答应写“反窥河童”的文章，但是，他突然于1985年12月24日仙逝。实际上去世前一天，他还在电话中刚刚说过“稿子写完就寄给你”，但是如今已经不能刊载“反窥河童”文章了，实在遗憾。

谨在此为他祈祷!

❖ 加藤唐九郎

1897年生于爱知县，16岁继承了父亲的陶窑，开始陶艺工作。精通志野、织部、黄濑户等多领域的陶艺，是日本现代具有代表性的陶艺家。有《黄濑户》《原色陶器大辞典》等多部著作问世。1985年12月因急性心肌梗死告别人世，享年88岁。

打击乐手吉原紫罗兰的练习室

听说打击乐手吉原紫罗兰自印度旅行归来，对其朋友说：“印度可了不得！”

我想去问问她：“有什么了不得的？”

以前她从非洲旅行归来曾说过“感到恍然大悟”！

听了她的话，我猜想她所说的意思是非洲鼓的旋律唤起了现代人已丧失的生命根源性的东西吧。打击乐器才是人类最初拿在手里的乐器。那是从使用小棒击打树枝，或者对击两个石块这样极其普通的东西开始的。不拿那些东西光着手拍击，或者用脚跺地也是打击乐演奏之始。在仍然保留那种接近原点的感觉的非洲，想必是她听到这一切非常感动，才会说出“感到恍然大悟”之类的话。然而她却矢口否认，说不是。

“非洲的确让人感到‘这就是大鼓’，大鼓本身有着已经成为语言的优美的旋律。那是一个在世界上乐器种类最多的地区。所以我买回了很多乐器。然而在我所向往的当地，听到那些声音时突然感到，自己以前是不是过于拘泥于打击乐呢？也许这早在听到日本各地的鼓声时就该觉察到……除敲打之外，手接触所发出的一切声音都是音乐，这一点我在去非洲之前就这样思考过。实际演奏中，我用过擦音、抚音、挠音、摩音、弹音等表现技法，我重新在自身中发现这些，其缘是非洲啊！”

“这次，你又说印度‘了不得’，该怎样理解呢？”

“印度音乐不限于敲击声，而是有着我所追求的多样声音。就拿塔布拉这种鼓为例，的确在敲击中加入了抚、挠、弹等技巧进行演奏，塔布拉鼓的击打方法其实很复杂，手指的第一关节打、第二关节打、第三关节打、全掌打等，不仅如此，用五个指头分别发出不同的声音，而那都是一个鼓发出的声音，能想象有整个宇宙那样神秘。我对印度的音乐家这么一说，他们则骄傲地说：‘印度在敲鼓方面不论音色还是技法都是世界第一。’他们狂妄，毫无羞涩，厚脸皮的得意，让我火冒三丈。虽然我想说‘仅仅印度的音乐不是音乐的全部’，但不得不承认印度的打击乐演奏法‘了不得’。”

我获准窥视她的练习室。如传说的那样，乐器种类繁多。如果是钢琴家，有一台钢琴就足够了，可是搞打击乐的……

“到底有多少件乐器？”

“个数？我没数过，大概有一千个吧。”

紫罗兰的丈夫山口恭范也是打击乐演奏家，这次夫妇二人一起接受印度的邀请，在印度的四个城市举办了演奏会。如果把两个人的乐器放到一起，那个数量更可观。因为两个人都要敲打，所以练习室是分开的。山口在自己的家里，紫罗兰在娘家的这个房间里。

地板上、墙壁上各种各样的乐器，密密麻麻。有时会突生疑问，这也是乐器？只是聚在一起悬挂着的五寸的钉子，甚至还有逗小孩玩的哗啷棒。

“啊，这是孩子的，他已经长大了，不需要了，就放在这儿。这钉子可以发出这样美的声音，只要能发出声音，什么都可以成为乐器，所以无止境地增加，有种没有收拾整齐的感觉啦！”

我滚动了一下一个生橡胶做的小球问道：“这叫什么乐器？”

“没有起名字的多得很。这原来也是孩子的玩具，叫作超级球，把它放在铜锣上摩擦，会发出这种声音。”

发出了 Q ——，咻——的奇怪声音，完全像电子合成器增幅时的声音。我模仿她也擦了一下，只发出 K——的声音，根本不好玩。只是这么一下，就能简单地分出高下，真是与行家里手搞出的声音大相径庭。

也有花钱手工制作的乐器，其中有相当昂贵的。打击乐演似乎朋友们略有微词，说『完全像一个玩具箱一样的房间』，我也是这么想的，并且嘿嘿地乐。

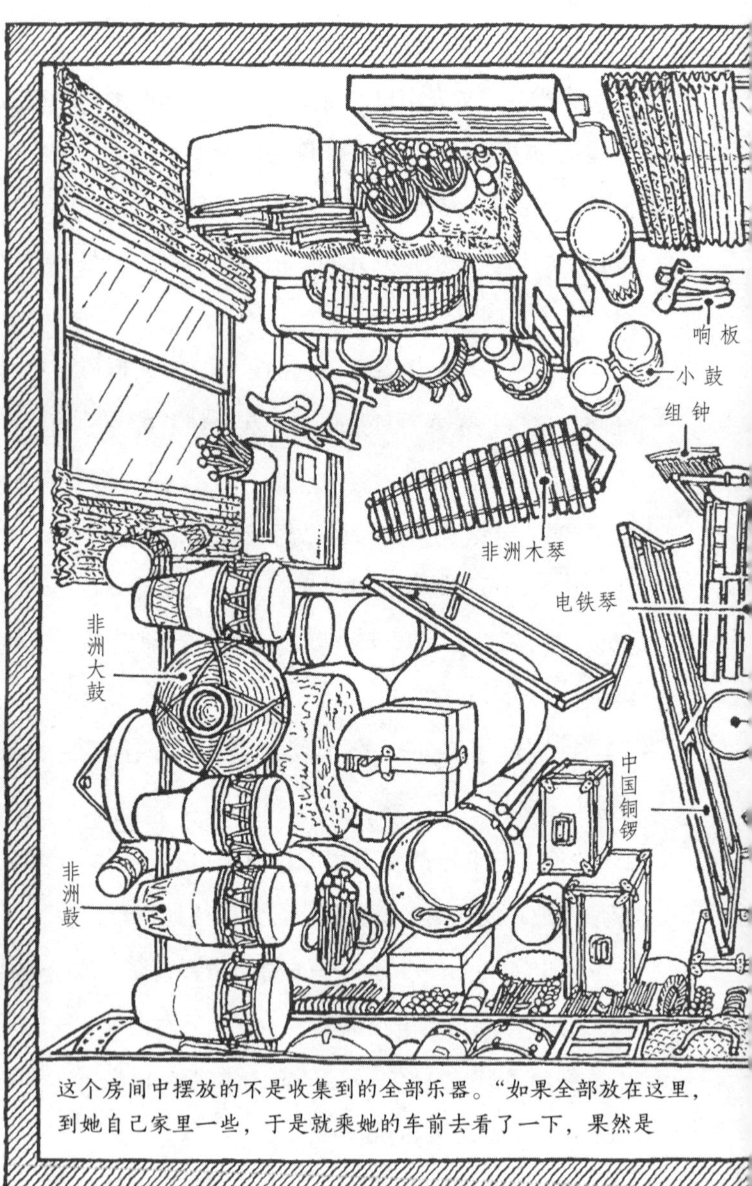

这个房间中摆放的不是收集到的全部乐器。“如果全部放在这里，到她自己家里一些，于是就乘她的车前去看了一下，果然是

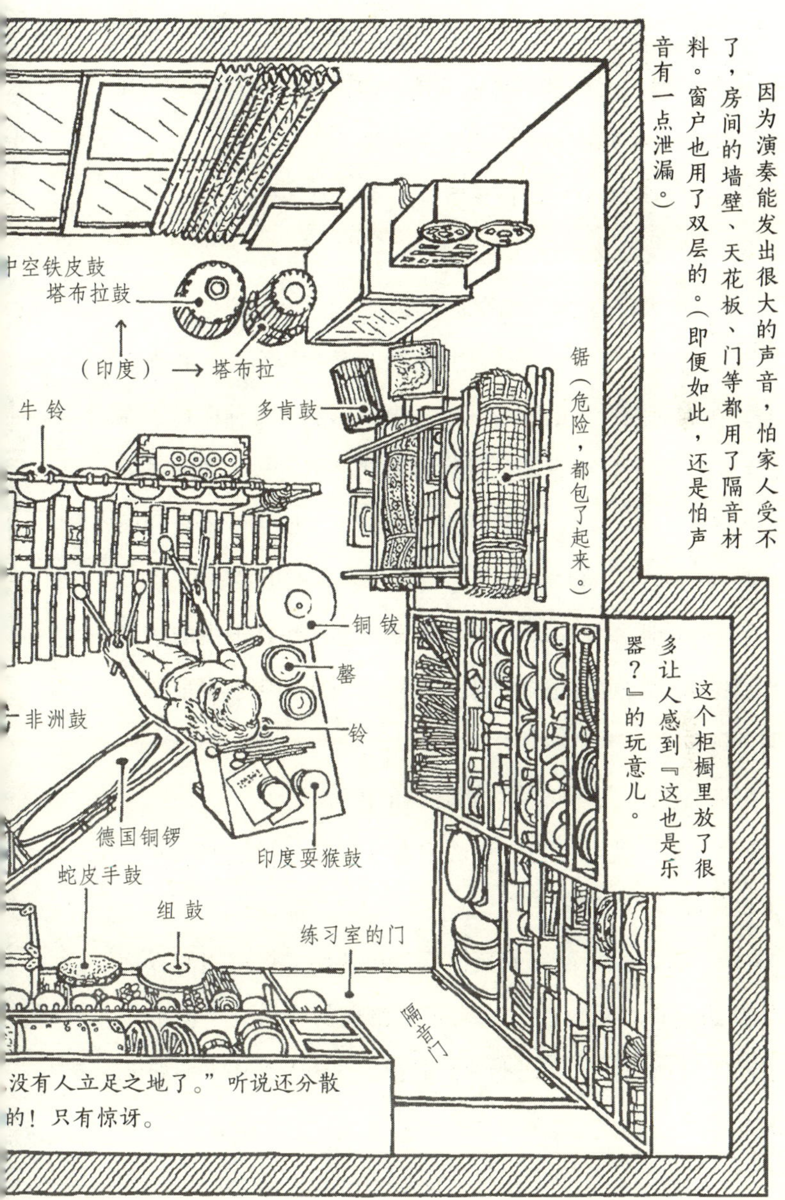
因为演奏能发出很大的声音，怕家人受不了，房间的墙壁、天花板、门等都用了隔音材料。窗户也用了双层的。（即便如此，还是怕声音有一点泄漏。）
中空铁皮鼓
塔布拉鼓
（印度）→塔布拉
牛铃
多肯鼓
锯（危险，都包了起来。）
铜钹
磬
铃
非洲鼓
德国铜锣
印度耍猴鼓
蛇皮手鼓
组鼓
练习室的门
隔音门
这个柜橱里放了很多让人感到『这也是乐器？』的玩意儿。
没有人立足之地了。”听说还分散
的！只有惊讶。

奏家中，有这么多乐器的，恐怕没有几人吧。紫罗兰多半都是自己花钱买乐器，那可是一大笔开销。她以前曾获得过三得利音乐奖，奖金 300 万日元全都用来买乐器了。

我觉得机不可失，提出请紫罗兰演奏一曲。

她说 :“好啊！你看用哪种演奏？”

“不要发出大的声音，即兴的就成啊。”

这音乐会够奢侈的了，听众只有我和助手两个人。我坐在地板上，在近前观看她的演奏，敲打电铁琴的右手伸向铃，左手摩擦铜锣，再把用弦乐器的弓摩擦铜锣的声音放在非洲鼓的声音上，使其产生共鸣，让我感到了连续不绝的声音重合和回响，真是难以形容。我陶醉在不可思议的声音的世界里。

“其他的乐器，作曲家都通晓其声。而这些打击出的声音对于作曲家来说，也有很多是未知的。如何作曲呢？事前要一一说明？”

“是的，比如这个和这个发出这样的声音。”

“这样一来，就可以把创作的乐曲从按照乐谱演奏中解放出来，也就成了即兴演奏？”

“有的，有的。大家一起搞演奏会很快活，可以用和以前不同的搞法制作音乐。在与许多听众集聚的音乐会不同的场所，也能听得到吧？我要把那种类似祈祷的声音亲手交给听我音乐的人。”

反窥河童
相似之处与不似之处

◉ 吉原紫罗兰

在这次被采访之前，我与河童很陌生，实际上我们连亲切交谈都没有过。然而，通过这次采访，我们马上成了好朋友。也许我们两个人同属于那种一见面就黏上的类型吧。总而言之，河童和我在性格上非常相似。

河童就像“窥视工作间”系列中那样，进行着极其缜密的工作。我想他在日常生活中，也是个迟钝的人吧，这终归是我的随意猜测。但是我意外地觉得他也有笨拙的地方，甚至还有点迟钝。由那种自卑感形成的反弹作用，才使他对工作追求得那么缜密吧（至少，我自己有着那样的一面）。

可是我感到自己根本比不上河童，尤其是他的勤奋。河童真是匆匆忙忙，勤奋工作的人。他完全像个孩子一样对什么都兴趣盎然，并且马上就扑将上去，而且坚持主见。他在自我意识过剩方面与我家三岁的顽童一模一样，因此也就有令人意外的腼腆。

白天，我看到儿子玩泥、玩水，并且毫不厌烦地重复来重复去，感到他也许就是在这种玩耍中锻炼想象力，并乐在其中。河童与之别无二致。

❖ 吉原紫罗兰

1949 年生于东京。专攻打击乐，为东京艺术大学第一位打击乐硕士。1972 年荣获日内瓦国际音乐大赛打击乐第一名。此后，接连在国内外多次获奖，成为代表日本的打击乐手。1980 年获三得利音乐奖。

建筑师斋藤义的建筑工地

以前，我曾撰文向建筑界进言：“别再随便建那种怪剧场，赶快停止！”这不仅是站在一个舞台美术师的立场上才出此言，而更是为搞舞台建筑的人们进行代言。

各地接连不断地建造新剧场，然而实际上不好用的居多。

剧场的好坏，从观众席来看是难以分清的。有一个判断其好坏的方法，那就是看舞台的横楣，专业术语叫“舞台大拱”，那里特别亮的剧场不是好剧场。理由很简单，妨碍观众将视线集中在舞台上，所以不论从演戏的一方，还是看戏的一方，都不能算好的舞台。

要说为什么会对这种ABC常识中的A都没有给予关照，那都是要求剧场四壁明亮，看上去令人感到辉煌华丽的缘故。这样搞的并非一例，而这种缺陷比比皆是。令人棘手的剧场通过建筑杂志等的介绍，给人一种光彩夺目的感觉，于是便被看成“壮丽的剧场”，实在令人悲哀。比起剧场的功能来，几乎所有的剧场都在外观、大厅、观众席上下工夫。

这么一来，我们对建筑家产生不信任感，这是多么不幸的事情啊！话虽然这么说，但在提到“剧场是什么”这一问题时，实际上也有非常理解其意义并认真工作的建筑家。有个叫斋藤义的建筑家就是其中之一；对我们来说，他可是唯一的救星。

斋藤被误解为专门从事改建的建筑家，这有失公平了。经过他的手，就连老朽化的楼房空间都被改造为“新的演出场所”，被赋予了新的生命。

位于东京新宿的“阿普尔剧院”就是经他之手起死回生的剧场之一。

从斋藤那里听说“位于大阪上六的近铁会馆的两个电影院正在进行改建剧场的工程”，我立即前往。一到建筑现场，看不到有什么新花样，还是用改造的“阿普尔剧院”的手法。原来作为影院而建的大楼，后来成了舞厅，随着时代的变化演变为空空荡荡、锈迹斑斑的场所。得知这一消息的人说：“哎！把那儿的地方这么一改……”但是人们对其改法惊愕不已。为此，期待把近铁会馆改建为剧场的人很多。

我戴上安全帽，在斋藤的引导下，穿行在脚手架林立的工地中。

“与新建的剧场不同，从一开始就预算紧张，费心费神之处颇多，然而把想法凝聚到‘什么是剧场’一点使我获益颇多。‘建造实用而易于观看的剧场’成为参加改建的全体人员的口号和目标。”

我看到大厅的陈旧的柱子还屹立在那里，它是昭和二十七年（1952 年）创建影院时的柱子，便问道：“难道柱子原样保留吗？”

可他却说道：“能用的保留，加固使用是本次改建的精神所在。也就是分清在哪里下手，不在哪里下手。讨论决定预算分配的顺序，如果认为其是最重要的地方，要毫不吝惜地投入资金。”

我为其一干到底的精神惊诧。大厅还有稍微改造的可能性，让我看的装饰没有花费多少钱，钱都用在改善舞台功能上了。我想能对此这么支持的业主也是很罕见的。

这里举一例，大小两个剧场是上下重叠建造的。为了使两个剧场隔音和防止震动，在两个之间建造了新的结构体工程，耗资巨大。建成后该部分将被封死，弄成人们完全看不见的状态。我在钢筋中一边爬行，一边感到这个剧场不管今后怎么使用，都已经对建筑使用要求的可能性和牢固性给予了重视，这让我十分欣喜。

以前我也曾感到奇怪，剧场建成后，马上被介绍出来，然而，对其使用后的实际状况的评价却泥牛入海毫无消息。这在

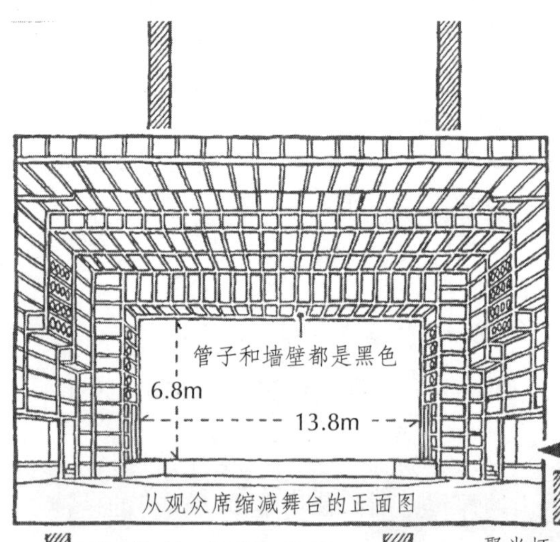

从观众席缩减舞台的正面图

观众席的地板不是原电影院的地板，重新铺设了倾斜角度大的地面，是按照便于观看的原则设计的。下边的小剧场有42个座位，地面倾斜较缓，比起以往的剧场，着眼于更广的活动范围。然而，这个剧场并非是『理想剧场』的例证，旧的电影院建筑背负着什么都做不成的命运，比起新建的剧场有着不利条件。比如舞台的进深和天花板的高度有着决定性的不足。然而，为了弥补这些不足，建筑师尝试从所有角度建造舞台的可能性，努力活用有限的空间。我预感到在大阪将产生『新的剧场』。

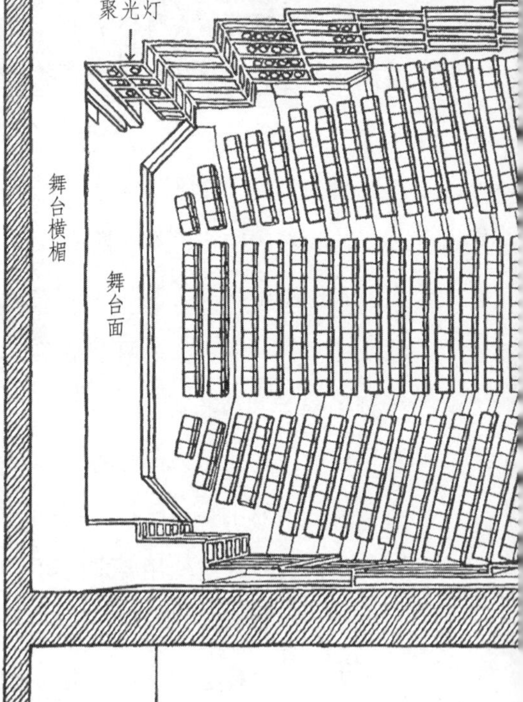

其他行业是难以想象的，比如汽车和电器产品，用过之后发现问题，顾客就会抱怨，厂家就不能视而不见继续生产。

对于剧场建筑，我们能否也寄予同样的期待呢？希望今后务必也采纳使用一方真实感到的意见。

既能用来表现舞台，同时也成了这个剧场的装饰。

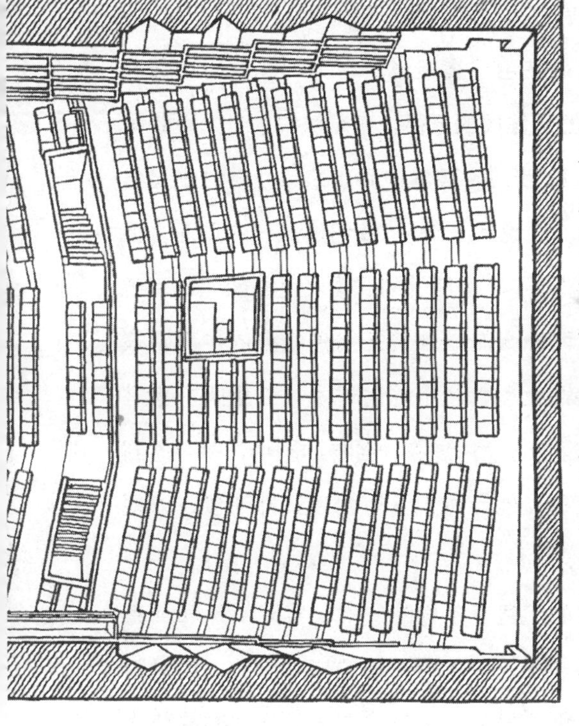
10月3日开放。这是『近铁剧场』的大剧场。观众席为930个。

反窥河童 建造剧场的工匠

◉斋藤义

对于我来说，河童是“搞好剧场私人同盟”的首领。

我初次见到河童，是在由河童担当舞台美术设计的一部戏剧的开幕晚宴上。看见他那健硕的身躯，带着敏锐的目光（眼睛的深处透着和蔼的微笑），步履矫健地向我走来，我一时张皇失措，不知如何问候才是，便说了一句：“我们是第一次见面，但是我早就读过你的作品。”15 年前诞生的“黑帐篷剧团”被河童画在《窥视日本》中，两辆卡车向外拉开搭建帐篷的过程，被他描画得栩栩如生。在此之前，我不知道这本“工作间”也是他“窥视”的系列。河童平日使用过各种各样的剧场，每当感到其不妥之处，总会与我和其他几位他认可的建筑师商量，以便改善。

五年前，建造新宿的“阿普尔剧院”时，实际上是和河童一起工作的。从此之后剧场设计也成了他的毕生事业。他对很多新剧场安装了大量新设备发急，对只注重表面样式的趋势大声喝道：“剧场首先是牢固，应该像普通的箱子一样……”他的观点在认定剧场这一复杂不可解的建筑性质时无疑是强有力的基础。

❖ 斋藤义

1938 年生于京都市。早稻田大学建筑系毕业，主持画室 R。主要建筑设计作品有：六本木自由剧场、黑色帐篷 68/71、阿普尔剧院、近铁剧场、近铁艺术馆、河口湖海牛剧院、世田谷公立剧场等。

作家野坂昭如的书房

我问野坂，“能不能看一下你的书房？”

结果他说：“我的房间里有只猫，它把隔扇和拉门都搞得破破烂烂的，如果你能把屋子里的情景准确地画下来的话……”

他这样说，一方面用这样的话表达了他的难为情，一方面又表现出想满足我的愿望。让我感到这才是野坂，不禁会心一笑。

和他约好了去采访的时日，我去拜访他。

按了半天门铃也没人应答。

一瞬间，我觉得“是不是他在捉弄我呀”？野坂曾给我留下临阵脱逃的印象，而且印象极深。

十几年前，我曾经为他出演的电视剧设计过场景。野坂扮演一个写作拖沓、不按时交稿的作家，截稿临近，他却写不出文章来，最后终于被关在旅馆里。与其说这是他必须要演的戏中角色，倒不如说剧中的角色正是他的写照，是他完全清楚此点才参加演出的。这一点也正是他的诙谐之处。

我们在商量如何设计场景时，他自己提出了个“从厕所的窗子逃出旅馆不好吗”的建议，而且还补充道：“那窗子要足够小，费尽九牛二虎之力才钻得出去，那样才有意思呢。”他一点也不怕把自己变成丑角，甚至到了有些自虐的程度。

编辑从隔壁房间一直监视着野坂扮演的作家是否在认真地写稿子。连野坂上厕所编辑也要跟在其后，可以说寸步不离，监视得很严。野坂让编辑在厕所门口等候，自己从厕所小窗户钻出去。可是刚钻出来就摔倒在地上，发出很大的声响。编辑脸色铁青地追了出来，最后在野坂常去的那个酒吧里逮到了正在喝酒的他，并将其暴打一顿。更有甚者，野坂的眼镜被编辑打飞了。

“如果打碎眼镜更来劲的话，把眼镜打碎也无妨。”他连自己最喜欢的黑色眼镜都肯牺牲，着实让工作人员吃了一惊。野坂就是这样表面嘻嘻哈哈，实际上却非常认真的一个人。

在野坂家门前，我一边等他出来，一边给助手们讲他过去的逸闻趣事。15 分钟后，野坂穿着木屐从里面出来，给我们开了门。

唉，野坂还居然守约了，对他爽约我早有精神准备，尽管他稍微有些走板。不过我很庆幸采访能够一次搞定。

我们从庭院向书房走去。草坪修剪得很整齐，都是野坂自己做的。我对此感到惊讶，他却说倒垃圾也是他来做，自己的衣服也都是自己洗的。

似乎他相当自立，不过他的话有些刺耳。

书房里面并没有我想象的那样乱。虽然有四只小猫，但是隔扇和拉门上猫的抓痕很少。抓破的地方似乎告诉人们，小猫有想从这个屋子出去的意思。而且也只是在出口的拉门上有一点抓痕，由此可以说明小猫很懂规矩。

桌子上放着稿纸，上边写了五行左右的字。觉得那是他在为文章的开头绞尽脑汁而冥思苦想的迹象。想到刚才我把门铃按得叮叮咚咚地响，可能打扰他的思路，内心感到非常歉疚。

不管去哪里，我的采访似乎相当妨碍人家的工作，想必是添了不少麻烦。

屋子里面有毛毯。

“通宵写稿子的时候，您在这个房间里打会儿盹吗？”

“这个是睡午觉用的。躺着看书，把这个橄榄球当枕头。”

“我想画午睡时的毛毯，那是怎样的状态呢？”

我本来只想画画橄榄球枕头和毛毯，谁知野坂竟轻松地躺在那儿，并且盖上了毛毯。

“我可以开始画了吗？”

“请画吧。”

房间的角落里有个用报纸包的箱状物。他意识到我感兴趣，就特意拆掉报纸把里边的东西摆出来给我看。

“这是在米子的皆生温泉的‘海潮园’旅馆得到的‘宴席烧炭炉’，就是在房间里烧烤牛肉用的工具。以前各地的旅馆都有自家的拿手菜肴，但是由于用它耗时费力，所以渐渐地不用它来做了，这些工具也就沉睡在仓库里了。我觉得这些工具早晚要消失的，就收集了起来。在六日町我的住处还有酱菜桶、做汤豆腐和搞石头烧等的工具。”

总觉得野坂其人不适合搞收藏，但是他确实有那种执著劲儿，认为有些东西如果不保存，将来就都会消失。如果我把我对他的这种看法说给他听了，他也会因为羞涩否认的，所以我也就没有启口说出。之所以有那么多喜欢他的随笔的人，正是因为那些读者都感受到了他的真诚吧。

《反复记号》杂志通过问卷调查的方式调查了周刊杂志的企划，将前二十名有人气的专栏编成了一个特辑。结果其中的第一名和第七名都是野坂的专栏，分别是《文春周刊》的“拦截左右”和《朝日周刊》的“狗急跳墙”。这两个专栏虽然有点开玩笑的意味，但是都提出一些相当严肃的问题。这次调查的结果证明了他的专栏的每一期都有读者在期待。

前几天，他的《我斗争——跌倒也要冲破黑暗》一书获得了第一届的“讲谈社散文奖”。那书是由他在《朝日周刊》上的专栏文章汇编而成的。

走廊这堆书原来说要运到六日町的，但是野坂说："要是没有的话总觉得少点什么似的，所以留了下来。"
我不太清楚，据说是四只喜马拉雅种的猫，容易和人亲近。

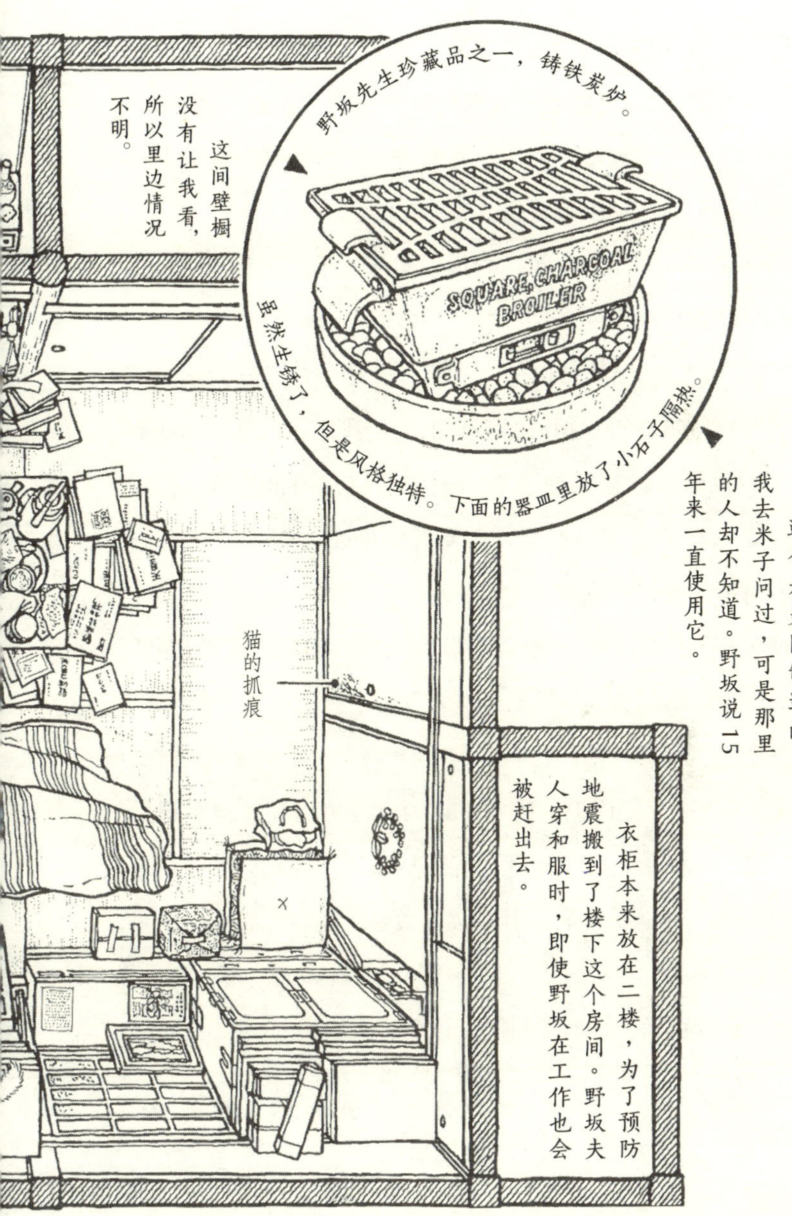
野坂先生珍藏品之一，铸铁炭炉。
SQUARE CHARCOAL BROILER
虽然生锈了，但是风格独特。下面的器皿里放了小石子隔热。
这间壁橱没有让我看，所以里边情况不明。
这个是美国制造的。我去米子问过，可是那里的人却不知道。野坂说15年来一直使用它。
猫的抓痕
衣柜本来放在二楼，为了预防地震搬到了楼下这个房间。野坂夫人穿和服时，即使野坂在工作也会被赶出去。

野坂一直和田中角荣正面交锋，对其勇敢行为有同感的读者听到了他获奖的消息定会大声喝彩。我也是他的读者之一，并不是因为我与他生于同年，同是神户的“废墟派”才如此这般，而是从他的行动中我感到了一种补偿。

据说是因为田中病倒了，野坂说他从此不再去参加议员竞选，好像开始写起小说来。

7月，他除了继续做以前的专栏外，还一口气开始了三部小说的写作。虽然对他担心是多余的，但我还是对其身体放心不下。听说曾有过这样的逸事——以前他和编辑约好半夜交稿，但是到时他没能写完，野坂便对编辑说：“凌晨4点你再来，来时请你按门铃。”

编辑按照约定的时间来到野坂家门口，刚想伸手按门铃，却发现门上空空如也，门铃已经被人拆走了。

我直接问野坂是否有此事。

他说：“我无意说谎，我本来认为自己能写完。但是最后没能写完。在痛苦不堪之中我的确那样做了。现在门上还留有当时的痕迹。可是我保证以后不会再做了，我要洗心革面，重新做人。”

此话是否可信，还需要时间的证明。

祝愿他能够奋斗下去！

反窥河童

我的书斋住在遗迹上

◉野坂昭如

不管是监狱的单身牢房，还是狗窝，或者是我那大煞风景的房间，经过妹尾的画笔描画之后，就像是被伟大的考古学者发掘出来的昔日都城一样，都会清楚呈现出其来历，而且令人倍感亲切、无限眷恋。所以，当我听说他能来画我的书斋，我就像纯真的少女突然被告知去做《朝日周刊》的封面模特一般感到自豪和悸动。

我无法想象妹尾会如何生动地运用他那独特的笔触，也无法想象他那令人不可思议的诗人的和作曲家的脑细胞是如何构成的，也许神秘多多。至少与他同在制作现场，我感受到了接触秘密一端的乐趣，同时我也很担心我的工作间，在我看来是个丑陋的幕后，在他那观察入微的目光下，虽然再现了原状，不还是凸显出余白了嘛。

妹尾在我的屋子里逗留的时间不到两个小时。他实事求是地量尺寸，记录物品的摆放位置，还一个劲地对心神不定的我说这说那。不过最后他画好的画，与那些静止的图片完全不同，他甚至捕捉到了我的书斋里时间的流动。是现实模仿艺术，不论再怎么改变模样，再经过怎样的重建，我的书斋也无法摆脱妹尾的作品所赋予它的永恒。

❖ 野坂昭如

1930 年生于神奈川县。1968 年以《垂火之墓》和《美国羊栖菜》两篇作品获得直木文学奖。获奖时他亲口宣称自己是“废墟黑市派”，成为当时人们议论的话题。从事写作的同时竞选参议院议员，1983 年当选。同年年底的众议院选举中，在新潟 3 区与田中角荣角逐，最终败北。

『吉本兴业』的会长室

素有“关西相声大本营”美誉的“吉本兴业”果然实力惊人。

这种力量的源泉在哪里？若是见了“吉本兴业”的教父——林正之助会长后，说不定可以从中窥视到其活力基础的秘密。于是我决定去拜访他。

公司的业务虽然已经交给了经理，但作为公司真正的老板，与其他普通的会长相比，他忙得一塌糊涂。我向他提了两次采访要求，才好不容易获准。

“会长 10 分钟前就在里面恭候您了，您快请吧。”接待的人这样一催促，我倒也慌张起来。

听说他是“狮子会长”，面对职员常大发声威。我也有些紧张了。

我见到林会长，跟他这么一说，他却说："紧张的可是我啊。让职员查你的履历和工作，甚至我还想读读你写的书，但上了年纪，一下子也读不过来。另外，一想到你会问些什么问题，我心里就像十五个吊桶——七上八下呀。"

他的话可信吗？可我感到他果然非寻常之辈，86岁的老人，但是看上去仍然充满活力，身着西装让他更显得神采奕奕。

"我听说您对于那些前来哭诉的倒霉演员从不安慰，甚至说'我可以借给你上吊的绳子，但没有钱借给你'，这是真的吗？"我这样问道。

"你的问题好尖锐啊，一上来就问这么尖锐的问题，你可是第一个啊。我虽是个想什么说什么的直肠子，但那种话……那是别人制造的谣言。"

他就这样断然地否定掉了，但这个谣传带着几分真实，同时也在一定程度上反映了林会长的某些方面。

"我听到这事的时候，想他真正的意思是不是想表达'不要期望别人的帮助，脱离逆境只能依靠自己'。"

"如果真要这样解释，那倒成'好话'了，但是'上吊的绳子'实在夸大其词。我们公司对演员那可是宠爱有加的。"

桂文珍[①]新创作的相声里有这样一段：

会长站在桥上一望，发现大阪的道顿河面漂着油。他想这

① 桂文珍为艺名，原名西田勤，1948年生于日本兵库县。

条河里有油田不成？于是下令吉本兴业的所有员工明天早上到桥上集合。在后台听见的人笑着说：“现在还有这么愚蠢的事情哪？！管他什么会长的命令，我可不去。”第二天清早，所有员工都手拿着铲子站在桥上。“唉，怎么你！”原来这油是附近的天麸罗店流过来的，但是大家更清楚的是谁都不敢逆着会长和他唱反调。

从抖包袱中，可以感受到员工们虽然畏惧会长，但是同时也为其人品所倾倒。

从演员明石家秋刀鱼[①]那里听到了这样的段子：

从吉本办公室出来去工作，刚到走廊，就和两个背着高尔夫包的公司常务经理撞了个满怀。于是就听到那近乎吼叫的声音：“要好好干活啊，你们不赚钱的话，我们就没的玩了。”没想到这话竟用在我身上。多么粗暴啊！要是遇到了会长更糟，直接把我们当成“蝼蚁之辈”对待。待遇如此差劲，可算得上是日本第一了。要想在吉本兴业待下去，不管什么事情都得咬牙忍受了。

明石家秋刀鱼这样笑着说。不光是他，这里的演员们经常在电视上公然地调侃自己的公司，说自己公司的坏话。

我很想听听林会长对于这些是怎样看的。

“他们经常说啰。什么吝啬啦，什么像地狱般的公司啦。

① 明石家秋刀鱼为艺名，原名杉本高文。1995 年生于日本和歌山县。著名电视主持人，艺人。

这个房间实际上并不是会长室。会客用的正式会长室在楼下。然而，

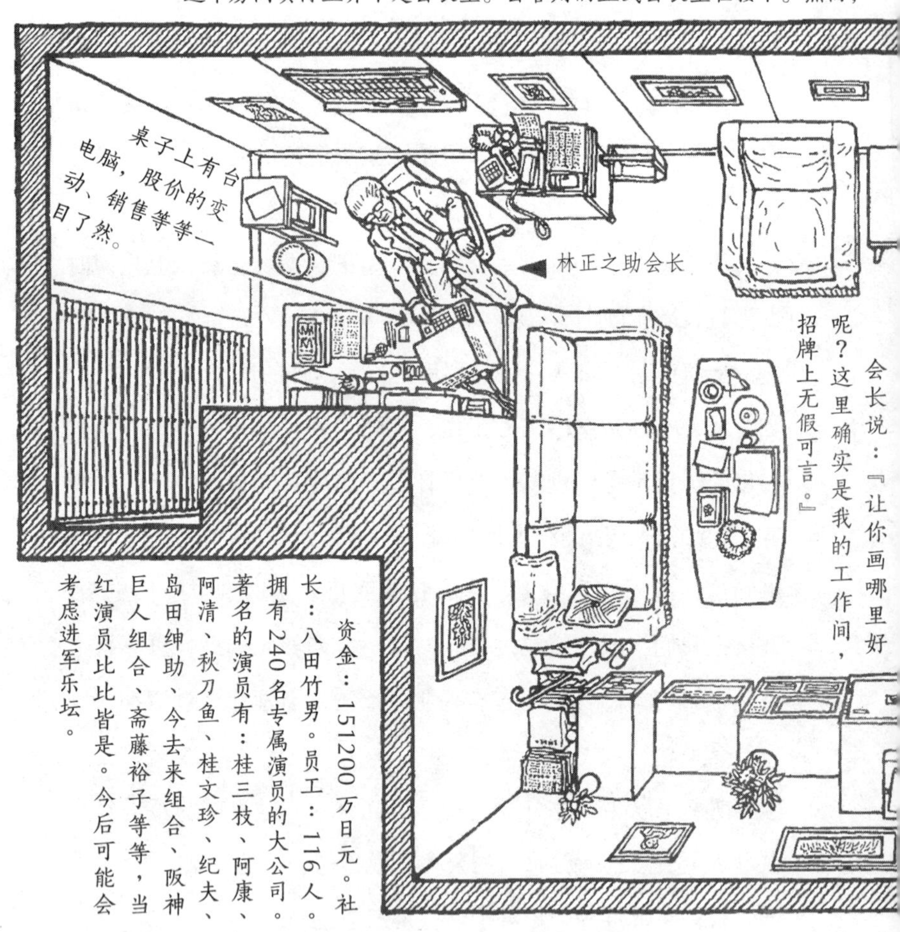

桌子上有台电脑，股价的变动、销售等等一目了然。
林正之助会长
会长说：『让你画哪里好呢？这里确实是我的工作间，招牌上无假可言。』
资金：151200万日元。社长：八田竹男。员工：116人。拥有240名专属演员的大公司。著名的演员有：桂三枝、阿康、阿清、秋刀鱼、桂文珍、纪夫、岛田绅助、今去来组合、阪神巨人组合、斋藤裕子等等，当红演员比比皆是。今后可能会考虑进军乐坛。

这间办公室才是狮子会长真正发威的指挥室。

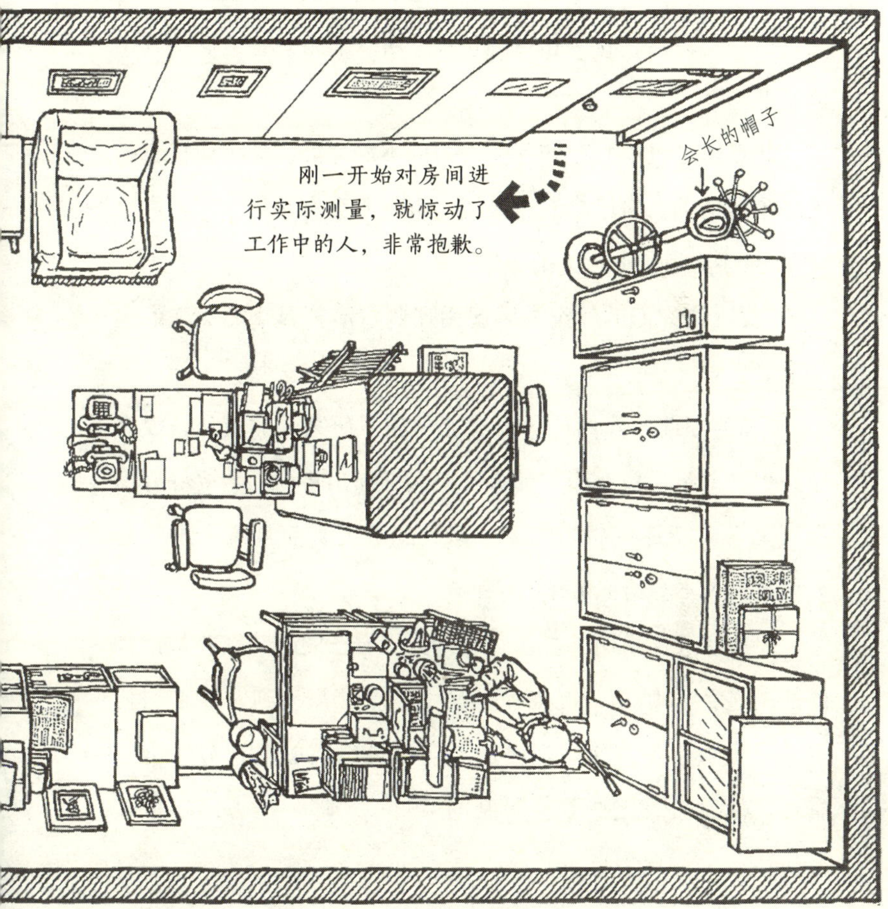

刚一开始对房间进行实际测量，就惊动了工作中的人，非常抱歉。
会长的帽子

听众们饶有兴趣，听得有滋有味，那不很好吗？因为几句坏话就垮掉的公司，即使不说它的坏话也会倒台的。坏话成不了技艺，但一旦坏话转化为相声的包袱，听众们自然也会明白其中的诙谐幽默。”

此点正是吉本兴业和其他公司的不同之处。如果职员真的厌恶公司的话，自己会纷纷跳槽，也就不会有今天的“吉本兴业”，更不会有如此巨大的实力了。

“我听说你们的经纪人多起用那些与演艺界毫无关联的大学毕业生。”

“确实如此。我们公司没有那种相声研究会的成员，没有曾经想当演员而没有当成的人。艺人必须出售商品，要好好出卖商品。对于那些想当艺人，但又想法天真而且意志不坚的人，我们是不会给他工作的。”

他的回答简单明了。他必须每天用自己的眼睛来监督销售商品的艺人的销售情况如何。早上7点谁都没到，他来到公司，一个人开始工作，把自己公司演员出演的电视节目全部看完，他就是看这些重复录制的节目……那种精力也非常人能及。

“一个老年人去参加年轻人的音乐会，还很仔细地观看。你猜那人是谁？居然是吉本兴业的会长！”这种轶事不胜枚举。林会长就是这样一个不仅仅停留于自己的价值观，而会不断努力扩展自身的判断框架的人。

明石家秋刀鱼深有感触地说："(会长)虽然经常说我们是一钱不值，但光是会长一直亲自看着我们做事，并且从不懈怠这一点，就让我们佩服不已。会长其实很热心助人，这一点大家都很清楚。待在吉本兴业，虽然是个有点奇怪的公司，但却能够感觉到一种不能言语的魅力。"

说起热心助人，我想起从别人那里听来的这样一件事。有个人以前辛勤工作，也曾是吉本兴业的顶梁柱，但现在已经大不如前。对于此，会长曾经关心地吩咐说："要好好安排他的工作，不要降低他的收入。"吉本兴业实力的源泉或许就在这里。

反窥河童
河童和雄狮的决战

● 林正之助

同意接受《朝日周刊》的采访，心想应该准备一些预备知识，就让公司的员工去调查了一下。

朝日新闻社早已是家喻户晓。说起来已经是四十多年前的事了，当时按照朝日新闻社的要求，向中国大陆各地派遣了“相声组”做慰问演出，于是就派了圆达、阿茶子、金语楼、石田一松、三龟松、若菜等三组人。从那个时候起，和朝日新闻社就有了交往，结下了颇深的因缘，中间也留下不少的回忆。

但是对于妹尾河童这个人，我却是一无所知。员工中有熟悉的人告诉我说“会长，这是他写的书，要是能先看一看的话……”于是就把三本书放在我的桌上。但因此事来得突然，时间上也没有空余，因而我也没能阅读，于是就慌张起来。

不管怎样也要找几个切入点，就赶紧让人做了一个“河童”简历，等着接受他的采访。

听员工说他是个提问很刁的人，因而我的确是很紧张。

在简历中得知他曾经在大阪的剧院——朝日会馆待过，又曾经在歌唱家藤原义江家里寄居过三年，于是想从这里或许可以谈点什么。我和藤原义江虽然没有什么过密的交往，但青年时代我们同在一家西服店定做西服。青年时代回忆的重合使得我对于藤原义江感到极其亲切。

河童一边讲着藤原义江讲究打扮的轶事，一边又断断续续地问起我的事情。这样一种轻松巧妙的采访，使得我也谈得很愉快。即使是极其尖锐的提问，他那不伤害对方的良苦用心和对深浅分寸的把握都使我对他感激万分。

看到送来的《朝日周刊》，河童在其中把我写成“狮子会长”，我不禁想到那么上次采访就是“河童与狮子的交锋”了，心情愉快极了。

❖ 林正之助

1899年生于大阪，与姐姐吉本清一起奠定吉本兴业的基础。战前策划了由相声演员圆达和阿茶子搭档，掀起了第一次相声热潮。1948年成为吉本兴业的经理。1973年担任吉本兴业的会长。策划了“关西的笑总动员”，引起风潮，异常活跃。1991年4月逝世。

珠宝设计师村山治江的画廊

入口处的墙壁上挂着一块青铜板，上面刻着这样一句话——“盲人也有欣赏罗丹的权利”。

这里就是“用手看的美术馆”——“汤姆画廊”。它位于东京都涉谷区松涛二之十一的安静住宅街。据说自开馆以来到现在的一年零三个月中，有三千五百多盲人前来参观过。

想开设这样的画廊，并且实现这一愿望的村山治江女士说：“生活中我们几乎从未考虑过‘用手看’这样极其理所当然的事。如果我没有从事贵金属工艺设计这种工作，如果我没有一个双目失明的儿子，肯定到死我都会对此漠不关心的。”

她的丈夫村山亚土先生是儿童剧作家，其父村山知义先生是画家兼舞台美术师。他相当于我工作上的老前辈，在“二战”前的“筑地小剧场时代”，创造了很多蜚声剧坛的舞台设计。他于 1977 年故去，绰号叫“汤姆”，他们满怀纪念父亲的真情，给画廊取名为“汤姆”。

但是，这座建筑的功能并不仅限于画廊，它也是村山先生的私人住宅，更是首饰设计师村山治江女士的工作间。而作为画廊开放的空间比例之大让我很惊讶。一层是家人居住的生活区，二层和三层几乎全部是为来访者开放的画廊空间。但是，这里并没有为盲人特别设置什么，从入口处通道经过混凝土台阶直到二楼。楼梯尽头的阳台上有个洗手的地方，放着肥皂，来访的人就在这里洗手。

一进门，左边就是介绍展览室全貌的立体向导图，用盲文说明了会场的结构。来馆者用手摸着读完之后，就可以像曾经来过一样，没有人引导也能够欣赏作品。这个画廊和其他画廊不同的地方只有一点，就是作品都有用盲文书写的解说词。

“我想把它做成这样一个场所，能让人们对我们的家有一种亲切感，能够轻松随意地来这里。所以，我们不想安置那些诸如盲人专用的特别设施。只要能够把信息确切地传达给他们，他们是能够充分理解的。多余的关照反倒让人觉得是负担。真正必须要做的是理解他们所寻求的东西。”

这就是治江女士一直持有的态度。

被称为“明眼人”的我们和双目失明的残疾人接触时，常会觉得困惑——不知道到底怎样做才合适。在和盲人歌手长谷川清君熟悉之前，我也一样，总试图这样或那样解释来弥补他

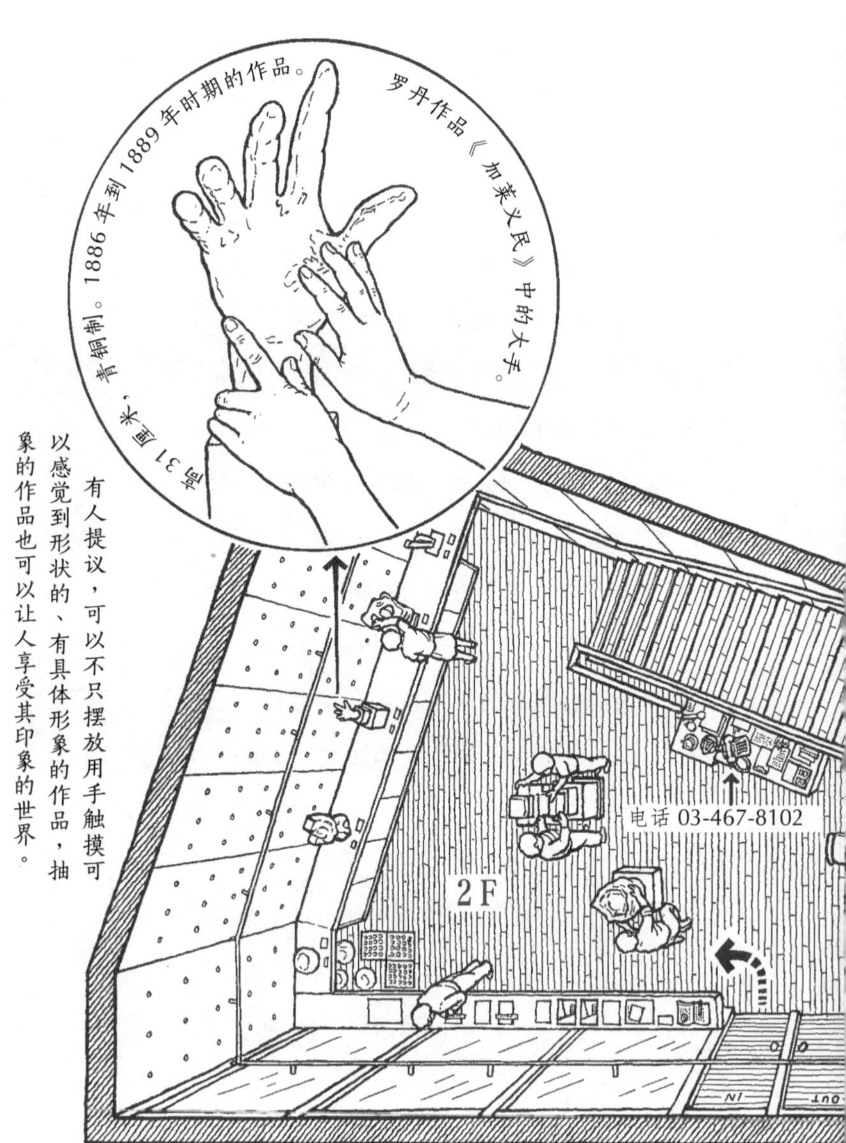
罗丹作品《加莱义民》中的大手。
高31厘米，青铜制。1886年到1889年时期的作品。
有人提议，可以不只摆放用手触摸可以感觉到形状的、有具体形象的作品，抽象的作品也可以让人享受其印象的世界。
电话 03-467-8102
2F

视力的不足，但是后来我发现这种良苦用心，大多都像治江女士说的“多余的关照就是负担”。现在，我甚至会经常忘记长谷川清君是个盲人……

他常说“给我看看，给我看看”，他说的看就是用手去触摸，这和我们这些“明眼人”用眼睛看是完全一样的。虽然我觉得自己已经充分理解了，可是当我听说涉谷有个“用手看”的美术馆“汤姆画廊”的时候，还是吃了一惊。

美术馆通常到处都写着“请勿触摸”，我自己也认定欣赏雕刻也是一样，“不应该用手摸”，这让我觉得很是狼狈。原来

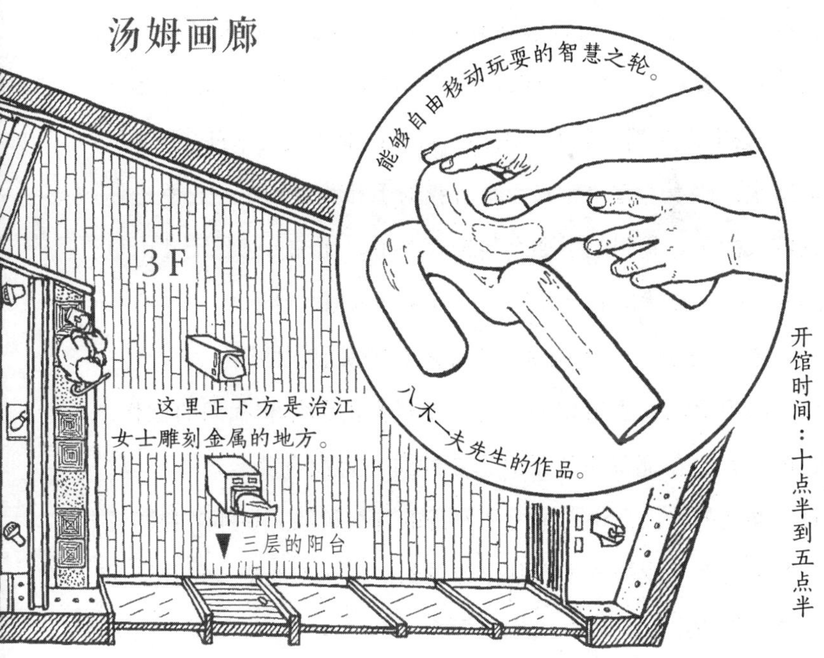
汤姆画廊
能够自由移动玩耍的智慧之轮。
八木一夫先生的作品。
3F
这里正下方是治江
女士雕刻金属的地方。
▼三层的阳台
开馆时间：十点半到五点半

盲人也有能够观看、鉴赏雕刻的方法。

“以前心里没谱，总担心到底会不会有人来看，完全没想到会让他们如此开心。不但有修学旅行的盲人学校的学生从地方组团来看，甚至有一个人从涉谷车站手拄白色的拐杖，找了又找，足足花了一个小时才找到这里……”

人们的留言中有这样一些话：

“雕刻只要还有生命，就能留住那瞬间的动作。通过抚摸我甚至感受到作品的骨髓，真的是深入骨髓般的触摸。即使是我的妻子，也不会让我这样触摸，即使是无比疼爱我的父母也无法接受这样的触摸。父母也好，妻子也好，孩子也好，看到我触摸的样子，大概都会遮住眼睛吧。此刻，我可以触摸一切。我没有感想，只是热泪盈眶。”（冲绳县 · 下地幸夫）

“我觉得触摸的雕刻都很棒。很久以前，我去 NHK 听音乐会回来的路上，有个年轻人牵着我的手和我走到车站，罗丹那只巨大的手让我想起了那个年轻人的手。他说自己是千叶山里的农民，乐趣就是来听音乐。”（川崎市 · 舟木铃子）

今年 11 月，这个画廊的作品就要跨海前往冲绳。

因为治江女士策划的名为“罗丹们的创作和我们的创作”的展览就要在那里举行了。迄今冲绳一直没有美术馆，所以，对于冲绳的人们来说，这是和罗丹的首次接触。在那个会场还会摆上盲童学校的孩子们制作的雕刻，很让人期待。我看过那些孩子们的作品的照片，真的很好。

有人说会不会以此为契机在冲绳建美术馆……

包括这个策划在内，都是希望当局能够考虑一下“文化行政”的方向。

《接触雕刻之时》这本书由“用美社”出版了。藤原新也先生一直连续不断地拍摄去“汤姆画廊”参观的人们，他的照片拍得很棒。该书中收录的参观者的留言扣人心弦，同时也可以看到治江女士反复强调的事情得到了众多的理解者和合作者的热情支持。

反窥河童汇报

◉村山治江

梅雨季节的一个晴天里，河童先生带着一个能力很强的助手来采访了。采访大概有两个半小时，但是实际上我觉得时间很短，就像嗖的一下吹过一阵凉风一样。

他彻底地测量了建筑物各处，连地板的细微之处都拍了许多照片，但是关于画廊并没有问太多问题，可能是他事先已经查过资料了。

“虽然闭上眼睛也不一定能够体会盲人的感觉和处境……”

河童先生边说边闭上了眼睛，用手把展览的雕刻都摸了一遍。实际上按照这个画廊的规定，可以触摸雕刻的只有盲人，明眼人是不可以的。河童先生知道之后，急急忙忙地说了一连串对不起。河童先生最感兴趣的是盲人学校的孩子们的陶艺作品，不禁用“真服了他们，做得太好了”的话语来表达他自己的感动。

此外，在冲绳举办的展览“罗丹们的创作和我们的创作”获得了巨大的成功。在那霸的六天之间接待了四千位参观者，既有盲人，也有明眼人，一时展览馆中摩肩接踵。之后，在北海道和九州的各个城市举办了巡回展览，甚至还去了英国。

我特别想向河童先生报告一下许多盲人的情况，他们有种简直就像“水被沙漠里的沙子吸收”的感觉，通过触摸与雕刻遭遇而感动不已。

❖ 村山治江

女。1928 年生于大阪。取得了日本舞蹈的袭名，以舞蹈剧团的编导，金属工艺设计师身份开展活动。借儿子丧失视力之机，在 1984 年为盲人建立“用手看的美术馆”——“汤姆画廊”。希望通过在冲绳的展示扩大到全国。

航空宇宙技术研究所的仿真机

词典上这样写道："所谓'操纵'即按照自己的想法去操作开动，特指驾驶飞机。"

坐在眼前仪表成排的座舱里，有生以来第一次握住操纵杆，进行了从起飞到着陆的演习。不得不一起乘坐的助手虽然假装出晕得头疼的样子，但实际上这是一次舒适的飞行。虽然这么说，但这并不是真的驾驶飞机，而是驾驶被称作仿真机的模拟飞行装置，它展现了飞机的特性。

仿真机做得很棒，与坐在真的飞机里的感觉一模一样，在跑道上滑行、上升，发出轰隆的声音，让人感到稍微的震动。那是把飞机起落架收入机身的声音。从挡风玻璃看到的风景非常逼真，真的感到自己在飞行。

从岐阜县的各务原基地起飞，向左旋转看到日本航线上的河道，逐渐逼近犬山，进而看到犬山城。这些景象全都用电脑技术制作出来。随着飞行的改变，风景也改变。将操纵杆向前放倒，飞机下降，迫近地面；将操纵杆向后拉，只能看到天空。与游乐中心里的玩法相似，我终于发问："再下降，如果撞到山上怎么办？"

坐在旁边正驾驶座的川原弘靖看透了我的想法，说："还没有出现骷髅的标记！"我听了有点不好意思。

这种仿真机放置在东京都调布市科学技术厅下属的航空宇宙技术研究所里。它不是为训练驾驶技术而制作的，不是谁都可以玩玩的设施。我以采访的名目驾驶的，实际上是名为"飞鸟"的试验机。如果按原定计划完成的话，似乎今年秋天能飞。

飞机实际飞行之前，要用这个仿真机来观察其所有飞行状态。第二次世界大战以前，飞机做好之后，要有试飞员乘坐进行试飞，来找出独特毛病，诸如操纵杆太沉，飞旋性能比预想的差等，然后再经过反复修改完成。当然有很多飞行员因试飞而丧失生命。但是有些地方不试飞就不清楚，在修改和研发上需要庞大的经费和时间。

现在电子线路和计算机发达，迎来了仿真机的时代，所有的情况都能编到计算机里，据此能够做到事前证实和研究。

比如：遇到横向时速为30海里的风时，机身的状态、当时操纵杆的感觉、对襟翼的动作的影响等，这一切都要和飞机

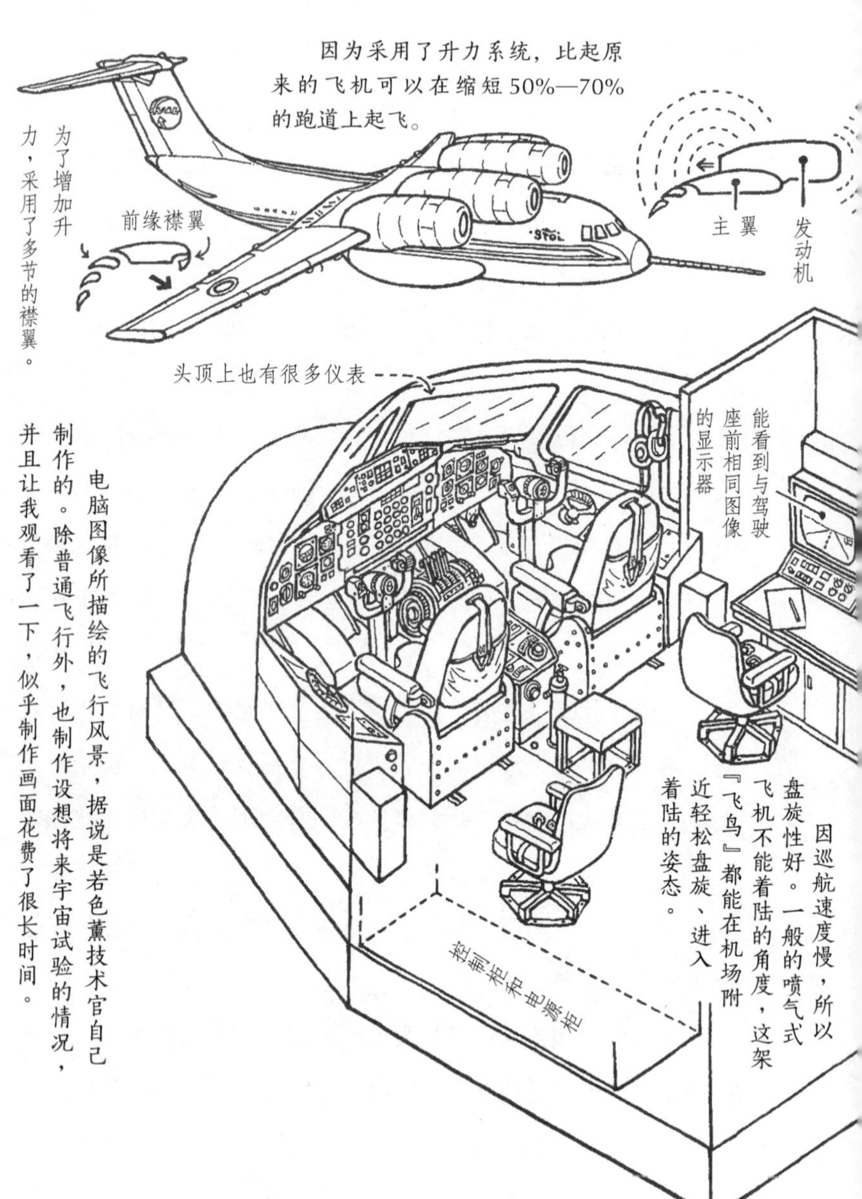
因为采用了升力系统，比起原来的飞机可以在缩短50%—70%的跑道上起飞。
为了增加升力，采用了多节的襟翼。
前缘襟翼
主翼
发动机
头顶上也有很多仪表
能看到与驾驶座前相同图像的显示器
因巡航速度慢，所以盘旋性好。一般的喷气式飞机不能着陆的角度，这架『飞鸟』都能在机场附近轻松盘旋、进入着陆的姿态。
控制柜和电源柜
电脑图像所描绘的飞行风景，据说是若色薰技术官自己制作的。除普通飞行外，也制作设想将来宇宙试验的情况，并且让我观看了一下，似乎制作画面花费了很长时间。

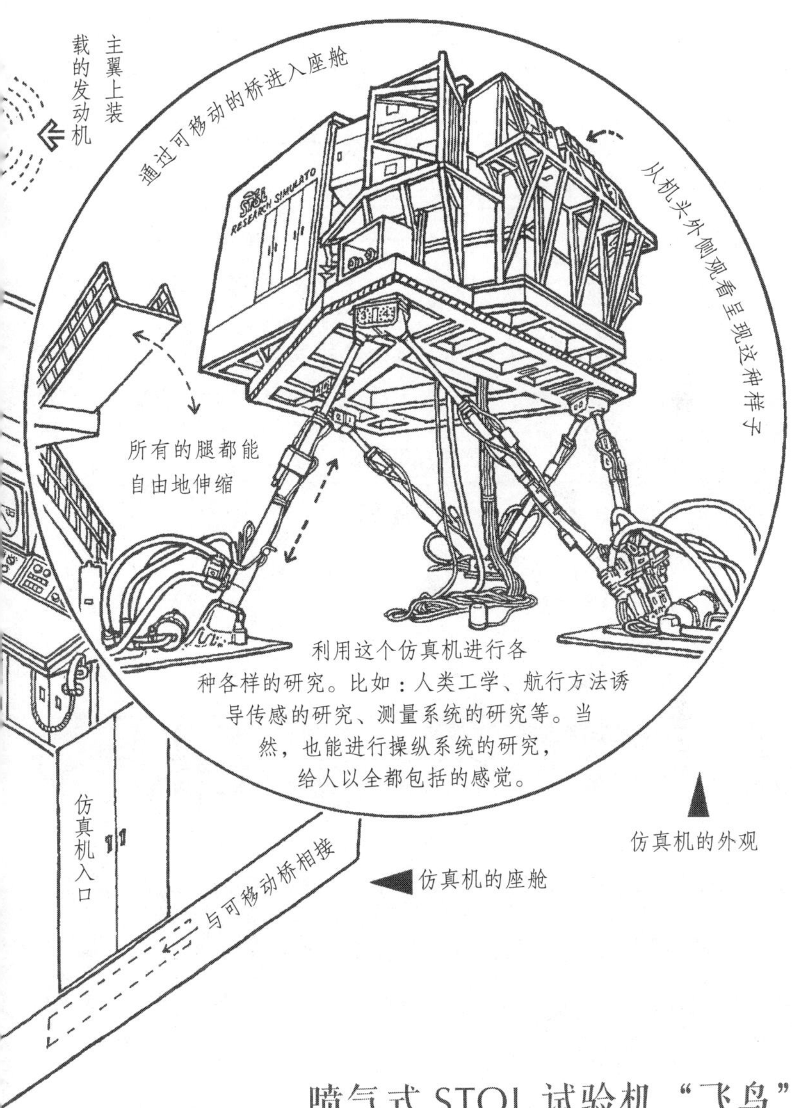

主翼上装载的发动机
通过可移动的桥进入座舱
从机头外侧观看呈现这种样子
所有的腿都能自由地伸缩
利用这个仿真机进行各种各样的研究。比如：人类工学、航行方法诱导传感的研究、测量系统的研究等。当然，也能进行操纵系统的研究，给人以全都包括的感觉。
仿真机入口
与可移动桥相接

仿真机的外观

仿真机的座舱

喷气式 STOL 试验机“飞鸟”号

飞行时有同样的真实感。

按照操纵杆操作，机身会自由自在地倾斜摇动。“所谓的仿真机就是这家伙吗？”机身可以向六个方向倾斜，是因为有六只腿支撑着位于半空中的仿真机的三个支点。每只腿都是个油压装置，能自由伸缩，使机身发生倾斜变化。坐在里边能感到和飞行中相同的摇晃，有时会晕的。

从外观来看，很难想象仿真机中有与真机操纵室一模一样的设备，它只是个有棱有角的四方箱子。看上去像一个巨大的生物一样动来动去，可以引发科幻般的联想。

以前我是知道仿真机实际上是不能飞的，但没想到它能够这样在地面上反复试验，效果很好。

我想知其造价。一问吓了一跳，我突然大叫起来：

“什么？十亿日元！”

据说这个价格还属便宜的。普通航空公司制造相同的仿真机要花两倍、三倍的费用。在这里，软件系统不必外购，都是研究所的员工自己做的，零件则采用国产货，所以才便宜。

“虽说十亿日元，这个仿真机如果装上其他飞机的数据，也可以做其他机种的试验。所以用十年左右的时间完全可以收回成本，因此耗资不高。现在除‘飞鸟’号仿真机本身的试验外，还用于其他的民航飞机以及宇航方面的试验。”

也许不能单纯地做简单的比较，但是可以知道一架 F15 战斗机需要 100 亿日元，其差额可想而知。

现在正在试验开发的“飞鸟”号飞机，与F15战斗机正相反，是节能型、短距离使用的飞机。

过去，民航机在经济高度发展的背景下，进行大型化、高速化的竞争。现在，环保、经济以及控制噪音、排气、公害等对机场周边环境的污染成为重要课题。地方的小型机场要迎接喷气式飞机，不得不延长跑道，要建新的机场更是与自然环境紧密相连。低噪音试验机“飞鸟”号背负着这样的现代课题，意欲起飞。历来喷气式飞机构成噪音源的发动机是悬挂在主机翼下，“飞鸟”试验机则是把发动机移到主机翼上方，使噪音不再往下撒播。

按照新的理念，我寄希望于从这架仿真机诞生出新的飞机。

反窥河童

海里

◉川原弘靖

占地面积多少“坪”，建筑面积多少“坪”，我们在找房子、买房子时还是用“坪”这一单位（1 坪约合 3.3 平方米）。在高尔夫的世界里好像是把“码”换算为“公尺”来表示，在航空界还没有完全把“码、磅”法改为“公制”表示法，所以，重量仍用“磅”，距离仍用“哩”，长度仍用“英尺”来表示。

每个世界都有熟悉、惯用的表示单位，愣要把其换算为“公制”来表示，那会怎么样呢？过去曾经一度把仪器表示改为用“公制”来计算，结果就发生了因误判造成事故的事例。

即便是我，谈到飞机，突然采取“公制”法，或者换算成“公制”，也是很难立即办到的。更何况说到用“公制”来表示，总有种不和谐感。

妹尾河童来到这里采访，我们之间就计量单位表示法曾发生了有趣的争论。

速度用“节”，距离用“哩”。河童说：“这样的单位表示，对一般的读者来说难懂。能不能换算为‘公尺’来表示。”

我说："不可以，这样的表示才更像表示飞机，不很好嘛。"

河童进一步说："我的本职工作是舞台美术设计，曾经使用日本自古以来的几尺、几间的尺寸单位。这样做是为了工作方便，如果向一般人解释时，要换算为'公尺'表示法。所以'横风20海里'就不能换算为方便的'公尺'法吗？"

我说："还是20海里好，不这样就怪里怪气的。"依然坚持己见不变。这使我感到不论是研究领域，还是艺术世界，要是没有这点"顽固性"是得不到好成果的。我再一次重新认识到这点。

现在研究所的报告用"公尺"表示法已经成为义务。如今感到用"公尺"表示法也很好啊！

❖ 川原弘靖

1942年生于东京。1963年入科学技术厅航空技术研究所计测公务部（现为航空技术研究所计测部）工作。此后从事飞行模拟的硬件部分和驱动部分的研究长达三十年以上，活跃在大型模拟装置的开发和利用的现场。

作家水上勉的水车小屋

我听说水上勉先生在福井县的若狭建造了一座图书馆，取名为“若州一滴书库”；还听说他在那书库旁边修建了稻草屋，用来做表演竹偶的剧场。当得知连做竹偶头用的日本纸也是他们自己造出来的，我感到很惊讶。而且非常细微之处的用纸好像是以竹子为原料制成的……听到这些，我相当感兴趣。

自古以来，“竹纸”在中国都被书法家视为珍品，在日本虽然并没有广为人知，但是在这种纸面上书写的感觉的确非同寻常。可是其制作过程非常麻烦，耗时费力。过去鸟取县佐治村是手抄和纸的产地，我去采访过。他们曾让我看过其制造过程，并给我谈过他们造纸的良苦用心。因此听说水上先生手工造“竹纸”什么的，我并没有立即当真，马上打电话询问了一下，水上先生非常简单地跟我说起来：

“是，是用竹子皮造纸。所以是名副其实的‘竹偶’哦。把竹子皮煮了，用水车小屋的臼把竹纤维捣成年糕状，发出咕咚咕咚的声响。”

“唉？有水车小屋？”

“是啊，在水车小屋里抄纸，还有做偶人面具的工作室。非常有意思，我现在忙中得闲就会去若狭啊。”

听水上这么一说，突然勾起我想看这个水车小屋的念头来。

“来玩嘛，好久不见了，我也想见见你——一天就可以往返了。”

好不容易去那儿，想顺便看看那附近的“核电站”。我跟水上先生一说，他也赞同，还叮嘱了一句：“一定来呀！”

“若狭的两个原子反应堆，每小时发电为115.7万千瓦，传送给京都、大阪和神户地区。大城市夜晚的供电都是从这里传送过去的哦。这里以前没有地方产业，发展为零。他们不只迎来光明，还有了金钱、道路、桥梁、学校和楼房。人们摆脱了贫困，过上了一般水平的生活。可是，同时这里也孕育着巨大的不稳定的因素，那就是出现了为放置废弃物而发愁的问题。我所担心的还有一个，就是人心的变化。日常生活中的喜怒哀乐都是从别人那里得来的，受别人控制，久而久之变得理所当然了，这是多么可悲啊。喜怒哀乐应该是自己创造的啊。”

从若狭湾凸出来的大岛半岛的北端有一个核发电站，我去访问了那里。先是在传达室里听取了铀发电的工作原理和关于

安全性的说明，然后乘坐面包车参观了巨大的核电站。当我远眺巨大的原子反应堆时，脑海中又回响起水上先生的话。嘴上对“核能”提出这样那样的意见是很简单，但是我觉得在反对之前，城市的人们至少应该想一想自己用的电是怎么产生的，又是从哪里来的。

正如水上先生所说，到达“若州一滴书库”时刚好是下午一点。水上先生请我吃了面条，凉凉的，非常可口。

图书馆和美术文学资料的陈列室比想象中要充实得多。图书室的入口处挂着水上先生的题词，给我留下深刻的印象。

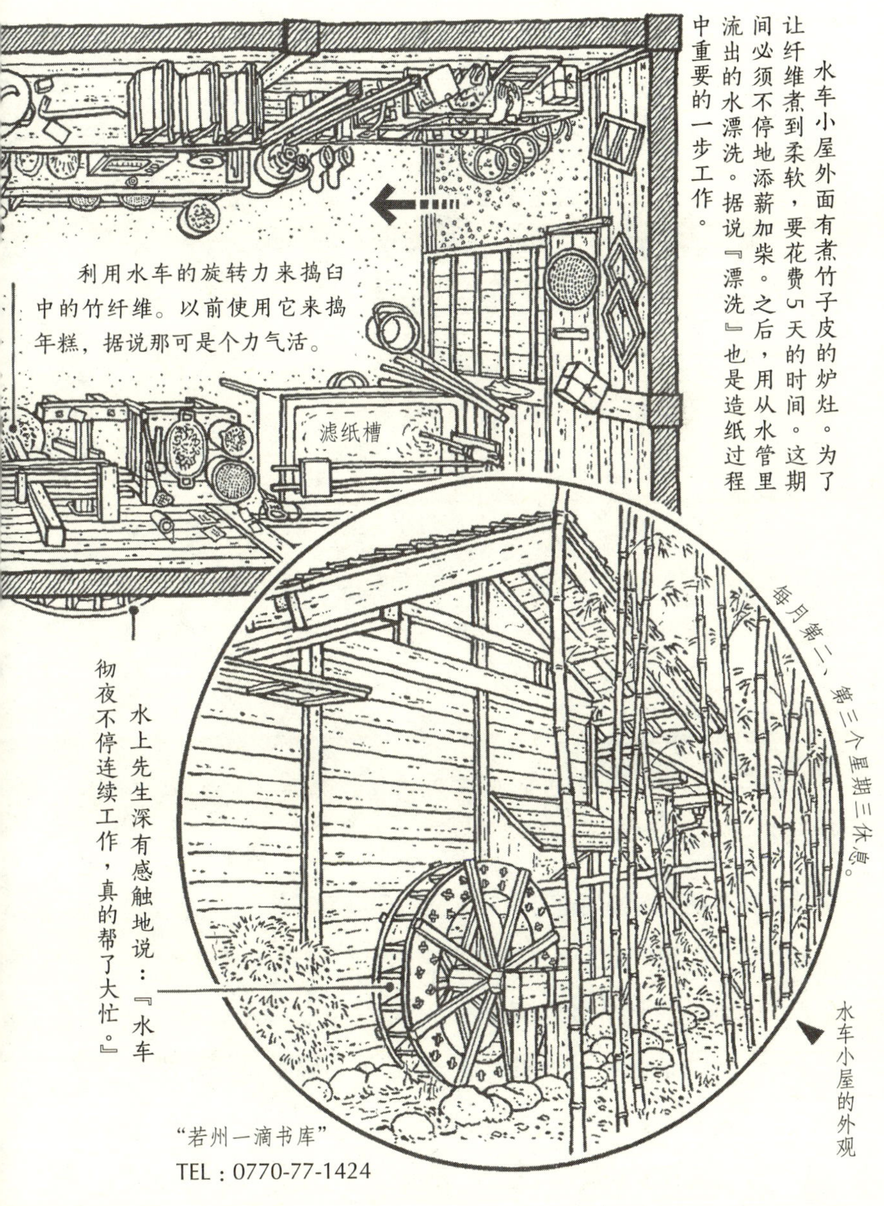
水车小屋外面有煮竹子皮的炉灶。为了让纤维煮到柔软，要花费5天的时间。这期间必须不停地添薪加柴。之后，用从水管里流出的水漂洗。据说『漂洗』也是造纸过程中重要的一步工作。
利用水车的旋转力来捣臼中的竹纤维。以前使用它来捣年糕，据说那可是个力气活。
滤纸槽
每月第二、第三个星期三休息。
水上先生深有感触地说：『水车彻夜不停连续工作，真的帮了大忙。』
水车小屋的外观
“若州一滴书库”
TEL：0770-77-1424

致一少年

我虽然生于这个村子，但10岁就去了京都。因家里没有电灯无法读书，所以连村里的小学都没能毕业。我流离辗转各地后，终于走上了自己喜欢的文学道路，能够读书，意外地获得希望，重振人生。总算当上了作家，这完全是书所赐予我的呀！

随着藏书的增多，让我有了建立书库的想法，于是我就下决心在我出生的村子里建造一个图书馆，以让与我一样想读书却买不起书的少年从这样的困境中摆脱出来。这里大多数书都是我自己买的。其中也有世上仅存的孤本。我一个人独占这些书实在是太浪费了。书当然是让更多的人来读才更能派上用场。所以也请你能从中找到一本书，选择你的路，开创你的人生吧。对唯一的你开放。

昭和六十年三月八日

接着参观了造纸的全过程和上演竹偶剧的剧场。

“反正试验连番失败。虽然辛苦多多，但制作时很快活。做竹偶头时，先把竹子皮的纤维做成黏土状，再和糊糊混合做成面部。造纸时把纤维弄成液体状，放入纸浆槽，就像这样……”先生操作给我看，他技术熟练。

他还给我看了制成的成品纸。纸张用途多种多样，各种纸张都有自己的特点。用作绘画的纸张，用作写字的纸张等等。我惊讶于这么诱人书写的优质纸张竟在这里生产出来了。表演用的竹偶的头、脚、全身都是竹制，头是用竹子做成的框，在上面有用竹子黏土做成的面具。面具的表情非常丰富，手法实在是漂亮。

从开始搞竹偶剧，已经第十个年头，水上先生终于在这片土地上建造了这个期盼已久的剧场。

“能够走到这一天，多亏了我的那些好朋友，是他们在连续赤字、毫无报酬的情况下还一直支持我啊。可是我觉得建成这个剧场最高兴的应该是这三百个面具和八十个竹偶吧。”

说这番话的水上先生的表情，与其说像个作家，倒不如说更像和长大的孩子们谈论工作的慈父。

去年，竹偶剧在关东地区上演了。今年秋天 10 月 26 日和 27 日两天将会在这里上演《越前竹偶剧》，还会在京都、名古屋、金泽、尼崎、四国进行巡回演出。现在各地已经有很多人翘首以盼。

反窥河童

反窥的话语

◉水上勉

河童先生是位爱学习的人。他游历丰富。他来到了若狭我这用竹子造纸的水车小屋，和我聊起鸟取县人造竹纸和冲绳人复原芭蕉纸的事情。这些都是他亲眼所见。他亲手触摸那些竹偶，让人印象颇深。我从煮竹屑开始，再用石臼捣，最后造成纸。这前前后后只做了不到十年。没想到在世上还有人走在我前面，跟我一样品尝其中乐趣。正是有河童先生这样的探险家，才让我得知了许多许多，让我感谢不已。

我惊讶于河童先生的工作是有原因的。其一，并不是他去过的地方多，而是他那独特的边走边思考的方式。身为舞台美术师的他有着与常人不同的眼光，能从看到的事物中提炼出其精华，这让我感到很高兴。他不是那种因为自己有着不寻常眼光而看过就言归的人，而是能当场凭借直觉深受感动。这点十分宝贵。他双管齐下，心眼并用吧。否则，对方不论人还是物，都不会理睬他。

还有一点让我惊叹的是他的绘画才能。他不用到屋顶就能把工作间的东西一样不落、分毫不差地画下来。他这个人有像鼯鼠一样登上天井的才能，观察到每个角落。鼯鼠应该可以看到袑下，而且不用登高，四脚着地就画得完。可以说他是把坐标图纸当作稿纸用的天才，他这样的人是不可能去看袑下。他到我的水车小屋来那天，是他从海角核电站回来路过，考虑得很实际。下次来的时候，希望他能慢慢地欣赏竹偶的表演和我的蜡烛剧场。还想向他请教核能和蜡烛等有关能源的种种呢。

❖ 水上勉

1919 年生于福井县，9 岁入京都相国寺，在京都度过了多愁善感的少年时代。继《雾与影》《饥饿海峡》等社会派推理小说的创作之后，还将《宇野浩二传》《寺泊》《良宽》等纯文学、传记文学等领域的著名作品奉献给读者。他还荣获了 1985 年度艺术院恩赐奖。

国会议员中山千夏的「议员办公室」

我一点儿也记不得从何时起开始与中山千夏小姐亲密交往的了，似乎她也想不起来了。我们之间年龄虽然相差 20 岁，可不知为什么，我总感觉像青梅竹马的伙伴似的。

大约两年前，我们曾一起共过事。那时我们在一个叫“革自连”的市民政治组织里，每周都能见面。最近我们却很少来往，所以这次见面，对于我们说来好像是久别后的重逢。

她出席了在内罗毕举行的题为《联合国妇女的十年》的世界大会。她刚回来不久，我想向她了解一下这次会议的情况。

她问我：“我们在哪里见面？”我回答说：“就在议员会馆你房间里吧。”她反问我：“你不是讨厌来会馆吗？”

确有其事，我不喜欢议员会馆传达室那些烦琐的手续。申请会面时，必须要在专门的表格上详细地填写住所、姓名、见面理由等等，所以曾向她发过“真麻烦啊”之类的牢骚。其实，这并不是她的错，如果不这样做的话，访问者随便蜂拥而入，会让议员们为难的吧。

在传达室得到会面许可证，再将其出示给站在门口台阶上的门卫看，这样才能进入。

大厅里面一共有四部电梯，其中最右边的那一部上面写着“议员专用”。看见这个字样，我内心不由产生一种被歧视的感觉。这时，突然后面有人叫我“河童”！我转身一看正是千夏小姐。无论在哪里见到她，感觉都是一样的。她当了议员之后也和原来一样，一点儿也不摆架子，我松了一口气。

我问她：“如果外面来客，乘了那个写有‘议员专用’字样的电梯，后果如何呢？”

“那也没有什么，但是一起同乘的议员可能会给你脸色看，暗示你这是议员专用的。在外面来客看来，这可能是一种歧视，但是这么做也是有其理由的。”

“？”

千夏小姐解释说：“议会召开的时候，议员们都急着想早点到会场。所以才必须确保有一部电梯是议员专用的。但是外面来客并不知道其中的缘由，所以看了就会觉得不舒服。所以我觉得不应该写什么‘议员专用’，这部电梯上面什么都不用写，而在其他的电梯上写上‘来客专用’就可以了。现在走廊到处都有规则告诉‘来客要如何如何’。我觉得如果写成‘来访者’比较合适。可人家说一一改正是要花钱的，太浪费了。”这回我明白了，这里果然和其他的建筑不同，是以议员为中心的“议员会馆”。

参议员会馆，从二楼到七楼，共有250间“议员办公室”整齐排列。中山千夏议员的房间在三楼。这次和以往来不一样，我要从门口的名牌看起。估计到我会问很多琐碎的问题，第一秘书白石哲三为了确保准确性，准备了一本厚厚的《参议院议员会馆运营规定》，并且给我复印了《议员办公室用品一览表》以及和我的问题相关的几页。从一览表上可以看出桌子、椅子、书柜等样式相同的办公用品都是由政府提供的。由于办公用品不允许搬出房间，也不允许用私人物品替换，所以它们的不同之处只是在每个房间的摆放位置不一样而已。

我看了几位议员的房间，发现了一个有趣的现象，就是单凭桌子摆设的方向就可以看出每位议员个性的不同。有的议员把桌子摆放在正好对着来访者的位置上，这样，来客一进门，就会感受到议员的权威。

千夏议员的白色桌子是私人物品。

“议员用的桌子，都是按照男性的尺寸做的，对于身材小巧的我来说太大了，坐在椅子上两腿就悬空。所以我一直都用自己带来的桌子和椅子。因为不允许换掉原来议员专用的桌子，所以就把两个桌子摆在一起了。”

原来如此。虽然现在女性议员越来越多，但是从桌子的尺寸就能看出政治的世界还是以男性为中心啊！

“在有关内罗毕举行的世界妇女大会的报道中，说这次会议是‘全世界女性参加的井边聚会’，虽然一句话说不清楚，但是我还是想听听千夏你对此是怎么想的。”

“是啊，确实需要很多话才能说清楚。我现在正在写呢，已经写了八十多页，还剩下五十多页没写。”

“那么会登在下期的《地球通讯》上面吧。”

“是的，你一定要看哦。”

“我一定看，你现在能不能简单地说说。”

“十年前，也就是1975年，世界妇女大会在联合国的倡导下召开。回顾从开始到‘联合国妇女的十年’的这十年间，我们发现在墨西哥举行的第一次会议其实是一次女性之间激烈冲突的会议。比如说来自西方的代表提出的是‘包括性解放、堕胎自由在内的男女平等’，但是来自第三世界的代表则对此提出异议，认为‘这种个人问题根本没有必要在会议上讨论，而应该重视那些刚刚能吃上饭的、生活贫困的女性的权利’。来自东方的代表则坚持‘威胁世界和平的元凶是西方国家的扩充军备。会议应该讨论怎么能阻止扩充军备的问题’。大家各执己见互不让步，最后确定下来的主题有三个，‘平等’、‘发展’和‘和平’，其实都只是象征性的。但是这三点确实都很重要，所以全世界的女性就以此为目标不断地努力，至今已经十年了。我参加了今年内罗毕‘联合国妇女的十年’的会议感受到中山千夏为月刊《地球通讯》的总编辑，本杂志的主要执笔者有：小室等、筑紫哲也、加东康一、林冬子、马场好一、矢崎友美、永六辅、矢吹伸彦等。咨询电话：(03) 508-8327。

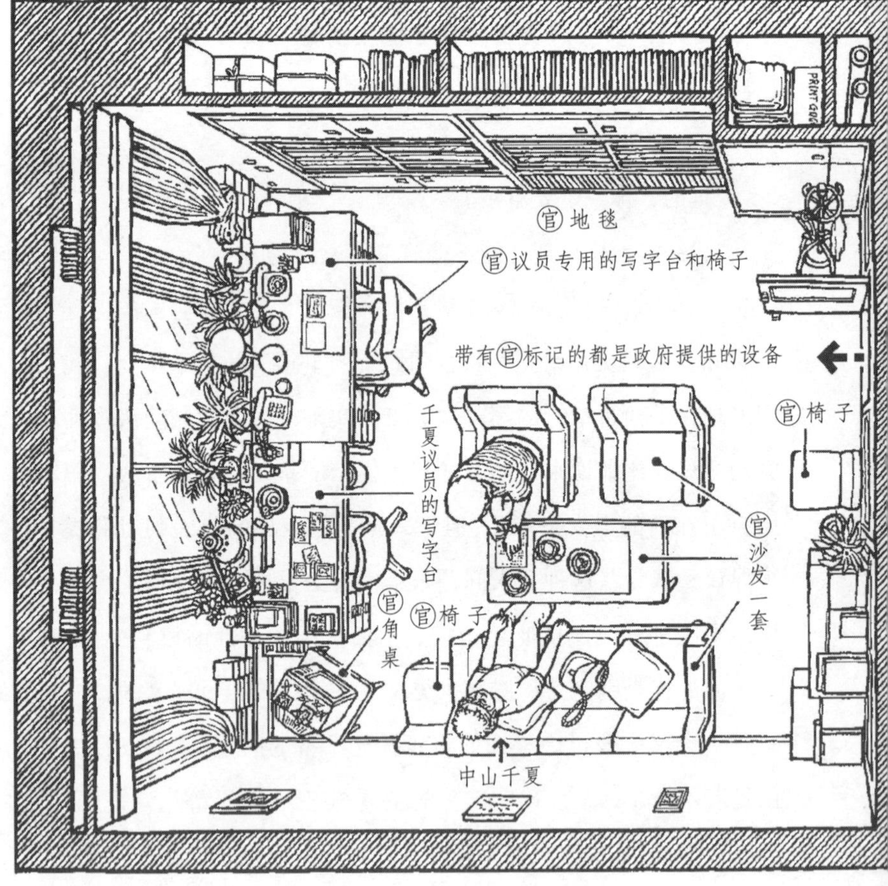

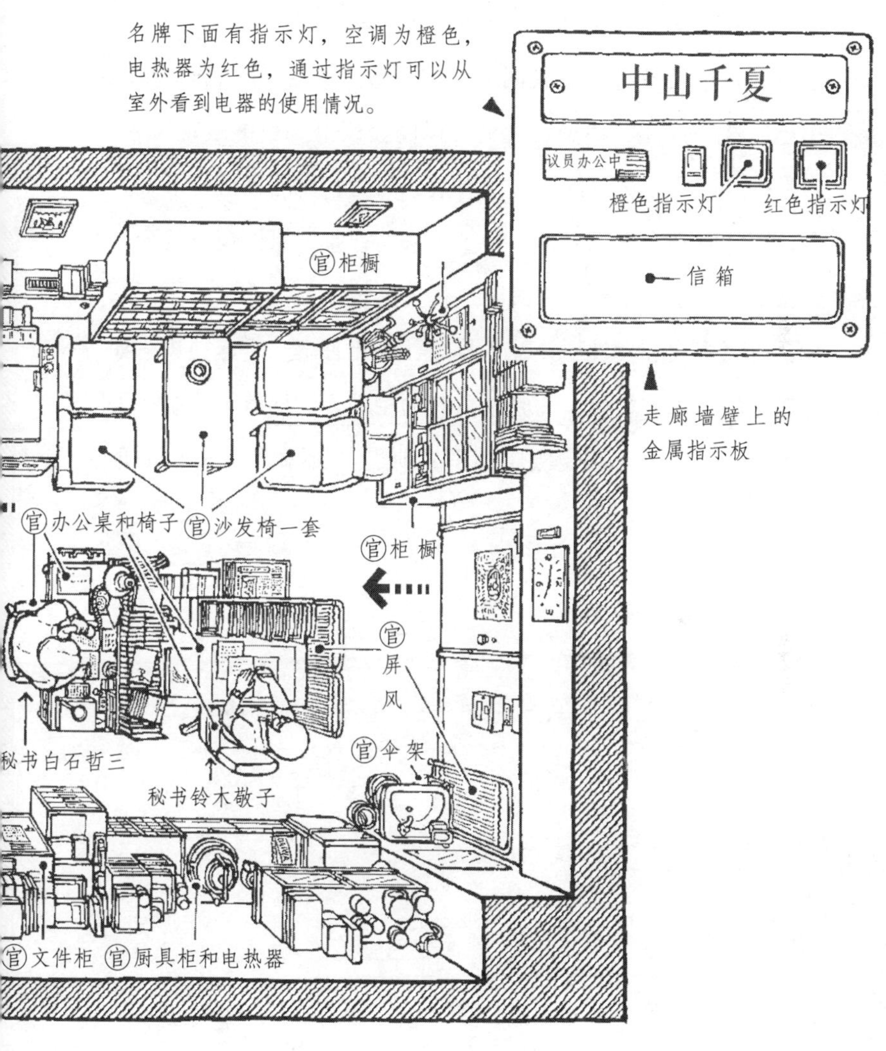
名牌下面有指示灯，空调为橙色，电热器为红色，通过指示灯可以从室外看到电器的使用情况。
中山千夏
议员办公中
橙色指示灯
红色指示灯
信箱
走廊墙壁上的金属指示板
官柜橱
官办公桌和椅子
官沙发椅一套
官柜橱
官屏风
官伞架
秘书白石哲三
秘书铃木敬子
官文件柜
官厨具柜和电热器

‘从冲突到理解’的转变。各国妇女代表能够互相倾听，想法逐渐接近就是很重要的成果。我认为大家能够超越冲突的最根本原因在于女性都有着共同的烦恼。与正式的‘政府间会议’相比，这一点在井边聚会式的‘民间会议上’更能表现出来。我觉得这种井边会议的方式很有效，因为它比那种流于形式的会议更能听到大家的心声，看到大家的智慧。男性逻辑的会议运营方式并不是唯一的方式啊。住在这地球上的人有一半是女性，所以男性和女性应该互不排斥、互相理解、一起前进。如果双方的平衡被打破，那是很危险的。因为这样就不能维持平等和和平，一件小事也会阻挡世界前进。”她说得自然，顺理成章。

反窥河童

嗨！让你看！

◉ 中山千夏

刚听到“窥视”这个词时，我的眼前立刻浮现出河童笑眯眯的面孔。因为自从他的随笔集《窥视欧洲》出版以来，“窥视”系列这几年一直在继续着。为什么河童不用“看”，而用“窥视”呢？我也试着想了想这个问题。

所谓窥视，就是把自己的身体隐藏起来观看。是的，正因为河童有着想避开聚光灯的性情，才为自己和大家所认可，并非因为他是个单纯的腼腆的人。

如果有这么一个专门“窥视”别人的朋友，在我看来，他就是从树荫下偷窥情侣的大伯，我看了大伯之后，反而会开始在意自己，以致最终能够彻底地窥视自己的内心。这简直就像学了精神分析似的。

窥视似乎也有一种特殊的机制吧，即“窥视人”首先要预想到自己也会被窥视，并要做好心理准备。

正因如此，我这是继写《河童窥视日本》的后记之后，第三次承担“窥视河童”的任务。然而，最近河童一直忙着窥视别人，我们见面的机会很少，所以没有办法窥视他了。嗨！快让我窥视一下！虽然我并非合格的“窥视人”，只取不予，只是个单方面的“观察者”。

❖ 中山千夏

1948年生于熊本县。6岁参加儿童剧团，饰演天才少女得到好评。在电视表演方面非常活跃。1977年创办了革新自由联合，1980年参议院选举中在全国选区当选。她著述颇丰，有《电车中40分钟》《双人床》《镜子王国里的阿丽丝》《议员笔记》丛书等作品问世。

剧作家仓本聪的圆木小屋

在旭川机场下了飞机，隔着候机大厅的玻璃，我就看到仓本聪的身影。我想我事先也没有通知他我到达的时间，他怎么就来接我呢？其实他不是来接我的，而是来接在电视剧《北国来鸿》中扮演“阿萤”的女演员中岛朋子的，她是来这里度暑假的。

“我猜想河童也该是乘这班飞机来吧……就到机场来了。”

我乘的出租车紧紧尾随着仓本聪驾驶的吉普车，直奔富良野。

在夏日晴空下的北海道，紫色的薰衣草花盛开一片，小山丘一个接一个从眼前掠过。即使是不懂风雅、不易为鲜花和美景动情的男人，也会同常人一样感到眼前的风光“美不胜收”。这里毕竟是与“内地”截然不同的土地。

车到“富良野塾”，看到眼前漂亮的圆木小屋，我先是为之一惊。这小屋竟是仓本聪带着几个学生建的，远远超出我的想象。

房子共 5 栋，住了 27 人，一期生和二期生共 24 人，还有 3 个勤杂人员。

据说仓本聪在回不了家的冬季，或者在这里工作疲劳时才在其中的一室留宿。

严冬时节，气温达到零下 30℃，如果没有思想准备和生活的诀窍是住不下去的。但是夏天一到，在大自然中的生活反而让人感到舒适惬意。

他设置了防线，说 :“也并非那么天真浪漫的呀。”

“的确冬季严寒难耐，但实际上也许无雪期间的体力劳动更艰苦。从 5 月到 11 月没有假日，要干农活和养奶牛，必须把冬天的生活费挣到存起来……做早饭和准备中午盒饭的炊事班早晨 4 点半起床，6 点钟全体出工，晚上 5 点多收工，回来之后还要搞室内卫生，吃晚饭，7 点开始学习。”

我听着他说，终于忍不住说出 :“要是我的话，早就逃之夭夭了。”

仓本笑了，说 :“学生们说这里是‘民主奴隶制’。”

去年 4 月在大雪中举行了开学典礼，当时只有一栋经过改造的房子。在这种情况下，他们开始用自己的手一点儿一点儿地建造圆木小屋的教室和宿舍。据说当时雪卷帐篷嗒嗒响，风吹篝火熊熊烧。

昨天还是大都会的青年人，今天却置身于紧张和不安之中，不知今后会如何？

“当时我也是惶惶不安，然而，在这里没有人帮助我们，只有靠自己思考和行动，从中抓住感动，鼓励自己……”

仓本聪就是这样向我披露在这里建造“富良野塾”的动机。

“我能教给他们的只是一点点，演员和作者最需要的是‘感动’，这些要通过与大自然和人的接触自己去学。而且我希望大家把这个‘富良野塾’看成是自己建造的学校。”

这是在今年二期生开学典礼上仓本表达的意思。

诚如他所说，这里的确是彻底的自主管理，共同生活。每期两年，上课免费。全体学员出去务农，学员们统一管理收入。

“一天的伙食费280日元左右。”

我一听，让我联想起禁欲克己的餐桌。

“去做农活，把那些不能上市的差一点的菜领回来，能够比较好地筹措，虽说差一点，也只是不能上市，那也是好的蔬菜，还是很好吃的。在没来此之前我不知道有这么好吃的蔬菜。”

这280日元和城里的280日元有着本质上的区别，他们的饮食生活比我想象的要丰富得多。

我登上了对面的小山丘俯视了『富良野塾』的全貌。『管理栋』是通过改造农家遗弃的房子而建成的。两个人花了五个月建成了『教室栋』。这个『宿舍栋』旁边的是『食堂栋』，食堂下边有两个半地下的浴室。在稍微离开一点的青贮窖旁边建了『青贮栋』。今年秋天要买进三匹马，『马厩』在建设中，『马场』已经建成。一切都整理得和周围浑然成为一体。

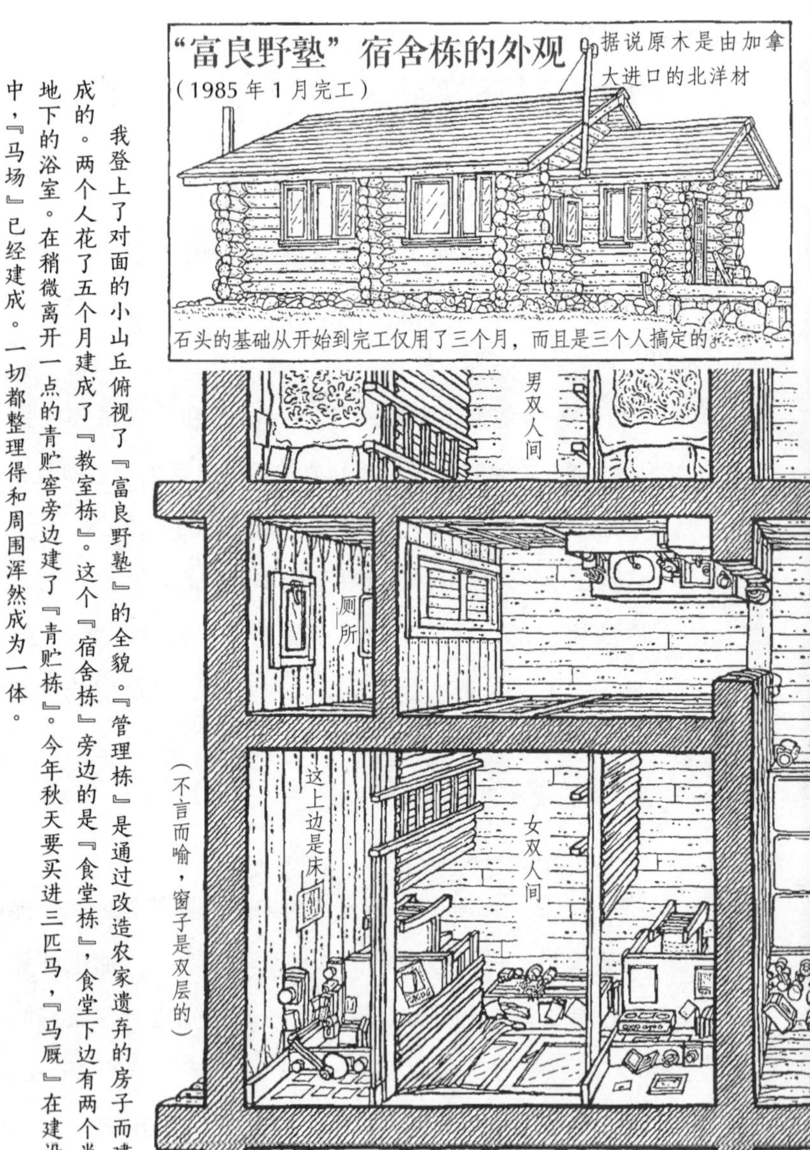

“富良野塾”宿舍栋的外观
（1985年1月完工）
据说原木是由加拿大进口的北洋材
石头的基础从开始到完工仅用了三个月，而且是三个人搞定的。
男双人间
厕所
这上边是床
女双人间
（不言而喻，窗子是双层的）

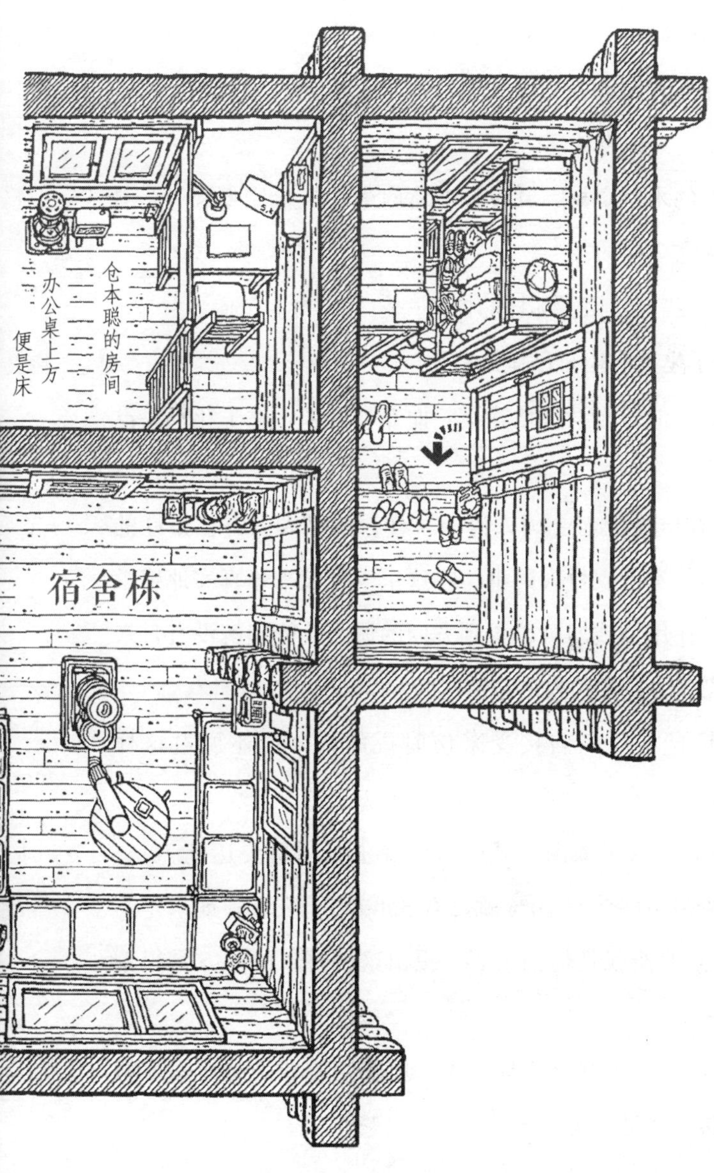
仓本聪的房间
办公桌上方
便是床
宿舍栋

仓本聪的话里有二三次提到“精神性的奢侈”，来到这里我才明白其内涵。

以落叶松和鱼鳞松为背景，存在于宽广无垠的大地上，几间圆木小屋给人以奢侈感。

食堂里的木制桌椅，其设计非常时髦，与影片《卡门》中出现的形状完全相同。

“是的，我们就做了那样的椅子……”

“这椅子也是你们自己做的？”

“是的。”他若无其事地答道。而在我看来，除了花钱买没有别的办法。

“和我在电视上对全国人讲的一样，城里人只有城市性的想法，根本不考虑农村人的事，在这里生活起来才真实地感觉到这一点。在用金钱即可以买到方便的城市，能理解没有自来水、没有煤气的地方的人的心情吗？”

我想起仓本聪以前接受采访时说的话，他还说过这样的话：

“电视节目太多太滥。其中有的要求收视率要达到30%，是不是神经出了问题？30%就是有3000万人在看，如果是本书，卖出50万册就是畅销书了。提出这种要求的一方是很荒唐的。”

“我并没有把电视剧当成艺术，电视剧若非是制作者发疯的产物，也不会使观众感动。”

电视剧《咖喱饭》预计明年4月开播，实际上现在已经开拍了，并且在加拿大搞了三个月的外景拍摄，剧中似乎有个圆木小屋的镜头。

久违了，仓本聪的作品。

反窥河童

天花板里的河童

◉仓本聪

瞧着那些已经意识到别人正在窥视自己的人，似乎不那么快活。

我看到没有意识到被窥视的人，非常好玩。

然而，人是愚蠢的，无论如何要把自己修饰打扮一番才给别人看。这样一来，要观察那个人，不得不捅出个窟窿来看。

窟窿，换言之，就是其人疏忽大意的空当儿。

人们所处的空间不尽相同。

人们即使很留意自己的门和窗子，却疏忽大意于头上。特别是在房间之中更是如此。天花板就是人们疏忽大意的死角。

河童就是这样轻而易举地把视线从这个死角投向人们的生活。

我经常做短暂的梦，梦到自己死后仔细地观看完从天花板里来为自己守灵的人们的行动后才能升天。最近突然想到此，于是爬到天花板里一看，不知为何河童在那里，一个人默不作声地从木板的节孔窥视着下面的状况写生。我叫他，他也不答应。仔细看他素描的东西，什么“中村敏夫，三千元也”啦，“山田正道，一万元也”啦等香火费，他把那些不值一提的东西都画得一清二楚，啊，原来如此。是这样的啊，我深切地感觉到诸行无常。河童是这样把那种地方都画出来。河童的视线的确不简单。我为之万分感慨，然后升天而去。

我想象着那样一番光景。

天花板里的河童旁边放着吃了一半的杯装方便面。

❖ 仓本聪

1935 年生于东京。曾在日本广播公司工作，后成为剧作家。以《家母，前略》《六只海鸥》《北国来鸿》等作品而名声大噪。1977 年移居北海道的富良野，1984 年起办起了支持配音演员和剧作家的富良野塾。

天体观测家岩崎一彰的天文台

据说哈雷彗星每隔76年接近一次地球。此前的一次接近是在明治四十三年（1910年）。当时引发了令现代人难以置信的骚乱。翻看当时的报纸，报道本身倒是客观且冷静的，但是社会上让人听了毛骨悚然的说法此起彼伏，诸如“彗星会撞地球”啦、“人们会因为缺氧而死亡”啦、“地球上居住的人类几乎都要灭绝”啦等传言。

为什么那样的谣言会传遍世界呢？是因为法国的一位叫福廉马林的天文学者发表了一个惊人的学说——哈雷彗星长长的彗尾中含有一种叫作氰的有毒气体，当哈雷彗星接近地球时，也许彗尾可能会扫到地球，会造成人类灭亡。

有的学者持否定观点，对此予以谴责和批评：“不应该轻易地公开发表那么愚蠢的、不负责任的说法。”然而，人们在这种预言的强烈冲击下所产生的恐慌性的动荡似乎难以平息。另一方面，商家不失时机地利用骚乱进行商品宣传。这次也同样，他们已经开始利用“哈雷彗星”说事，并且结合商品销售起来。

虽然也有人对这种社会现象抱有反感，但我倒更愿意人们随便说说“这不也很好吗”。以此为契机，越来越多的人开始关心天体，开始思考宇宙，并不是一件坏事。

关于哈雷彗星，有一个人的意见我们一定要听听。这个人就是岩崎一彰先生。他作为宇宙画家、天体研究家非常有名。

我马上拨打电话，试着询问了一下。

“我不想卷进商业广告炒作的无聊骚乱中，但这倒是个可以使人们开始对宇宙中的地球加以思考的机会。”

他的看法和我不谋而合，使我十分开心。于是我便飞往大阪，到位于城东区的岩崎先生的家一访。

突然说起岩崎一彰先生，也许有人一无所知。他可是连NASA①的专家都钦佩得五体投地的描绘“宇宙”的画家。所以，您肯定在哪儿见过他的画，但……即使不知道他的宇宙画的人，岩崎先生还有一个行当——包装设计，他所设计的商品包装，你也一定在哪儿目睹过。他的包装设计量很大，无法一一列举。比较熟悉的有，HOUSE 食品公司推出的多种“咖喱”、

① 美国国家航空航天局的简称。

岩崎画的“泰坦卫星
不是对天体进行观测和

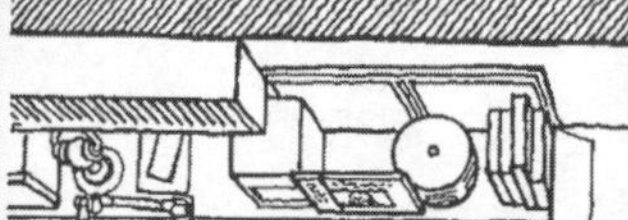

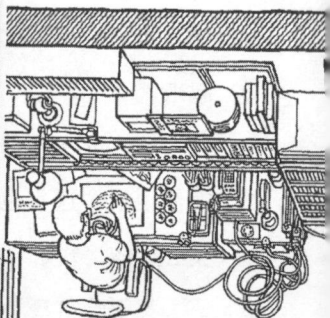

果然如传闻所说，在街的正中心有座半球形的天文台。据说岩崎白天做设计工作，晚上边听音乐，边观测天体。

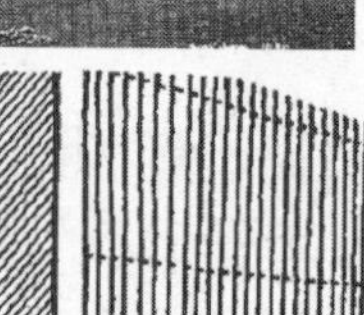

▲岩崎先生的
宇宙画工作室

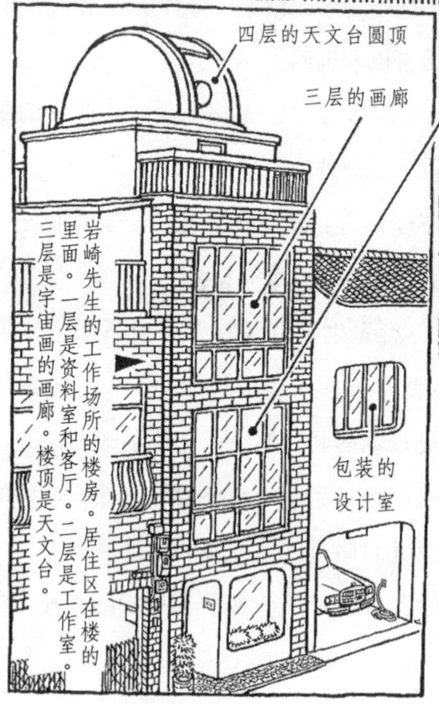

四层的天文台圆顶
三层的画廊
岩崎先生的工作场所的楼房。居住区在楼的里面。一层是资料室和客厅。二层是工作室。三层是宇宙画的画廊。楼顶是天文台。
包装的
设计室

今年秋天，据说要更换为65厘米口径的天体望远镜，个人拥有这么大口径的天体望远镜，在日本居第二位。

在赤道附近看到的土星”。他所绘制的“宇宙画”并非科学幻想。研究的人是画不出那样的画的。他的工作和高超的绘画技艺受到了高度评价。

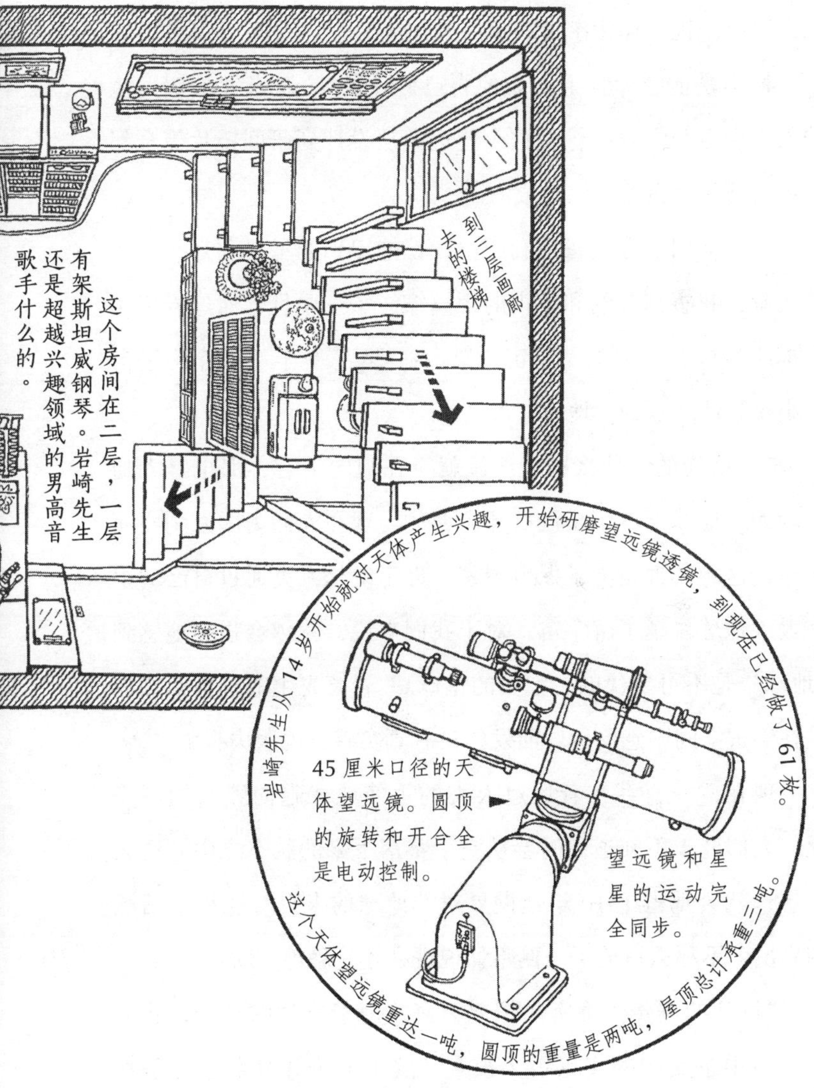

到三层画廊去的楼梯
这个房间在二层，一层有架斯坦威钢琴。岩崎先生还是超越兴趣领域的男高音歌手什么的。
岩崎先生从14岁开始就对天体产生兴趣，开始研磨望远镜透镜，到现在已经做了61枚。
45厘米口径的天体望远镜。圆顶的旋转和开合全是电动控制。
望远镜和星星的运动完全同步。
这个天体望远镜重达一吨，圆顶的重量是两吨，屋顶总计承重三吨。

“玉米脆”、方便面的“王风面”等等。总之，不论包装设计，还是天体绘画，都是他的专业，这次以了解“哈雷彗星”为借口，可以窥视其作为宇宙画家的工作情况。

特别是他家屋顶上安装的自己制作的45厘米大型望远镜的天文台令我大吃一惊。这个望远镜从设计到研磨镜片等全都是由岩崎先生自己亲手完成的。

我请他用录像设备把利用望远镜捕捉到的星星和月亮播放给我看，我感到我们和宇宙的距离缩短了。而且，通过岩崎先生描绘的极其精致的“宇宙画”，我重新感受了一回作为宇宙中小小星球之一的“地球”。

“是这样的。什么国境线，就算在地图上有，那也是人随便画的。地球上本来是没有那东西的。现在人们为国家利益而争斗，这与其说是为了保卫国家，毋宁说是人类通过自己的手在毁灭地球。越了解宇宙，对于我们来说，就越会强烈地感到‘地球’是不可替代的、宝贵的星球。”岩崎先生的这番话好像是在宇宙空间中感受地球而发，具有真实感，说服力很强。

现在，一直存在着通过人类的手使地球趋向毁灭的不安感，人们处于不知道何时会从空中坠落下来的状态之中。这么一想，就会觉得1910年全世界对“地球的末日”这种迷信感到恐惧就不那么可笑了。倒不如说现在才是恐怖的时代。

“科学的进步，确实是把双刃剑。由于科学的进步，我们在生活中享受到的实惠很多很多，这个电子计算器也算是一个。即便是集中了科学的精髓的哈雷彗星的观测也是得益于科学的进步，进而人们也能阐明围绕着地球的宇宙了。了解宇宙，渐渐地会和理解地球这一‘宝贵的星球’联系起来。天体观测的目的是继续守护我们这个星球——地球。我希望人们这么思考的同时，也能关心宇宙啊。”

岩崎先生说得很起劲儿，他最喜欢的字眼是“宇”、“地”、“人”三个字。

反窥河童

同是『垂直型观察』的人

◉岩崎一彰

妹尾先生对各种各样的事物的观察都是自上而下的，而我与其相反，都是自下而上的。这么一来，我们就成了“垂直型观察”的同志，说准确点，我觉得我们俩在对某件事刨根问底方面很相似。

采访时，他那活泼爽快的风格，给我留下了深刻的印象。我明白他满怀信念前来采访，也可以说我们配合得很默契。为此河童窥视的工作间当然也不仅仅是探访工作间。通过对我工作间的报道，也表现出了妹尾先生的信念。

采访时，他用卷尺测量尺寸，同时也拍了很多照片，否则，他也不会画出那么细致的插图。

我不能凭空给哈雷彗星画个“想象图”。因为，说到底哈雷彗星有实物，至少要按相片来画，自己是负有责任的。

妹尾先生和我一样，晚上凝视许多相片，一边恪守其准确性，一边来绘画吧。偶尔也会觉得困苦难耐了，但却也乐在其中。

❖ 岩崎一彰

1921 年生于中国东北。他活跃在包装设计界的同时，作为天体画家，受到美国国家航空航天局等机构的高度评价。他把个人拥有的日本最大规模的反射望远镜安置在横滨市内的大厦上，以日本屈指可数的天体观测家而闻名于世。

海洋生物学者
水木桂子的
珊瑚礁

我为了拜访水木桂子，专程来到了冲绳，还跟她一起在叫作本部的北部海域畅游，并观赏了海底的珊瑚礁。

桂子实际上是美国的海洋生物学者，在冲绳进行有关珊瑚礁生态的研究。她的父亲是捷克人，母亲是保加利亚人。她原名叫作卡泰尔吉娜·穆吉克，英语读作“凯瑟琳·缪吉克”，她给自己取了日本名字“桂子”。她不仅能说一口流利的日语，还通晓冲绳方言，看样子她已经融入这片土地的生活之中了。

她今年 37 岁，据说是四年前突然决定到冲绳来的。

“那时候，我对日语一窍不通，也没什么朋友，非常寂寞。只有大海的波涛宛如母亲的呼唤一般安慰着我。尽管如此，我一点点学会了日语，结交了很多的好朋友。他们都是非常好的人。我现在生活得非常开心。”

她说自己有许多非常好的朋友，下边的事情可以证明。

“国际珊瑚学会”自 6 月 2 日到 13 日将在塔希提岛召开。为了能让她参加这个学会，很多人集在一起，组织了一个“35 人会”。据说这些人是因珊瑚结缘的 35 个人，他们用组织比赛的方法筹集资金。发起人中有使冲绳“芭蕉纸”复活的胜共彦、爵士钢琴家屋良文雄、歌手与世山澄子，还有烧酒公司的老板们、豆腐店老板、渔夫、农民等各种各样的人。起初只有 35 个人，人数慢慢增加，据说最后达到 170 人左右。大家都折服于“桂子”——凯瑟琳的人品。每人出 1 万日元，那就有了 170 万日元。再加上比赛活动当天又募集了 30 多万日元。其中还有孩子们捐出的 1 元和 5 元的硬币。最后合计起来交到她手上的共有 200 万日元。

我从当时在会场的人那儿听说，她当时讲了这样一番话：

“谢谢大家，我非常高兴。但是我觉得这些钱，不是为了我个人，也不仅仅是为了冲绳的人们和珊瑚，而是为了人类的未来而筹集的至关重要的资金。请允许我为了这个目标代为使用，非常感谢。”

多亏了这次募捐活动，她得以出席塔希提岛的学会。

我在首里见到了组织者胜共彦先生，想知道关于那次活动之后“35 人会”和桂子的情况。他说了下面的话：

“活动之后，那个会就解散了。”

“哎？为什么呢？”

看到我震惊的样子，他若无其事地说：

“因为我们组织的目的就是想尽办法让她去参加那个学会，而且之后也没有一个人想要继续维持下去。”

“虽然她回来了，也没有人要求她做相关的报告。因为那是我们随便搞的，因此也不想让她背负什么义务。”

我感到他们是多么善解人意而又了不起的人啊。这不是随便能做到的事，我为之感动不已。

桂子当然会说：“他们都是好朋友，很多人都是。”对此，她的朋友也同样回答：

“因为她的人品啊！”

这经常可以从她生活的土地上的人的表情中看出来。

桂子女士住在保留着冲绳古老民居氛围的小房子里。

桂子说：“我的渔民朋友对我说，这里以前可以捕到很多鱼。那时珊瑚礁繁茂，是非常好的鱼礁啊！可是，现在珊瑚礁都死了，慢慢地没有了鱼的栖身之地。出去打鱼，有时候会空手而归，非常可怜。可悲的不仅是他们。想到我们的子孙，就更加悲伤。”

“来冲绳玩的人也许会说多么漂亮的海啊。从外表看来，蓝天和大海与日本本土不同，所以觉得很漂亮。可是如果潜到水里面，就会明白实际上并非看到的那样。河童，明天何不潜到水里去看看呢？”

第二天早上，我们驾船出发，看了海底。原来有珊瑚礁的地方有的已经白骨化了，白得令人毛骨悚然。

我们仍然随处可见零星存活着的珊瑚。桂子一见到就指给我看，“在这里，在这里，快看，快看！”这些活珊瑚有别于露出石灰质的死珊瑚，泛着绿色或者粉色。我惊诧于死珊瑚与活珊瑚的区别是这样明显。

我知识浅薄，而且是概念性的，知道珊瑚在海里就像树木一样，但又不同于一般的植物，靠吃微小的浮游生物生存，却不知道它们是因环境的改变而会死掉的敏感的生物。因为珊瑚无法移动，不能从遭受污染的海中逃到其他地方。因此与人们觉察到大海污染相比较，珊瑚会更早地敲响无言的警钟。

现在的石垣岛正为大型直升机起降修筑跑道，同时扩大海岸的“白保”计划也在大张旗鼓地推进。所谓的“白保”，是用混凝土把冲绳列岛中珊瑚礁保护相对比较好的海滨填埋起来。这种做法不仅威胁到渔民的生活，而且破坏了曾令观光游客无比愉悦的美丽的冲绳海。原本期待这项工程会招揽更多的观光游客，却致使“旅游热点”的海域毁灭。这样的后果极具讽刺性，死去的海是不会再复生的。

“有的人认为珊瑚是因为大量产生鬼海星才死亡的。但是，罪魁祸首应该是人类的所作所为。人们不仅仅大搞工程，而且使农药和红土流出，制造油和重金属的污染等危害珊瑚的活动。我并无意倡导完全的自然保护。即使是在塔希提的国际珊瑚学会上，学者们报告说，现在世界各地发生着同样的问题，

水中的水木桂子
她工作的场所是大海中的珊瑚礁
像每天一样背着氧气瓶潜入海里调查实态。以新型的行动派学者备受瞩目。
水中用照相机
采集标本用的袋子
我拜访的那天，她仍然潜入30米深的海水中去采集标本。
厨房

房子的外观
她说非常喜欢这个家
◀厕所和浴室在左边

最初，看到她虽然每天去潜海，却不带回任何东西，邻居老婆婆感到非常不可思议，问："你为什么去潜海啊？"现在好像已经得到大家的理解了。

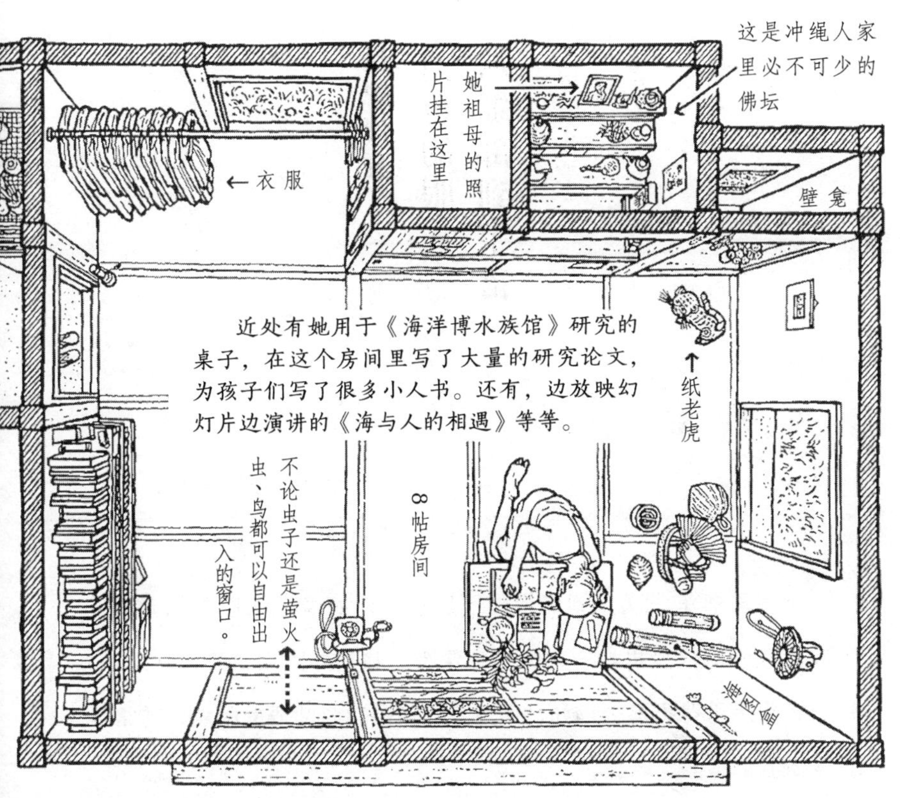

这是冲绳人家里必不可少的佛坛
她祖母的照片挂在这里
← 衣服
壁龛
近处有她用于《海洋博水族馆》研究的桌子，在这个房间里写了大量的研究论文，为孩子们写了很多小人书。还有，边放映幻灯片边演讲的《海与人的相遇》等等。
↑纸老虎
不论虫子还是萤火虫、鸟都可以自由出入的窗口。
8帖房间
海图盒

其中在夏威夷、澳大利亚，人们为了使海洋生态不被破坏，耗时费力地思考着开发的方向。我是外国人，珊瑚礁的命运最终还是掌握在冲绳人的手中，但是我想说的不仅仅是珊瑚礁，更重要的是占地球 70% 的海洋。海洋是一切生物的母亲，而且它们超越国界联系在一起。”

我非常欣赏水木桂子。带着完成采访的满足，我返回东京。

反窥河童

河童的眼光
从细部到宇宙

◉ 水木桂子

我虽然第一次见到河童，但是感觉他好像相识已久的老朋友。我们话很投机，一直聊天到深夜。我是外国人，又是女人，日语也运用得不那么自如，而河童却能够超越话语的阻隔，非常理解我的话。

他不仅对我说的话表现出关注，而且对所有的事情都那么兴趣盎然。甚至看到晚饭时摆到餐桌上的当地土产，他也会眼睛一亮。他边吃边问，我从旁边看着他大吃大嚼也感到很快乐。他对用卤水加海水做成的“备濑豆腐”感到特别新奇，看到冲绳特产的芋头和木瓜也很开心。

第二天早上，看到河童把我的房子从里到外调查了一遍，最后连房子外面也收录到写生画册里，我很是吃惊。

采访并没有到此结束，请渔民把船驶出来，他跟我一起下了海。河童并非如其名字那样擅长游泳。但是他背插了通气管，穿上足蹼，潜到了海里。他热衷于亲眼看、亲手摸来证实我用语言和照片描述的珊瑚。

我还给他看了冲绳近海随处可见的死珊瑚。我每次目睹人们给这样宝贵、美丽的海洋生态施以残酷暴行时，便感到悲哀和失望。我感觉河童与我完全有同样的心情。

河童对于人生旅途中遇到的所有东西的细节都抱以极大的兴趣，并从中感知其魅力，得到愉悦，产生喜爱。从对细小之处的关注扩展开来，慢慢地扩大到整个地球，直至包括这所有一切的宇宙。

他对于珊瑚的观察也可以这么说。珊瑚是多么微小的存在啊，但是，正是有了这许多的珊瑚结合在一起形成了大的珊瑚礁，才给鱼类提供了赖以生存的场所和食物，也保护了岛的环境。

在那个岛上，树木、山川、花草、蝴蝶、萤火虫、鸟，还有人类、大蒜、泡菜和音乐都存在着。

河童之所以能够对这样一个一个细微的东西产生兴趣，归根到底，是因为他对这些微小事物形成的“协调的整体”喜欢得不得了。

河童实际的采访时间还不到一整天，但是却从中观察到了浓缩的时间。

我感觉到他并不只是描画工作间的琐碎插图，而且也窥视到了我的内心深处。他鼓励我，留给我深刻的印象，离我而去。

❖ 水木桂子

1949 年生于美国，在波多黎各与大海度过了童年和少女时代，此后在各地研究珊瑚。美国杜克大学硕士，迈阿密大学博士。1981 年以后在冲绳备濑生活，从事珊瑚分类和生态的研究。

美食摄影家佐伯义胜的摄影室

日本的今天被人们称作“饱餐的时代”或者“一亿美食家的时代”。因此，不仅妇女杂志，凡是周刊杂志，都必定刊登美食的照片。

不过，事实上我们并不是每天都能吃得上那样的美味佳肴，也就是说那些奢华的饮食距离百姓的日常生活仍然很遥远。但是，那些美食的照片并不能像以往那样解馋反而让人感到饥饿，或者感到非常不满足，这也许是因为如今无论在精神上，还是物质上，都被称作“饱餐的时代”的原因吧。

我不是美食家，嘴却很馋。即使刚刚吃过，肚满腹胀，也很喜欢观赏美味佳肴的照片。我将此美其名曰“欣赏美餐”，用以煞有介事地遮盖我嘴馋的毛病。反正只要看到美食照片，我就会心情舒畅。至于能否吃得上已经变得不那么重要了。

因此在看照片时，我经常情不自禁地自言自语："看上去真好吃啊！""真想趁热大嚼一番呀！"有时看得入迷了，就会在翻杂志的同时，在有美食的那页夹上书签。结果，夹有书签处的照片几乎都是出自同一位摄影家之手，他就是在菜肴拍摄方面久负盛名的佐伯义胜先生。

他所拍摄的菜肴照片，有的热气腾腾，有的冷冰冰，还有的让你感到会烫伤舌头，不仅能清晰地表现出菜肴的温度，就连原料的新鲜度和装盘样式以及起衬托作用的餐具、做配饰的小物件等都表现得淋漓尽致。

听好几个编辑说，能拍出这样的照片秘诀在其工作室，于是我兴致勃勃地跑去窥视个究竟。

果然名不虚传！

在摄影棚中有间餐馆式的厨房。冰箱是专用的大型不锈钢冰箱，墙壁里挂放着各式各样大大小小的锅，就连炉灶和洗碗的水槽也都非同寻常。

佐伯先生说："我是为了让相机尝到美味佳肴，才把工作室设计成这样的。"不仅工作室，就连车库中的吉普车也是拍好佳肴的得力助手之一。

"比如说，当我想拍葡萄的照片时，比起把葡萄摘下运回来拍，就不如直接去葡萄的产地，在葡萄架下拍。"

他说，这时四轮驱动的吉普车是最佳选择，再让它装上沉重的摄影器材去爬山路。

“菜肴是有生命的，不迅速拍摄，就会错过时机。这是做怀石料理的辻留先生教给我的道理。必须要抢在几秒之内一气呵成地拍下盛菜气势和热气腾腾的感觉。所以，拍烤香鱼时，通常是一边嚷着‘来啦，来啦’，一边端着跑过来，‘好，拍下来啰’，就完成了。让看到照片的人感叹‘哇，看上去真好吃’，这是我的宗旨。”

曾经有文章报道说，佐伯先生工作间的地下室里藏有大量的餐具，于是我拜托他带我去瞧瞧。不看不知道，一看吓一跳。“完全像一个餐具的批发店，种类齐备，要什么有什么。”不仅数量大、种类多，质量也属一流。从餐具到装饰餐桌的小饰物，每件东西似乎都有一个故事。比如，西班牙的木雕水壶，葡萄牙的蔓藤花纹烛台，宛如昔日的名角儿亭亭玉立在那儿。

“这件我还从来没有用过。”它们也许会像外国电影中资深的大牌明星作为配角偶尔露个面一样，以那种感觉来衬托主菜。要想在佐伯先生的照片中登场，它们需等上若干年，也许会有那么一次机会吧。

“是啊。而且有时也许只在照片的角落露出一点。像这个烛台吧，其实我特别喜欢，但是拍照时也许只照它的影子。”

听到这里，我觉得我终于明白了佐伯先生摄影的秘诀。拍美食的技巧自然不用说，一张好的照片背后其实蕴含着更深层次的东西。

摄影室的架子上到处都放着各个国家的「秤」，每个秤的产地和年代都不同。他说：「我觉得收藏秤很有意思，便一发不可收，其中有的是花了好几年才弄到手的。」我也喜欢收集东西，但是与佐伯相比，那可是小巫见大巫。「现在热衷收藏什么？」「最近迷上了音响，我觉得那种被影像和高密度的声音包围的感觉很好。正在收集AV音响和帽子。」「可这两项与美食、摄影都不搭界啊？」佐伯笑着说：「我经常对弟子们说「要拍好照片，光学习摄影技术不行。摄影家没有好奇心和贪玩的心情是没有个性的」，拍出的照片也必定没有品位。」领悟佐伯拍摄菜肴的理念而自立门户的摄影师有22名之多。

REFINE!
这里描绘的
只是他收藏的“秤”的
一部分，到底有多少，据说
其本人也不清楚。

隔壁有一间与此同样大小的房间，冰箱靠墙站了一大排。►

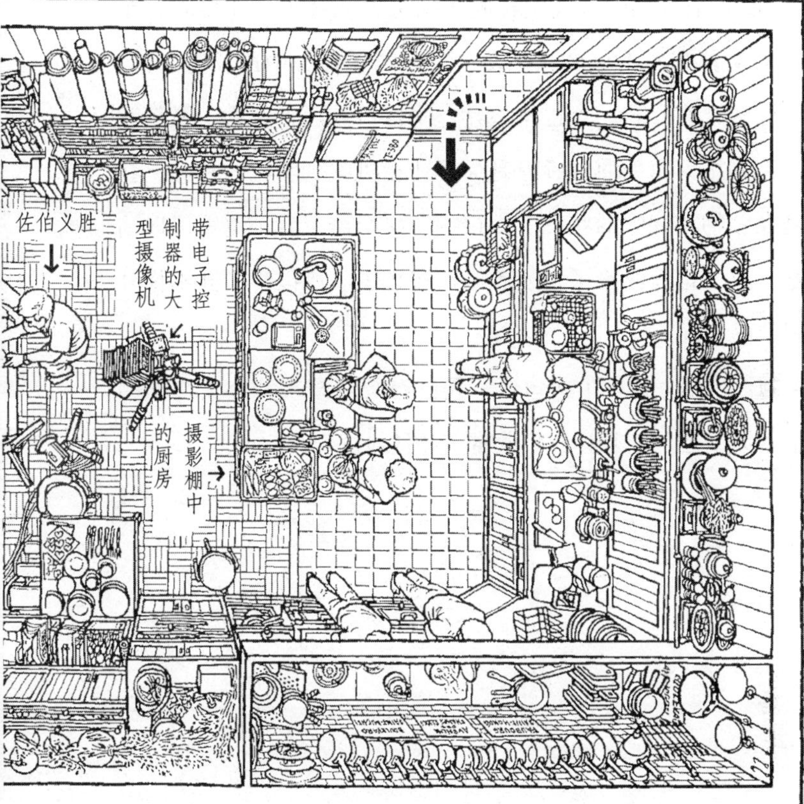

佐伯先生的收藏不限于餐具、锅、厨房用具以及桌上的装饰品，在另两间房里还收藏着各式各样的古董，从各国的餐具、产地和年代各不相同的桌椅家具，到农家的生活用具。这已经超越了与美食相关的范畴。正是这种对兴趣爱好执著追求的精神孕育出了那些精美的照片。

“说我很挑剔吧，其实在吃东西上，我并不是非要吃某个地方的某种东西不可。我是在‘饥饿的年代’中成长起来的。所以即使现在，我一点也不挑食，吃任何东西都很香。虽然我的工作是拍菜肴的照片，但是为了让相机吃到美味的食品，我总是在食物最好吃的状态下拍摄的。摄影结束后，就算可以沾光吃一点，也已经冷了，或者已经溶化了。所以事实并不像外人想象的那样。”

“让相机吃美食”这句话，我已经听过多次，今天终于明白了。原来这照片是让我们欣赏美味佳肴的那一瞬间。

反窥河童

志趣相投

◉ 佐伯义胜

不论谁，当自己的工作受到别人的赞扬时，都会十分高兴的。尤其是那些不为人所知的艰辛被人家聚焦瞄准后，我在羞愧难当的同时，也感到窃喜："啊！这个世上还真有了解我的人哪！"在我看来，河童给我写的文章实际上是对我最高的褒奖。

然而，当我窥视了本系列最后一节出场的河童的工作室后，着实让我目瞪口呆。原来这个世界上竟有人饶有兴趣地干着我25年前曾热衷过的事。那时我沉迷于收集枪支，像法国大革命中市民用过的枪、"波将金"号战舰上水兵用过的枪，还有墨西哥革命英雄萨帕特用过的枪等都在我收集之列。但是日本枪支管理的严格程度世界第一，你就算再有本事，也不可能弄到手。我费了九牛二虎之力，弄到手的只不过是英国陆军的老枪、瑞士民兵用过的斯密特鲁宾枪以及带有温切斯特公司连发标志的八角枪身的旧枪。（根据这方面行家的建议，我将它们都藏到人们看不到的铁柜里，几年前捐赠给种子岛的枪炮纪念馆了。）所以，现在我收藏的能正大光明摆在房间里欣赏的是诸如英国、澳大利亚、普鲁士陆军的旧头盔，拿破仑禁卫军的盔甲以及各国的军旗。对于河童和我来说，所谓历史，哪怕只是一块碎片，只有将那个时代的物件放在手里，才能切身感受到它的存在。

不管怎么说，上了年纪之后，还能认识像河童这样志趣相投的人是件幸福的事。如果我先走一步，告别人世的话，我一定让徒弟们马上把河童请来，让他在仓库里尽情选择自己想要的东西。

现在，在仓库找东西时，我经常想："到时候，河童最先选哪件呢？"思考这个问题也成了我的乐趣之一。

❖ 佐伯义胜

1927 年生于东京。在明治大学求学期间成为《妇女民主报》的摄影记者。1952 年大学毕业后进入太阳通讯社，走上了专业摄影家之路，拜摄影家木村伊兵卫为师，1955 年自立门户，作为菜肴摄影领域的第一人，支撑着饮食文化和饮食热潮。

指挥家岩城宏之的「札幌交响乐团」

说起指挥家岩城宏之，他可是我熟得不能再熟的朋友了。从他 21 岁，我 23 岁的时候我们就互相认识了，到今天已经有三十多年的交情。

他不仅作为交响乐团的指挥家而负有盛名，在写作方面也造诣颇深。他经常对我写的文章提出中肯的意见，有段时间我一写文章，脑子里就闪现出他的面容，以至于不知如何下笔。

他有时深夜打来电话说："下星期四一起吃顿晚饭吧。"

这时我一定会反问他是从哪儿打来的，因为通常是从很远的巴黎，或是从澳大利亚的墨尔本。见他毫不在乎地打了 30 分钟，我开始担心昂贵的电话费。

这时，他会生气地说："少说废话！想跟你说话才打电话的，挣钱不就为了打电话吗？甭担心，你别管这些。"

他的日程都安排到两年之后了。由于他经常奔波于世界各地，显得有些居无定所。他忽而翩翩飞回日本，转眼间又不知飞到哪儿去了。

他每年的行程为 17 万公里，也就是一天 500 公里。但是今年他穿梭于各国之间尤为频繁，每天达 1000 公里！ 1000 公里那可是相当于从东京到鹿儿岛的距离，由此可见他生活的艰辛。他本人也说："细想起来都觉得毛骨悚然。"

他指挥全世界的管弦乐团，因此每年有 10 个月生活在国外，另外的两个月间断断续续地飞回日本，每次待上个一两天。我很早以前就想让他在我的"窥视工作间"系列中露面了，但是苦于我们之间的日程总是阴差阳错，一拖再拖，直到今天。

关于描写他的工作间——管弦乐团的练习情景，我有一个好主意。我想将他们演奏到某乐曲某乐章某小节的某一拍的那一瞬间画下来。

"如果行家能够根据那幅画判断出乐曲演奏到何处的话……"

我暗自想着，心里偷偷地乐。没想到他从德国打来的电话一下给我泼了盆冷水。

"你真傻！难道你以为全世界的管弦乐队都像机器一样吗？而且都演奏的分毫不差吗？有时候小号一直放在嘴边，却实际上没有发声。光看画根本判断不出来。"

听了这话，我很失望，但是仍然没有放弃“用画来表现音乐的一瞬间”这一念头。因为我又觉得，说不定画能体现出交响乐团的个性。

“那就没辙了，就按照你想的去做吧。要画的话，就画札幌交响乐团吧。我今年秋天回日本，到时候在北海道见吧。”

总算答应了我的要求，我松了口气，在约定的那天飞到了札幌。

说到他为何选择札幌交响乐团，我十分清楚。他很早就主张像明治维新之前一样，取消中央集权，将主权分配到地方。他经常说：“我提倡‘废县置藩论。’”就像为了证实他的观点一样，10 年前他特意担任了札幌交响乐团的音乐总监。他既是 NHK 交响乐团的终身指挥，也是墨尔本交响乐团的常任指挥，但是他最投入的还是札幌交响乐团。

他经常说：“我要让这个交响乐团成为日本的出色品牌。”所谓“出色品牌交响乐团”是指 20 年前美国俄亥俄州根本无名的一个交响乐团，经著名指挥家乔治·塞尔亲手培养成为世界一流的交响乐团。

岩城宏之指挥的札幌交响乐团正如他所说，现在已成长为日本三大交响乐团之一。前年在大阪、去年在东京分别举行了演奏会，让北海道之外的听众也感受到了它的实力。由于演奏得十分出色，很多人都惊叹道：“地方交响乐团能演奏得这么出色，真不简单！”

操三角铃的乐手因等候时间长，在那里看书。
手鼓和小鼓的乐手耐心地等待
定音鼓手在强音过后，正在连续轻轻敲打。
H处是单簧管。右边的乐手吹完了，正在休息。左边的人还在轻轻地吹。
竖琴在休息
1936年成立
「札幌交响乐团」
G
H
I
C
B
A
指挥要求演奏轻缓些，表现柔和的动作。
除指挥外
共76名乐手

A处的第一小提琴组刚刚拉完。琴弓已经离开小提琴。第二小提琴的B组的六个人在继续拉长音。由于是极强音刚刚结束后的弱音，稍微显得有点紧张，后方C处的第二小提琴组刚刚拉完。G处是吹长笛的三个人，其中左边和

里姆斯基 - 柯萨科夫的交响组曲《天方夜谭》第一乐章的乐谱 58 页的第 2 小节开头的瞬间。

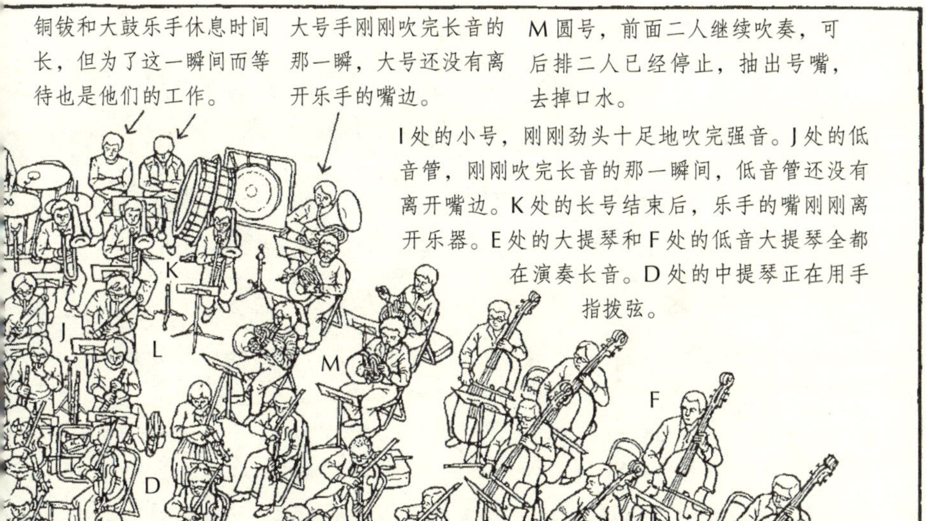

铜钹和大鼓乐手休息时间长，但为了这一瞬间而等待也是他们的工作。

大号手刚刚吹完长音的那一瞬，大号还没有离开乐手的嘴边。

M 圆号，前面二人继续吹奏，可后排二人已经停止，抽出号嘴，去掉口水。

I 处的小号，刚刚劲头十足地吹完强音。J 处的低音管，刚刚吹完长音的那一瞬间，低音管还没有离开嘴边。K 处的长号结束后，乐手的嘴刚刚离开乐器。E 处的大提琴和 F 处的低音大提琴全都在演奏长音。D 处的中提琴正在用手指拨弦。

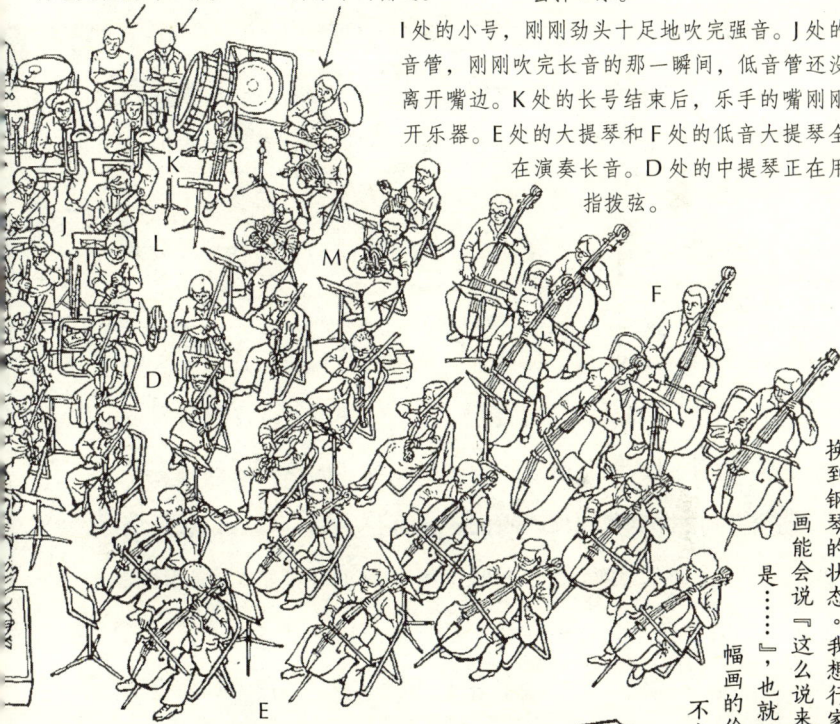

极强音的一秒后，刚由极强音转换到钢琴的状态。我想行家看到这幅画能会说『这么说来，也许是……』，也就是说这幅画的价值不大。

中间的刚刚吹完。左边的那个正准备换短笛。而右边那个还在轻轻地吹。L 处的双簧管已经吹完了。左边的那个人正在准备 4 小节后的独奏，稍微有些神经质。

岩城宏之倡导废县置藩文化，作为指挥家的浪漫之处，它不是指由“中央”看到“地方”的居高临下的指挥，而是通过带动全体成员的热情来打动观众的心。

听说早上 10 点半开始练习，我急忙从机场赶到“真驹内青少年会馆”。岩城宏之是昨天从墨尔本赶回来的。

练习开始了，曲目是里姆斯基 - 柯萨柯夫的交响组曲《天方夜谭》。交响乐团的全貌拍在一张照片里，记录下某瞬间全体成员的样子。但是那样人物过小，作为绘画时的参考未免有所不足。因此我用长焦距镜头分别将每位演奏者的各种姿势收录到相机里。

练习结束后，我与指挥商量应该将哪一瞬间画成画。他将乐谱翻到第一乐章，指着其中一页说：“我认为，比起所有的乐器都在演奏时，刚刚由极强音转换到钢琴的这一瞬间最好。”我拜托他依次告诉我在那一瞬间各个部位的演奏员各是什么姿势，他说：“就算演奏同一乐器，每个人的状态也不尽相同。比如说，第一长笛一直都轻轻地吹，第二长笛刚刚结束，而第三长笛准备换短笛，开始将长笛从嘴边移开。”我一听，慌了神，开始后悔将事情弄得这么复杂，但是已经迟了。我只得一边问一边编排一边画。画出的便是上页的这幅图。通过这次窥视，我深刻地理解到：交响乐团的演奏，是由指挥将全体成员每一瞬间的激情抓住，从而汇集成一个整体的。

反窥河童

一旦败露，很可怕

◉岩城宏之

说实话，河童的这一系列连载结束后，我终于松了口气。他的亲朋好友，无论被窥视的，没有被窥视的，都与我心情一样。连载开始后，大家见面都互相叹气。因为一碰到河童，他就会要求你对正在连载的文章发表评论。“上次那篇如何？”他用一双似乎会透视你内心的眼睛盯着你问。如果回答“嗯，不错啊”之类的，他不会放过你。因为你稍一敷衍，就会露馅儿，惹他生气，那是很可怕的。

自己为了能谈出点像样的感想，就必须认真地读他的文章。为了与他那细致得可怕的“文明式窥视”抗衡，首先必须调整好自己的状态。当《朝日周刊》上刊载了新的文章时，不能马上去读，需要寻找好的状态。比如说，酒精流入体内的时候就不行。

历尽千辛万苦，终于取得了给他打电话的资格。如果一个劲儿地赞扬，他肯定会生气。但是绞尽脑汁稍微挑一点毛病他会更生气。就这样，我与河童在疲惫中持续交往了这么多年，并还将永远继续下去。

❖ 岩城宏之

1932 年生于东京。在东京艺术大学专攻打击乐，中途退学。1965 年在 NHK 交响乐团特别演奏会上作为指挥家崭露头角，此后活跃在世界乐坛上。任墨尔本交响乐团常任指挥、NHK 交响乐团终身指挥、札幌交响乐团音乐总监、指挥等。也以《挥动指挥棒的流浪汉》丛书等著作享有盛誉。于 2006 年去世。

航海家堀江谦一的太阳能船

“您从来没有担心过机器出故障吗？万一出故障了呢？”明知道这个问题很愚蠢，见到堀江谦一的时候，我还是禁不住问了他。

“当然担心过啦。首次尝试驾驶没有帆的船，为了以防万一，我事先在船舱里准备了船桅和帆，以便随时转换成扬帆行驶。但是，一旦扬帆了，就算安全抵达，也是失败。因为那次的目标是全程使用太阳能。”

5月21日从夏威夷出发，历时75天，于8月5日到达日本的父岛。堀江谦一这次6300公里行程的航海获得了极大成功。

“但是，这次航海让我深刻感到成功不只属于我一个人，因为这次与以往制造的帆船不同，是由我所不熟悉的领域的人们聚集起来，相互合作齐心协力完成的一项全新的工程。所以凡是与这次航海相关部门的人员都来庆贺。媒体报道中尤其突出了太阳能电池的作用。此外还有制作螺旋桨、传动轴的人员和担当发动机研究的人员，他们让太阳能的电力更有效地转化为动力。大家都真切地感受到了喜悦，纷纷庆幸‘没出故障安全返回了’。”

“也就是说，存在出故障的可能？”

“嗯，一旦出海，很难保证零件不会坏。不但零件免不了要坏，意外也会随时发生。”

这么说来，在堀江先生的航海生涯中，桅杆折断或是令其感到绝望的情况也多次发生。三年前“地球纵向环游航海”时，他被困在北冰洋里，帆船两次被吹翻，甚至有几分钟处于倒立状态，以至于发电机发生故障，寝具和衣服全都湿透了。

很多人都问他：“明知这么危险，为何还要冒这个险呢？”

他回答说：“自己制订好计划，做了准备，进而付诸行动，难道还有比这更令人兴奋的吗？”

1962年，堀江23岁，他完成单人横渡太平洋。此后，1974年和1978年，他又分别完成了“单人不靠港世界环游”和“首次地球纵向环游航海”。每次归来时，在一片赞扬声中，人们都问他“为什么”。他少言寡语，只是简洁地答道：“因为我喜欢。”

实际上，在23年前，我曾与堀江先生有一面之识，那正是堀江驾驶小帆船——“美人鱼”号从日本横渡太平洋到达美国，又返回日本的时候。我当时是富士电视台的美术设计师，正好负责一个与其帆船相关的节目。当帆船被搬到舞台上时，我大吃一惊。因为帆船长 5.8 米，小的让人怀疑“这就是横渡太平洋的那条船”。

那时，在媒体铺天盖地的报道下，堀江的表情稍显呆滞。因为如果按照法律衡量，他的举动是“偷渡美国”，是违法的。但是在那个年代，合法办理护照出国是不可能的，更何况一个人驾驶小型帆船横渡太平洋，简直无法想象。因此，他在接受采访时说：

“在那个年代，要取得护照比横渡太平洋更难，更何况我的目的并不是偷渡，我不想被人说成是‘鲁莽的冒险’。”

了解他的人都说：“他在考虑了经济条件的基础上，制订了缜密的计划，航海前的准备工作近乎完美。”充分肯定了他的准备周到。

“在海上，除了自己以外没有别人能帮你，因此无论制订计划，还是具体实施，都必须慎重又慎重。当然，即便如此，还会发生预想不到的事。”

“这次航海与以往最大的不同在哪里？”

“我深切地感受到太阳的能量是无止境的。虽然对于太阳能船来说，在没有太阳时，就算有再大的风，也只能摇摇晃晃地浮在水面上不能动弹。但是完全不用担心电池能量减弱。连

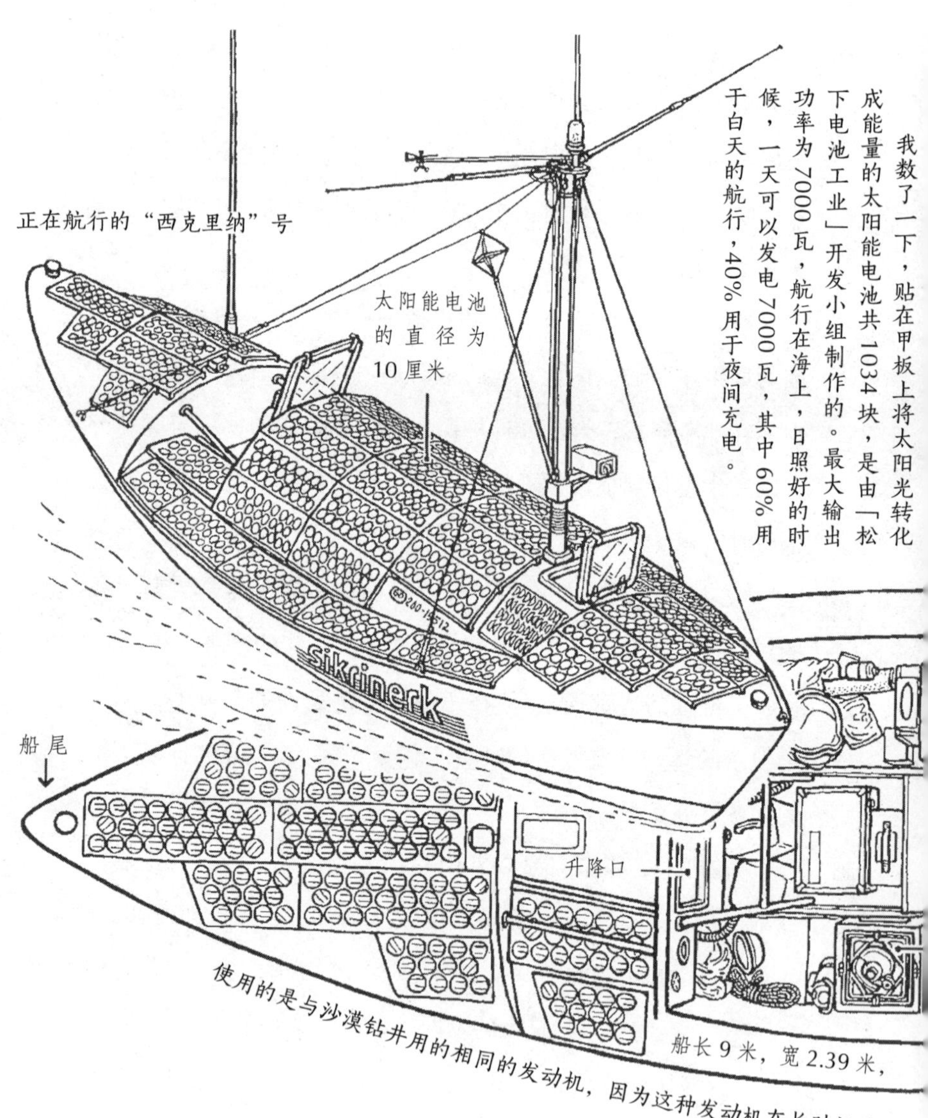
我数了一下，贴在甲板上将太阳光转化成能量的太阳能电池共 1034 块，是由「松下电池工业」开发小组制作的。最大输出功率为 7000 瓦，航行在海上，日照好的时候，一天可以发电 7000 瓦，其中 60% 用于白天的航行，40% 用于夜间充电。
正在航行的“西克里纳”号
太阳能电池的直径为10厘米
sikrinerk
船尾
升降口
船长 9 米，宽 2.39 米，
使用的是与沙漠钻井用的相同的发动机，因为这种发动机在长时间无在第一次单人太平洋航海中，由于没有安装无线电话，据说他只能自言自语。『这次有了无线电话，聊天都聊累了。反而是沉默的时候比较轻松。所以根本没有自言自语的时间。』他边称赞太阳能的作用，边笑着说。这次航海用上了这种全新的能源，也是一次备受关注的有意义的实验。

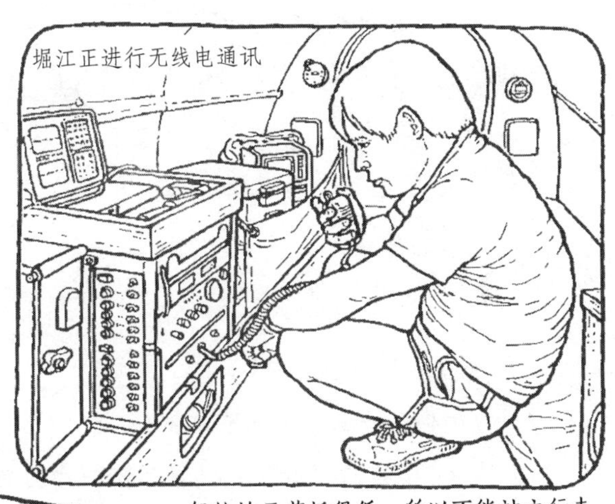

船舱的天花板很低，所以不能站立行走。他总是弯着腰，况且关上舱门非常热。

由于没有帆，航行时虽不会倾斜，但是经常摇来晃去。

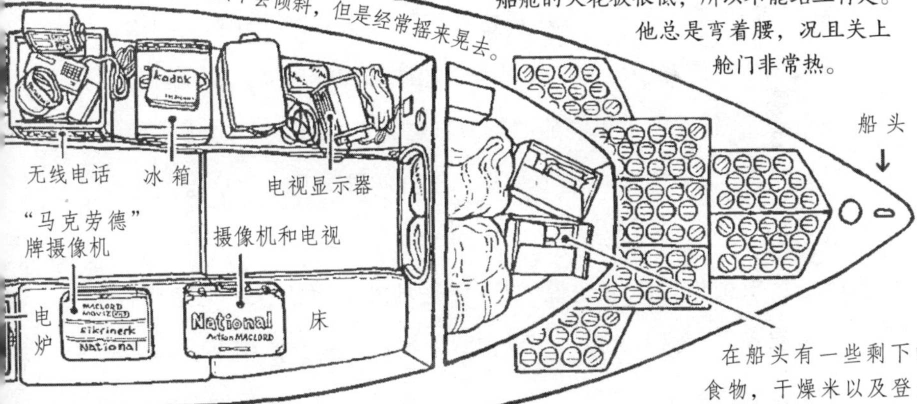

无线电话

冰箱

电视显示器

“马克劳德”牌摄像机

摄像机和电视

电炉

床

船头

在船头有一些剩下的食物，干燥米以及登山用的各种方便食品，还有罐头等。蔬菜和鸡蛋都臭了，所以靠岸后马上处理掉了。

是由林贤之辅设计的。

人照看的状况下也不会出故障。

录像设备和冰箱的能量都是由太阳能提供的。我想这是最大的不同。”

作为绿色能源的太阳能电池，经过这次应用，在人们的不断研究中，将会发挥更大更广的作用。堀江也说：

“有的部门已经提出了改进方案。我现在也有几个新的想法。总而言之，这类事情，很多还是亲自动手做才会明白。当然，我希望太阳能不仅在航海业上，还能在更多领域发挥作用。”

有件事我一直放在心上。在22年前，他曾说过：“一离开日本沿海，海就变得美丽起来。”这句话一直印在我脑海里。后来在12年前的“不靠港世界环游”的航海日志中，他又写道：“在印度尼西亚海域，黄色油状物质逐渐扩散开来。用于建筑的木框漂浮在海面，垃圾缠绕船底部的螺旋桨，以致阻碍航行。”在这次的太阳能船的航海日志6月30日的部分中，他又写道：“海就像白色粒子一样，十分肮脏。我觉得这是人为造成的。”

这次他饱含深情地说：“不仅是日志中写的日子是这样，其实海洋一直都不干净。以前海洋上的漂浮物都是椰果、木材等大自然的东西，而最近明显都是人为造成的。海洋污染年年加重，南太平洋被船只丢弃的油所污染，最近海面上漂浮着很多奇怪的东西。”

反窥河童

我也要画啦

◉ 堀江谦一

我觉得河童先生是完美主义者。

在我看来，文章的每一行都很完美，没有一处可以挑剔的地方。采访结束后，在向杂志交稿前，河童先生又打电话到我家，将引号内所引用的我的话全部读给我听了一遍，一字一句地确认："这样没错吧"。我尤其吃惊的是他所了解的太阳能船的知识之丰富以及他确认再确认的办事方法。

确认再确认，是航海人员所必须遵守的准则。航海男儿要求对任何事都不马虎，认真去做好，而河童先生已经天生具备了这些素质。因此我想，即使他独自驾驶帆船航海，也肯定没有丝毫问题。

比如像"太阳能电池一共有多少块"这种问题，实际上我都从来没有数过，而他却连这样的细节全都要亲自确认，对他的这种做事态度，我算是服了。

他所画的太阳能船，乍一看并不起眼，却惊人的准确。其实我每次航海时，都感到不仅应该拍照，也应该自己画下来，却怎么也画不好。这次驾驶太阳能船航海，最终也没有画成一幅画。但是看了河童先生的这套“窥视工作间”系列的书，我再次下定决心：“下次航海就算只画一幅也好，我一定要画画！”

敬请期待下次的航海日志吧！

❖ 堀江谦一

1938 年生于大阪。1962 年驾驶帆船“美人鱼”号成功地完成了日本人单人横渡太平洋，此后又完成了单人不靠港环球一周，纵绕地球一周等，不断地用帆船冒险。1985 年靠太阳能帆船成功横渡夏威夷与小笠原间的太平洋，发表了航海日志《靠太阳行走》。

冒险小说家 内藤陈的 『深夜+1』酒吧

在东京的有乐町有一座大楼，名叫“马里昂”，其中有西武和阪急两个大商场。以前乘着陈旧的咔嗒作响的电梯摇摇晃晃升到五楼，那里有一个“日剧音乐舞厅”——裸体舞小剧场，在三年前被拆除了。

对我来说，这好像是不久前的事，但是由于那里没有留下往日的丝毫痕迹，年轻人听起来，也许像个古老的传说，颇感困惑。但是要介绍“内藤陈”先生，就必须从这个小剧场说起……

在日剧音乐舞厅可以观赏到女性的裸体美，但是音乐舞又与脱衣舞有着本质的不同，它属于轻松歌舞剧。因此演员们不仅要展示她们的美丽身体，更重要的是让人们欣赏她们通过舞蹈所做的表演。有的观众盯上了自己喜欢的演员，一个月要去看四五次。在舞剧表演的间歇由喜剧演员登台来表演小品。多数观众都是来看舞蹈表演的，小品一旦表演得不精彩，观众就会起哄，大喊："快滚下台去！"所以，在这种场合，要得到观众的好评绝非易事。然而其中有一组喜剧演员深受欢迎，那就是以内藤陈先生为首的"三剑客"。他们身裹扎眼的、独特的紧身套装，手枪玩得纯熟，经典的台词是"好冷酷啊"。小品的台词都是根据冷酷侦探小说或者冒险小说的著名台词改编的。也许是由于位于银座的正中心，这种不媚俗的表演受到了观众欢迎。实际上我以前每个月也都去那儿，其中一半是为了看舞蹈，另一半是为了看"三剑客"的表演。在那之后，我曾在日剧音乐剧场担任过舞台美术的工作。不过遗憾的是，那时"三剑客"已经不在了。所以，由于阴差阳错，我们没有机会同台合作，然而我却一直一厢情愿地认为内藤陈是我的盟友。

在那之后，他也偶尔在电视上露面，自称是"演艺界的稀有动物"、"让人玩耍的玩具猫"，每次看见他逗笑噱头，依旧是内藤陈的嗤笑，总能让我将其与他在日剧音乐舞厅的表演重叠起来。别看他外表总在逗乐，实际上背后却藏着他对工作的认真态度。

大约在三年半以前，他创立了"日本冒险小说协会"，并自命为会长，这多么符合爱说"好冷酷啊"的内藤陈的作风！创立这个协会的宗旨是："以冷酷小说和冒险小说为中心，但并不拘泥于此，目的是读好书。自己读到好书了，就向朋友们介绍。无论是纪实文学、诗歌还是散文，只要是好书就行。”

“多读点书吧。节省一杯咖啡的钱，不就能多买一本袖珍本了吗？节省一顿饭钱，不就能多买一本单行本了吗？如果有人没钱买书，我们何不把自己的书奉献出来借给他？同样都是读书，为了不做无用功，我们为何不互相推荐好书呢？如果读到特别好的书以至于极其感动的话，让我们以读者的立场，饱含感谢之情向那本书的作者颁奖吧！”

既然举办协会，就必然需要相应的资金。正在发愁时，有人提出在新宿的黄金街上开一间酒吧。内藤接受了这个建议。这样，既有了会员们能够活动的场所，又能筹集到日本冒险小说协会所需的资金，真是一举两得。

那家酒吧的名字是“深夜 +1”。

酒吧的来历这样与众不同，酒吧本身也别具一格。只要在酒吧里存放一瓶酒，无论待多长时间都只收取一千日元。

“因为我想让不富裕的人们也能无所顾虑地光临。这里是‘无色情’、‘无食品’、‘无卡拉 OK’的‘三无酒吧’，取而代之的是热爱书的人们。”

这家由内藤一手经营的奇妙酒吧，正如他所预想的那样，吸引了很多热爱书籍的人们，很快就家喻户晓了。会员已经超过了五百人。其中很多为了“深夜 +1”，特地从地方来到东京。这种时候，就算酒吧没有座位了，东京的会员也必须让出座位，这是他们的规矩。

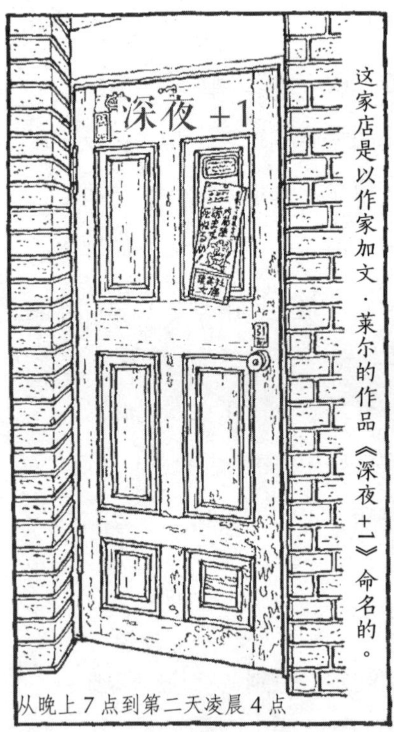

这家店是以作家加文·莱尔的作品《深夜+1》命名的。
从晚上7点到第二天凌晨4点

这里放的酒瓶有七百多。自带食品，非常欢迎，不过不能独吃，要与大家分享。这里的下酒菜只有豆类和巧克力，可以随便享用。据说有一次这个小店容纳了40人……满员时，地方会员和女性会员优先。在这里打工的学生四人每天轮流站柜台。内藤陈笑着说："'深夜+1'与其说是我的工作间，不如说是我的'地狱'。"

爱好收集玩具枪的内藤陈，现在最喜欢的是"MGC的M—93R"气枪。

正门
IZUMIYA
←(03)209·7872
这个台阶与《深夜+1》没有什么关系，是通往二楼其他店的楼梯。

今天客人不多
内藤陈
PLAY

“来这里的都是会员，所以不需要当作客人对待。我们不说‘欢迎光临’之类的话。当有人进来时，我们直接问‘有几个人？’这里很小，一共只有 12 个座位，因此站着喝的人很多。当然，我也是站着的。而且在晚 10 点半以前，我都不喝酒，只干些洗烟灰缸之类的活儿。”

内藤晚上 9 点以后一般尽量不离开酒吧。

“因为我不想让特地来见我的人们失望。其实我以前的习惯是到这家酒吧喝一会儿，到那家酒吧去待一下，而现在只能一动不动地待在同一个地方，这种拘束感其实很难受。不过也没有办法。”

他真是一个善良的人。虽然他心直口快，有时对年轻人说话很不留情面，但是正因为大家都很了解他的人品，才愿意聚集到这里吧。

“我既然推荐没有钱的人也读书，就必须为此负责。”他的这个想法在他的两本著作《不读书，何以死！》和《不读书，死不足惜》中有明确体现。

“自己读后，觉得值得推荐的话，就告诉别人‘这本书很有意思’。但是这终究是我个人的喜好，难免存在独断和偏见。不过我有自信，绝不会让买书的人觉得上当受骗了。别的会员发现了其他好书，也可以推荐。大家还可以针对一本书进行讨论，但是我们只是读者而不是评论家，我的工作终究只是推荐而已。所以如果看到了不喜欢的书，也没有必要做出批评，默默地无视它的存在就行了。”

这既是一个温暖的读者集体，又是一群厉害的读者。我真心诚意地向内藤会长申请入会，得到了他的允许。

反窥河童

诧异、惊叹、目瞪口呆

◉ 内藤陈

有句话："我不是上帝，因此我不是万能的。"

当描绘出来的工作间摆在我的面前，我真觉得河童就是万能的上帝。啊，谢天谢地！

无论再高级的照相机，还是最新的 8 毫米摄像机，都比不过河童先生以独特视角画出来的插图。

我和伙伴们全都诧异、惊叹、目瞪口呆，每个人的脸上都写满了惊叹号，佩服得五体投地。

看呀！贴在破椅子上的胶布、堆积如山的酒瓶、被撕破了的海报，还有我握着枪的手指，全都被他表现得淋漓尽致。

而且，他写的文章也非常好读易懂。

其秘密就在于（在河童告诉我之前，我都没有发现），所有的一切，包括版面设计，河童都亲自制订了缜密的计划。

看了这本书的一个坏朋友这样说道："下次有活儿，一定请河童指教，所得我们对半分，四六开也成。求您了，一定把河童介绍给我！”这着实让我为难。他的名字叫“派克”，是社会上人称“坏蛋派克”的稍通人情的暴力团成员。

❖ 内藤陈

1940年生于东京。1963年组成“三剑客”，作为一个丑角颇有人气。另一方面组织了冒险小说协会，自任会长。通过著作《不读书，何以死！》和经营酒吧“深夜+1”，热心推荐好玩的书。

雕刻家增田感的「雕刻音乐会」

据说去年在东京银座的“上田画廊”举办了很独特的雕刻展。之所以说“据说”，是因为很遗憾，我没有能看到那个展览。据看过“木材与声音造型”雕刻展的朋友说，在那个展览会上，工作人员会先给参观者一根小木棒，然后对你说：“请您敲敲展出的雕刻作品，可以自由触摸，请您敲，请您摸。”

一般雕刻作品是不许用手碰的，手上的油脂会弄脏作品。大多数展出的雕刻品旁边都写着“请勿触摸”的字样，而这里不仅请你“不必客气地抚摸”，还请你“敲敲看”！这样的雕刻家也太罕见了。

“不光是作者的姿态少见，作品也是很好的。”朋友颇为得意地给我看了作品的照片后又说，“妙趣横生的雕刻，你没看到那可太遗憾了。”

雕刻家增田感的名字我是第一次听到。朋友说：“那当然啦，他一直旅居西班牙，在那里已经19年了。这是第一次回日本举办个人展览，所以日本很少有人知道他。”

他这么说，倒多少给我以安慰。增田感在西班牙似乎异常活跃，知道他的人还是有的。我想既然这样，那总有一天还会见到他的作品。这次正巧得到了增田感回到日本，在纪州的田边镇储木场做雕刻的消息。调查一下，消息确实。去年他使用非洲产的木材制作作品，今年要用日本的木材进行雕刻。为什么会选在纪州？因为纪州的木材种类多，并且当地的木材商提供材料。

作品已经完成大部分，听说10月6日就要召开这些作品的展览会，我有点发慌，如果不早点去雕刻现场，就看不到他面对木材雕刻的情形。我急急忙忙乘YS11飞机飞往“南纪·白浜”。比起巨大的喷气式飞机，这种飞机显得很小，或许“以前的飞机就是这样的”，让人感到很亲切。

增田感特意到机场迎接了我。他满面笑容，我们先握手，也许是因为他久住西班牙之故，我们握手很自然。再加上他人很坦率，另外事先看过拍摄他工作的录像带，所以我们之间没有初次见面的感觉。

他开车，直接前往储木场。在车里，我向他提出了第一个问题：

“您真的只要一看树木，就知道这种树是怎么栽培出来的，

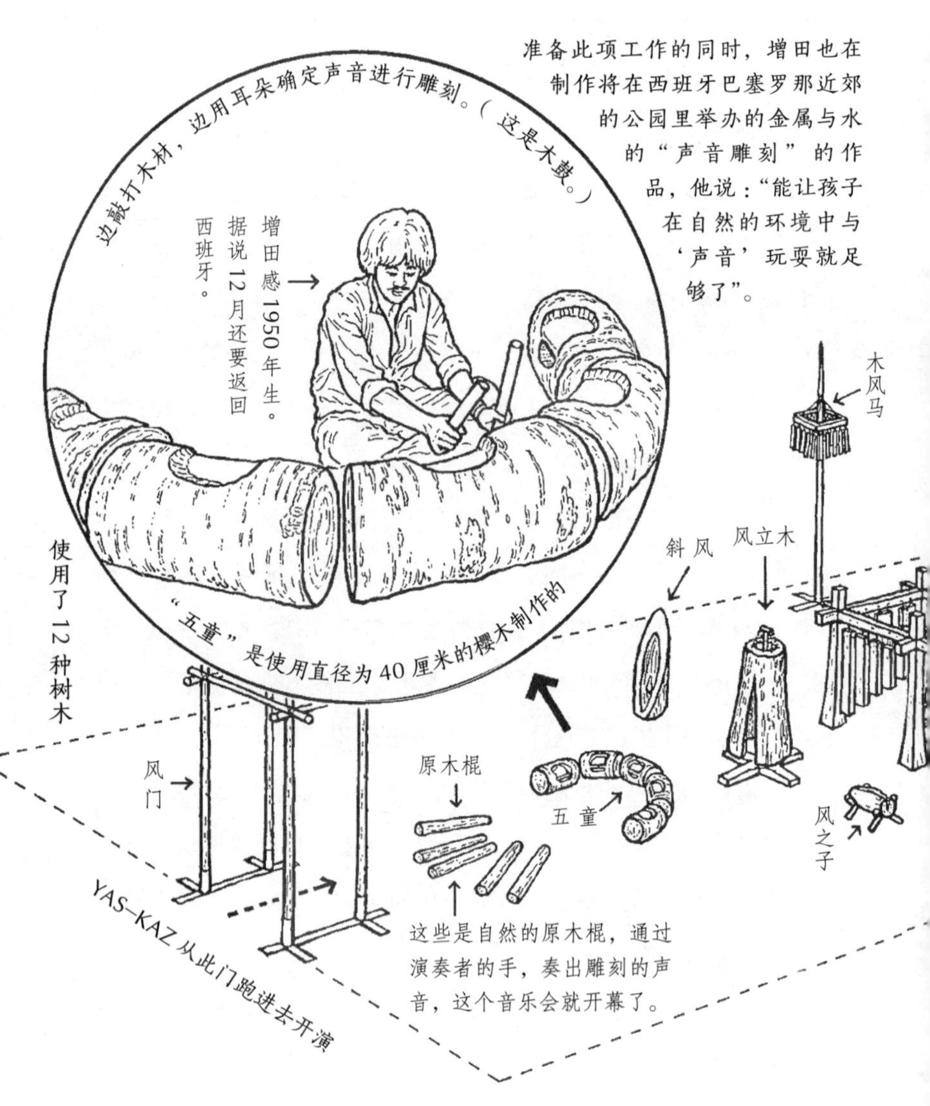
准备此项工作的同时，增田也在制作将在西班牙巴塞罗那近郊的公园里举办的金属与水的“声音雕刻”的作品，他说：“能让孩子在自然的环境中与‘声音’玩耍就足够了”。
边敲打木材，边用耳朵确定声音进行雕刻。（这是木鼓。）
增田感1950年生。
据说12月还要返回西班牙。
“五童”是使用直径为40厘米的樱木制作的
使用了12种树木
木风马
斜风
风立木
风门
原木棍
五童
风之子
这些是自然的原木棍，通过演奏者的手，奏出雕刻的声音，这个音乐会就开幕了。
YAS–KAZ从此门跑进去开演

音乐会的会场在田边“和歌山县林业中心”前院的野外。会场宽 10 米，长 40 米。10 月 6 日下午 4 点半开始。满怀对这片土地的人们所予协助的感谢之情，在这里进行了首演。11 月 9 日、10 日在“兵库县立近代美术馆”，12 月 20 日、21 日在大津西武百货店展示，22 日举办演奏会。希望能在更多的地方举办，但因没有宽大的场所，只能说很遗憾。演奏由 YAS–KAZ 和高田绿两个打击乐手担当。以“男和女”呼应的形式按照顺序敲打下去。（休息时间请观众自由敲打雕刻作品。）咨询电话 03-574-755314。

“古灵树”树木和声音的雕刻音乐会

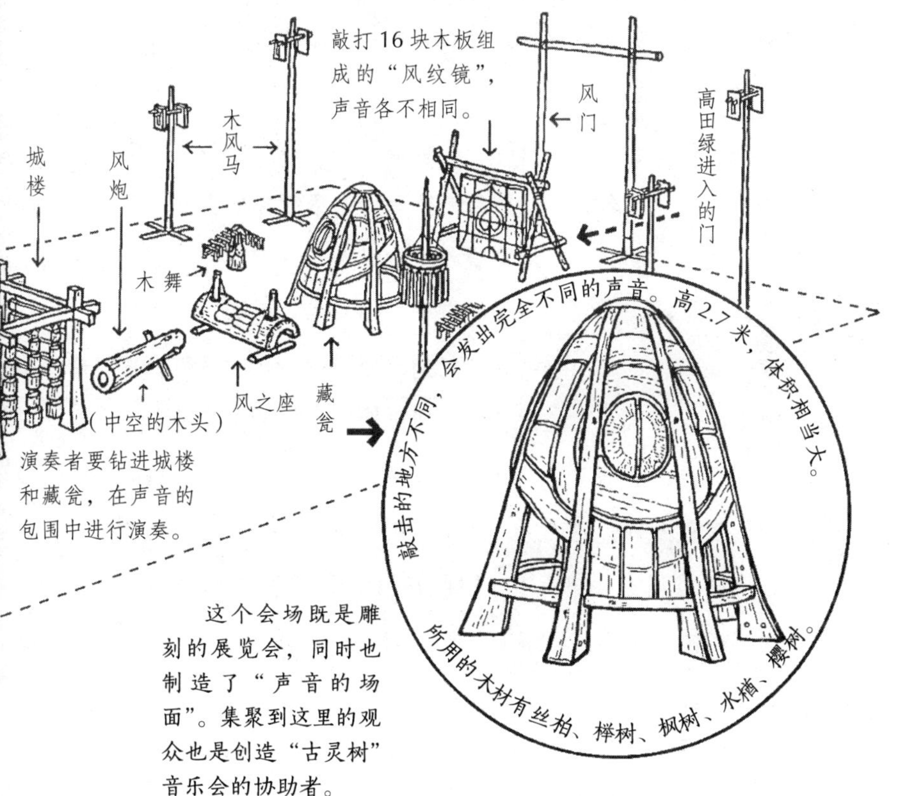

敲打 16 块木板组成的“风纹镜”，声音各不相同。
木风马
风门
高田绿进入的门
城楼
风炮
木舞
风之座
藏瓮
（中空的木头）
演奏者要钻进城楼和藏瓮，在声音的包围中进行演奏。
敲击的地方不同，会发出完全不同的声音。高 2.7 米，体积相当大。
所用的木材有丝柏、榉树、枫树、水楢、樱树。
这个会场既是雕刻的展览会，同时也制造了“声音的场面”。集聚到这里的观众也是创造“古灵树”音乐会的协助者。

就能说出其经历，然后还能预测它做成雕刻后会发出什么样的声音？”

“那有点夸张，但一般是能猜到的。树木与金属不同，各自有自己的个性，非常有趣。”

“我是到了西班牙之后，才对树木的声音产生兴趣的。在木头上挖洞时，总是会发出空隆的声音，这种形状的木头会发出这样的声音，让我大吃一惊。以前与此相同的声音曾不止一次传到我的耳朵里，我自己却没有意识到。从此我的心情为之一变，每天都要听木头的声音，与木头相处。在西班牙有位制造吉他的手艺人安东尼・马林，我拜他为师。他是格拉纳达首屈一指的造吉他的名人。我想日本也有他亲手制作的吉他……反正是个很了不起的人，他知道木头的哪个部分密度高，哪个部分适合高音区，他的工作让人有种一边与木头对话，一边敲打询问木头的感觉。稍有一点不对劲就要影响声音的质量，不懂得材质的选择、木头的切削方法那是做不出好的吉他的。比起外观的好看，还是声音的好坏更为重要。不只是吉他，我的住处附近有家做响板的工房。从把木头钻通到成品完成，大体需要一周的时间。星期天工人把做好的作品一件一件地试敲，都是经过同样工序制作出来的，有的响，有的则不响，而且每个声音都不同。木头的个性在那样小的东西上都能反映出来。”

增田感不仅对木头有研究，还到铁匠铺去学习制作音响的长短。通过与木头对话，同铁交往，他制造出 13 件雕刻作品，并举办了音乐会。会场在巴塞罗那的“圣母玛丽亚·黛尔·玛尔”的礼拜堂里。演奏者是“山海塾”的打击乐手YAS-KAZ。会场上集中了上千听众，对那些声音产生了共鸣。西班牙电视台把当时的盛况向全国转播，一时间日本人增田感成为人们议论的话题。

然而，他不是乐器制造者，而是制造声音雕刻的雕刻家。

去年，和歌山“山长”木材公司的经理看过增田感在东京举办的个人展览，与他志趣相投，在展览期间邀请雕刻家到和歌山的山中考察了很多木头，于是才有了今天的作品。

增田感说：“相隔很久，终于看到了日本的木头，那些矗立在山中的树木对我教益良多。”

“古灵树”指日可待。届时，我们会听到什么样的声音？会有哪些树在窃窃私语呢？

对我说『你还是个孩子』的人

反窥河童

◉增田感

河童是个爽快的人。

前来采访我的人有着各种各样的类型，比如：有的人在面对面交谈之前就拔出刀来，在你面前挥来舞去，但他也就如此而已，根本不去逼近核心要害；有的人则适当地让被采访者上钩，事后再按照自己的口味来烹制菜肴，怎么说好呢，虽然他们很能干，但多给我留下不诚实的印象。

河童虽然也准备拔刀认真对待胜负，但那是一种很自然、热情的印象。单刀直入地提问，根本感觉不到一点盛气凌人和威猛。所以，我这一方面也能很自然地回应。

要问为什么，那是因为河童看人、观物的目光是纯正的，没有虚假和谎言。

实际上这与听树木的声音时的样子很相似，一再纠缠奇怪的小理由，仅凭“感性”，是不能敲出响彻灵魂的声音的。硬要摆出架势，强行征服别人，对方也不会理你的碴儿。

和树木一样，人也是各种各样。河童再一次教给我，还是要让树木分别发出具有各自特性的声音。

“阿感，你还是个孩子。我也经常被人家这么说。”

❖ 增田感

1950 年生于日本奈良县。1971 年以年纪最小的雕刻者的身份参加箱根雕刻森林美术展。1974 年开始进行声音的雕刻。1975 年赴西班牙留学，并进行研究创作活动。分别在巴塞罗那、东京举办个人展览。1985 年在和歌山县举办雕刻音乐会，受到世人瞩目。

农民作家山下惣一的田地

“现在日本的田地……”从日本 NHK 制作的电视节目中看到了山下惣一的身影，山下是作家，同时也是农业经营者。他本人说 :“我的本职是农民，一边从事农业，一边执笔写作。”

去年水稻收获的季节，九州佐贺县唐津山下和附近的稻田出现大面积的“死米”。所谓的“死米”，即米粒散成粉状的米。花费心血耕种，得到的结果却只能扔掉，没有什么再比这更令人懊恼了。这是生死攸关的大事。

山下听说不仅自己住的地方，就连产米出名的新潟县也出现了“死米”。为了彻底弄清其原因，他走访了新潟县，试图搞明白“土壤得了什么病”，其实况电视也以特别节目播出了。

他首先把得病的土和健康的土各挖一米深加以比较，健康的土放在手里一揉都碎了，而长“死米”的土发硬，且有不通氧气的土层，发出和阴沟一样的气味，很臭，没有微生物。健康的土 1 克有 1500 万的微生物；作为堆肥被切断埋入的稻草，按理说通过微生物作用早该分解了，而察看“死米”土中的稻草却原样没动。

通过这样的比较和分析，“土壤得病”的原因清楚了。由于反复使用农药，土壤本来具有的肥力丧失殆尽。使用农药的土壤微生物不能生息，自然界的生态系统被完全破坏了。

水稻的根部不能从土壤中吸取养分，结果窒息而死，产生了“死米”。

这是山下在电视节目中说的：“祖父曾说过‘土’字表现出伸出地面的嫩芽，代表了强大的生命力，而‘工’字是没有生命的。正是由于工业生产的农药，夺去了全国土壤的‘生命’。”他的话给我留下深刻的印象。

虽然我想到在水稻收割的季节前去打扰他不太合适，但是实在想实际看一下山下的田地，终于还是决定访问唐津市的凑地区。

我曾读过山下的几本著作，当地的风景虽然大体上能猜得出，但是超出想象，有种如同“耕田至天”的感觉。俯视玄界滩山的斜坡上，水田呈现阶梯状。

山下说：“我有一公顷的水田，都是呈香蕉状的小块田地，共 64 块。在狭窄的土地上，想造出更多的耕地，不得不如此。”

病虫害比起以前大增，去年撒了 12 次农药。

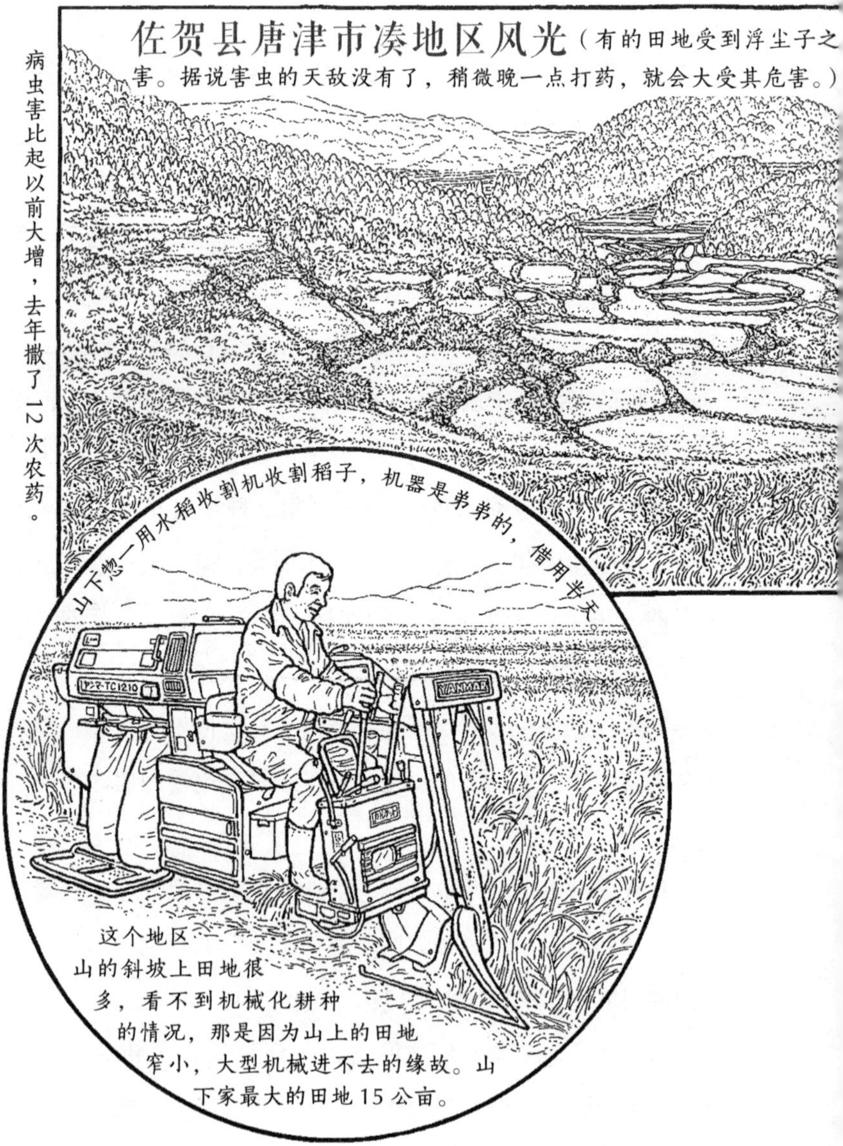

佐贺县唐津市凑地区风光（有的田地受到浮尘子之害。据说害虫的天敌没有了，稍微晚一点打药，就会大受其危害。）

山下惣一用水稻收割机收割稻子，机器是弟弟的，借用半天

这个地区山的斜坡上田地很多，看不到机械化耕种的情况，那是因为山上的田地窄小，大型机械进不去的缘故。山下家最大的田地 15 公亩。

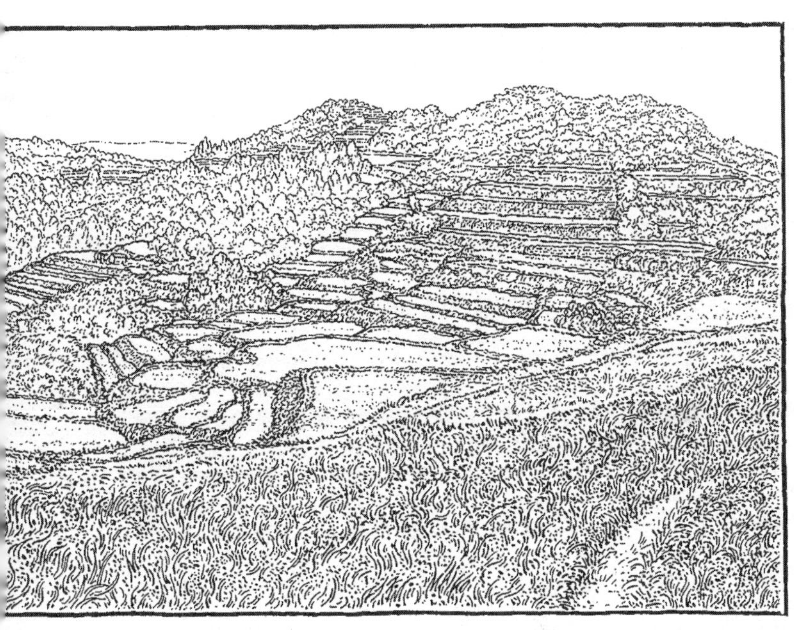

一眼望去，完全是象征前人勤劳的“日本山村独特的水田”。

这座山上不但有水田，还星星点点地种植着柑橘。山坡比较陡，往上行走颇为吃力。七年前，每到收获的季节，果实必须用扁担来挑，一天要上下山二十多次。现在使用哈贝斯塔牌的履带式搬运机运送，即便如此，农活也是繁重的。

橘子“还没有到收获期，味道发酸”，可我却觉得很好吃。不像想象得那么酸，而且有种以前吃的橘子的那种味道。

听说“运送到东京的橘子不太甜的很受欢迎……”城里人

的嗜好非常敏锐地反映到农作物上。蔬菜从种类到价格也是如此。

“目前没有一种作物是农家随便生产的，因为怕卖不出去。农民都是严格按照农林水产省行政的指导来搞，积极配合。然而，大米一多上边就犯愁，于是采取‘减反’的政策。①这不是农民的责任，行政的过错转嫁到农民身上是很不应该的。农林水产省大喊‘过剩，过剩’就等于承认自己无能。如果农民反对‘减反’政策，随意过多种植而造成大米过剩的话，可另当别论。不仅大米，蔬菜、水果也要‘减反’，按照指示的要求去种植。这回又说‘从国外进口便宜’，据说完全是为了消除国际贸易摩擦。正是政府的政策搞垮了农民，虽然也有过于保护农业、‘提高米价’的说法，但是农民必须活下去。现在的工资是昭和三十五年的 10 倍，而米价只是 4 倍啊。”

听说山下的儿子要接他的班。这个地区每年继承农业耕作的青年仅有 4000 人左右，而选择当医生的则有 8000 人之多。我既不知道这种现状，也不知道“土地得病”。

与其说使用农药是农民的责任，不如说真正的主犯是国家的政治，城市人又是其帮凶。狭窄的日本国土把农民驱赶到蛮用土地以追求‘低成本多收获’的境地。我们不能和拥有广阔土地、低工资的国家一刀切，继续耕种下去都不能“自给”，

① 是日本政府的农业政策，即因为稻米生产过剩，按照比例减少种植面积。

然而放弃自给的道路靠从别的国家进口能说得上更好吗？我感慨“土地在死亡”所象征的东西，从山上走下来。

我去过日本的各个地方，一直想看看农村。但是我感到自己并没有看到在乍一看恬静的风光里边还有另一种风景。

听说明年1月，山下惣一的著作《土和日本人》一书要由NHK出版，我翘首以待。

反窥河童

河童之害大焉，可是……

◉山下惣一

“要说工作间，我的工作间在水田和菜地。”

“行，那也可以。”河童说来就来了。农业的专门用语一般都很难懂，现在社会上分不清“脱谷”、“脱壳”和“精米”的成年人大有人在。我对自称精通农政的记者说圆白菜，中间又提到“甘蓝”。结果他的记录是“圆白菜30公亩，甘蓝30公亩”，尽管圆白菜和甘蓝是一回事。

“稿子写好了，我读给你听。”河童说。

“多余，不用了，全都托付给你了。”

果然半夜三更打来电话说：“现在读给你听。”

“多余，不用了，花电话费，太浪费了。”

“出了错，那可不行，我读全文。”

果真河童的理解与事实有几个出入。“还是读对了！”

我为其尽职尽责的精神所打动，多亏了他，我请他为我的书做宣传，他把稿子退回来让我重新修改。

河童之害大焉！但是他的确是一剂良药！

❖ 山下惣一

1936年生于日本佐贺县，中学毕业后务农，在种稻、种柑橘之余，坚持写作。有一大批充满扎实体验的宝贵作品问世。主要作品有：《一寸的小村，也要有五分的志气》《现在，村落在大摇晃》《吹进村里的风》等。

印度音乐研究者若林忠宏的「罗宇屋」

“印度的音乐不用特意摆架子地去听，带着轻松的心情把它当成背景音乐去听比较好……”著名西塔尔[①]演奏家若林忠宏曾这么说道。连若林这样的人物都这么说了，听众也就放下心了。

过去，有很多“印度通”把印度描述为“神秘幽玄之地”，而我自己也没有去证实过，因此就莫名地对印度产生了不好的印象。然而，自己去了实地一看才发现，真实的印度与传闻中的印度差别很大。人们都非常有朝气、非常愉快，感觉每个人都生活得悠闲自在，根本没有遇到过什么神秘的事情。听音乐的态度也是如此，几乎没有那种听深远悠长音乐的感觉，听到

① 演奏印度古典音乐的一种弦乐器。

兴奋之时，听众就随意地喝彩。所以说，若林的说法并非空穴来风。

他的演奏非常自然。他的语言表达也很自然。最近，他出版了《享誉亚洲的西塔尔演奏家》（大陆书房，1200 日元）一书。这本书不单介绍印度的音乐，而且还试图让读者聆听亚洲各地的民族音乐。读了之后，你会有文如其人之感。

我虽然见过若林多次，但是还没拜访过他经营的民族料理茶馆“罗宇屋”。这家店位于东京吉祥寺车站前。听说在那一带，还有若林先生经营的“罗宇屋民族音乐教室”与“民族音乐中心”，我们先到那边看看吧。

教室的墙壁上挂着一大排世界各地的民族乐器。其形状非常好玩，怎么看都感觉像是手工制作的。我的坏毛病又犯了，马上就想弄到手，尽管我自己不会演奏……

“这个会发出什么样的声音呢？”我问道。

若林把我所指的乐器从墙上一个个地摘下来，并依次演奏给我听。无法想象有着那样不太风雅外观的乐器居然能够发出那么舒心那么美的声音。先生也让我试着弹奏了一下，但是乐器却发出了刺耳的声音。特别是弦乐器，需要演奏者和乐器非常默契，否则是不能马上演奏出音乐的。

说到各地的手工制作的乐器，我兴趣倍增，若林还把他自己做的乐器拿给我看。

他 14 岁的时候参考着照片，自己“用葫芦制作出了西塔尔这种印度弦乐器的共鸣箱”。好像那一年他考上高二，拥有了期望已久的真正的乐器。听说他一直是通过看参考书、听唱片来自学演奏的，简直让人难以置信，大概在五年前才去印度学习。

印度的音乐大学的老师们大为惊叹：“自学居然能达到如此高的水平！”

他说：“自学中怎么都搞不明白的地方，经老师一指点马上就恍然大悟，变得如此简单了，还是跟着老师学开心。”

我与若林先生相识是在去年 9 月。此前我听说过他是有名的西塔尔演奏家，并没有亲耳听过他的演奏。

一个偶然的机会，我正在和朋友商量为来自印度的庞迪先生举办古典音乐独唱会。会场定在立花隆先生家，但是却找不到伴奏的印度塔布拉鼓的演奏者。找不到的话演唱会就开不成。这时候，从熟知印度音乐的人士那里打听到了若林忠宏的大名。不管怎么，庞迪先生先和他见了面。那天已经很晚了，庞迪先生非常兴奋地打电话给我说：“找到高人啦。他真的是日本人吗？他对印度古典音乐非常了解，而且演奏也非常棒啊！我能和他认识就感到很高兴了！”我问道：“若林先生会打印度鼓吗？”庞迪回答：“会啊！他打得非常好呢！”听说一般的西塔尔演奏者连鼓碰都不碰一下的。印度乐器演奏界等级分明，演奏印度鼓比演奏西塔尔低了一个档次。所以在印度没有同时演奏这两种乐器的人，如果这么做了会被人们视为异类。但是若林先生并不拘泥于这些。

在立花家举办的演唱会非常成功。为庞迪演唱伴奏的若林的印度鼓演奏也非常精彩。大家都被即使在印度也难得听到的演唱会陶醉了，很兴奋，决定让立花隆把这次演唱会录制成私人版的唱片，在这年秋天限量发行，若林的印度塔布拉鼓演奏也被收录其中。

“既演奏西塔尔又打印度鼓的人才真是很难得啊……”这么一说，若林如此回答道：

“也许在印度是这样的，但是我并不认为只有恪守这样的规定才是理解、爱好印度音乐的最好方式。听说在印度，音乐演奏者都是赤足上阵的，大家对此也都深信不疑。在日本如果也这么搞，那就走极端了。有时候，给唱片做封套时也有这种情况，印度演奏者拍摄的照片都不穿袜子，而我感觉这样会破坏整体气氛，就不采用。如果非说我穿着袜子演奏就不行，那就有点不近情理了。也许有人会说我这样搞，是旁门左道，但是我不光对印度音乐，对亚洲各地的民族音乐都有兴趣，各种乐器都想去尝试演奏，只是因为我最先感兴趣的恰好是印度音乐。我从来没有过如果不是印度音乐就不行这样的想法。开始知道印度音乐是我 13 岁的时候，一个偶然的机会被收音机里播放的西塔尔的音乐吸引了。也可能那时候我对西洋音乐有点自卑的情绪吧……话说回来，那时我的祖母还在教会演奏风琴呢。她原本就是京都乐器店老板的女儿，所以没有什么奇怪

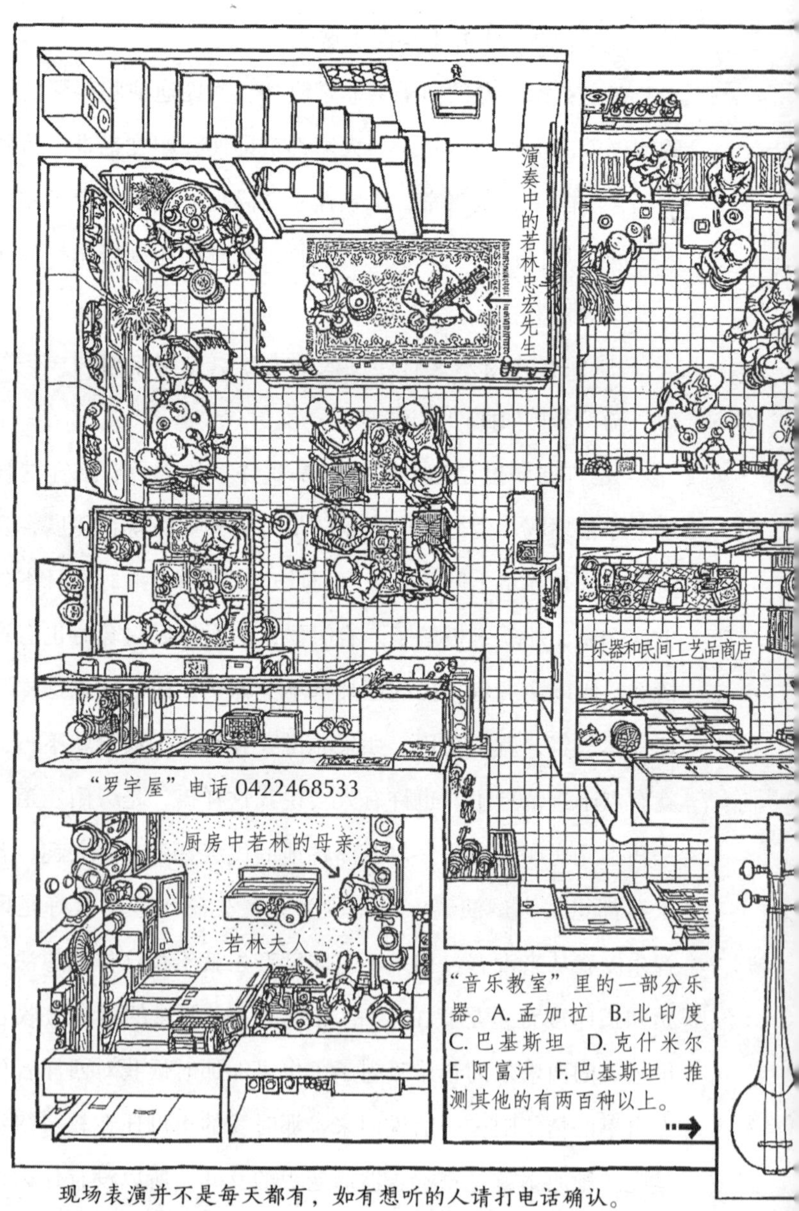

现场表演并不是每天都有，如有想听的人请打电话确认。

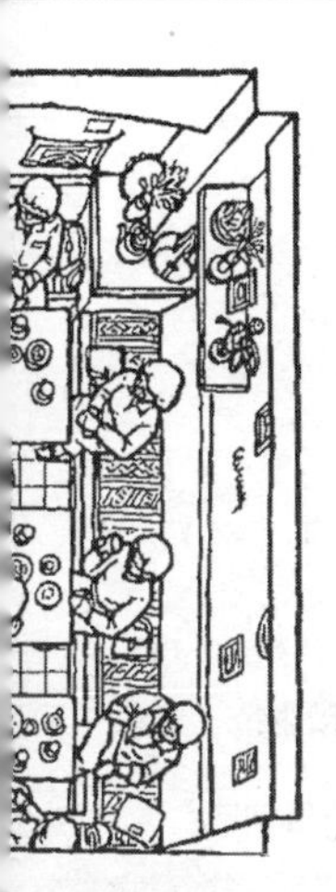

的，我周围都是音乐家，伯母是小提琴教师，母亲是钢琴教师。我是远远不及她们的，所以想从那样的环境中逃脱出来。”

他从反感古典音乐走向了另一个极端，开始做摇滚音乐，在酒吧的乐队里弹贝斯、弹吉他作为兼职。再怎么试图反抗生长的环境，对音乐的热爱之情是不会改变的。

在那之后，他接触了各式各样的音乐、结交了各行各业的人，开始专注于以印度音乐为中心的民族音乐的研究。七年前，建立这间“罗宇屋”音乐工房，也是想拥有一个通过音乐结交朋友的场所。

“现在以接触亚洲的音乐为契机，可以和不同领域的音乐人士交流。总之，我不想筑起排他性音乐的高墙……”

他才28岁这么年轻，已经召集了八个志趣相投的朋友，还有45个学生。

到“罗宇屋”来寻找音乐的人们在留言册上留言的已经超过了一千人。

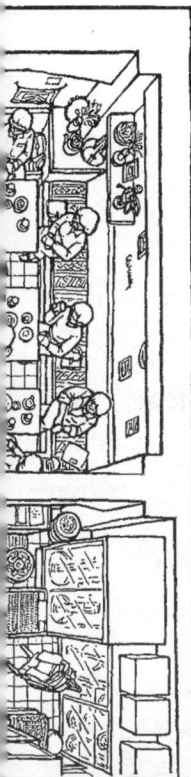

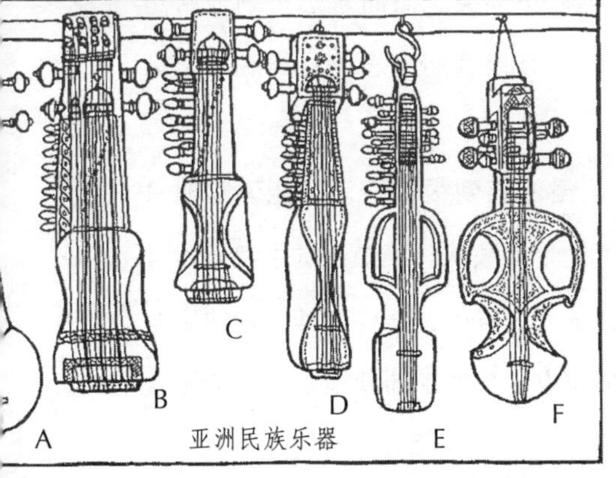

亚洲民族乐器

反窥河童
河童叔叔以及他猎物的行列

◉若林忠宏

首先，他是笑嘻嘻的。突然他眼珠子一转，一找到猎物，他鼻下部分一下子变长了，眼角也稍稍往下耷拉。然后，就是那句传说中的名言“是不是真的啊……”

我把猎物作为诱饵，不服输地奋战。在河童叔叔未发出下句话之前，我给他来个竹筒倒豆子。于是会听到这样的话：“那还有点意思嘛……”

即使猎物用尽，也竭尽全力坚持到最后。感到那时候要是受到河童叔叔的一击，自己也命不久矣。然而意想不到他回击的话并没有杀伤力。他本来就没有搞我的意思。这到底是怎么回事?

对于事态未能如期发展，虽然感到很惊讶，但能理解他只是不能让猎物逃走，然而也不是令其顺从。不知不觉中我开始考虑河童叔叔寻找的下一个猎物是什么样的、怎样去捕获，便偷偷地跟在其后。我瞧瞧周围，那些小的猎物都陆续地、一个个像我一样尾随其后跟过来。

像我这样年纪轻轻，却夸夸其谈貌似大人道理的家伙，把真正的主张隐藏起来的家伙，正是他极好的猎物。在我说出自己的真实主张之前，他绝不会停止可怕的攻击。而这“真正的主张”正是我们现在的年轻人开始忘记的“真谛”，那是不为任何东西所束缚的“真谛”。

❖ 若林忠宏

1966年生于东京，以收听调频节目为契机，对民族音乐发生兴趣，从此开始自学。1988年在东京的吉祥寺开店，以“罗宇屋”为中心从事印度、阿富汗、土耳其、阿拉伯等民族音乐的研究，并进行演奏，遂成为日本这个领域中的第一人。

兽医博士增井光子的动物医院

上野动物园中有座动物医院，医院里除设外科、内科、眼科、皮肤科外，甚至还设了同人类一样的心疗内科，加之预防范围很宽，其患者从鸟等小动物，到乌龟、蛇等爬行类动物，以至大象一样的大型动物，多种多样。

我拜访了这座医院的股长——兽医学博士增井光子女士，当时房间里还有四位兽医正在工作。首先，我就动物的紧张状态询问了增井博士。

“有报道说多摩动物园里的考拉由于环境变化引起的精神紧张致死，对此您怎么看？”

“考拉的死因，不经病理解剖是很难下结论的，但说成紧张致死是很荒唐的。人类死亡时，常说死于因精神紧张导致的胃溃疡等，并不说死于精神紧张。起因虽然有精神紧张的情况……我觉得媒体继大熊猫之后，对考拉投入了过多个人感情，不过是异常喧闹。对动物怀有过于简单的关心的人与对动物的理解是不能直接挂钩的。过去，农民和猎人都仔细观察动物的生活，也关注其生死。因此，当农作物和林业等遇到灾害时，他们能够理解那是‘在某种程度上没有办法’的事，所以便表示出忍受，与动物在自然界的生态圈中共存。但是，现代人对动物却知之甚少，要么说动物‘可爱’，要么说动物‘可怕’。比如，黑熊一出现，就万分惶恐，大叫‘太危险了，杀了它’。与此相反，对于觉得可爱的动物，就表现出玩赏的心情，极端到像对待宠物一般。报道中紧张致死的看法就很片面。”

关于动物的紧张状态，一言难尽。我饶有兴趣地听她讲了有关白鹇的故事。十只鸟中有一只鸟不习惯与伙伴们在一起，像“被欺负的孩子”一样沮丧生病了。住院后马上恢复了健康，与转学后变好的孩子极其相似。可恢复健康出院后，马上又病了。据说这只鸟就这样不断地住院出院。与此相反，也有这样的鸟，与同伴们分开住院后，就会由于寂寞而情绪低落。这时，为了照顾它，让另一只与其性格相合的鸟和它一起住院，据说这样就能使其安心平静。除此之外，也有的鸟虽然住院后伤势痊愈，但却得了心因性脱毛症。实际情况是多种多样的，动物不仅有种类上的差别，也存在着个体间的差别。

拒绝上学、不适应社会、陷于孤独引起的脱毛症啦、好奇心强烈使其总是喜欢恶作剧啦，动物与人类具有同样的感情。不，说与人类十分相似，是以人类为中心的有失偏颇的说法。或许应该说我们人类很像它们。人类属于“灵长类人科”，不过是哺乳动物的一种。

“人们都说到这里来看动物，实际上也许正相反呢。”增井女士笑着说。动物也怀着好奇心在观看人呢。

以前这里有一只好奇心特强、喜欢恶作剧的北海狮，现在被转移到江之岛去了。据说客人一架上相机，这只北海狮就会不失时机地表演其浇水的特技，其火候适当，命中率颇高，常使周围的观众大笑不止。北海狮觉得这种喧闹很有意思，便重复其动作。还有一位器械体操名将黑猩猩，在饲养棚里不断地用一根铁棒做高难度动作，使得围观游客喝彩一片。鼓掌声一多，会做出超高难动作给观众欣赏，却从没给饲养员表演过一次绝技。据说某日饲养员听见鼓掌声和喧闹声，往饲养棚一看，黑猩猩马上停下动作，装出一副什么都不知道的表情。因此饲养员悄悄地来到外面，藏到观众的后面偷看，黑猩猩正自信满满地表演从没在饲养员面前表演过的特技，使其非常惊讶。黑猩猩索要的报酬仅仅是观众的掌声，因此可以说其玩心极强。对于好奇心这样强的动物来说，休园日会使其感到无聊、沮丧。

“动物园中的动物与自然界中的野生动物不同，甚至有人说动物园里的大猩猩已不是真正的大猩猩了，对于这种意见，您会如何回答？”

“动物园中的动物的确与野生动物不同，但是说其不是真正的大猩猩也很荒谬。之所以这么说，是因为它们只不过是把隐藏的野生性格表现出来了。这种性格它们以前就有，并非变成假的大猩猩了。这与人类因环境不同而产生变化是相同的。人们踏入社会，才对社会有所了解；从地方搬到城市，才会不断去适应城市环境，我们能说这样的人就不是真的人了吗？野生动物也各有其绝妙之处，近距离持续观察它们的话，就会了解到许多它们的习性和智慧。黑猩猩不仅具有理解语言的能力，也有组织文章结构、与人交流的能力。那是一种拼接记号化的颜色和形状的方法。此外，它们还具有理解抽象概念的能力，这一点也已十分清楚。”

不知道黑猩猩从谁那儿学的使用镜子的方法，它们用饲养棚中的镜子照自己的背部，看到了通常情况下看不到的伤口。

不仅是黑猩猩，好像其他许多动物也具有比我们人类想象的聪明得多的头脑。

增井女士说：“因此，人类要用不同以往的饲养方法和对应尺度，采取新思想为其创造不同的适应环境。”

搞环境保护运动的人们认为“谁都无权仅为使人类高兴，就把动物关起来”，因此倡导“取消动物园”。对此，增井女士说：

“既然有想观看动物的人存在，动物园就不能取消。如果

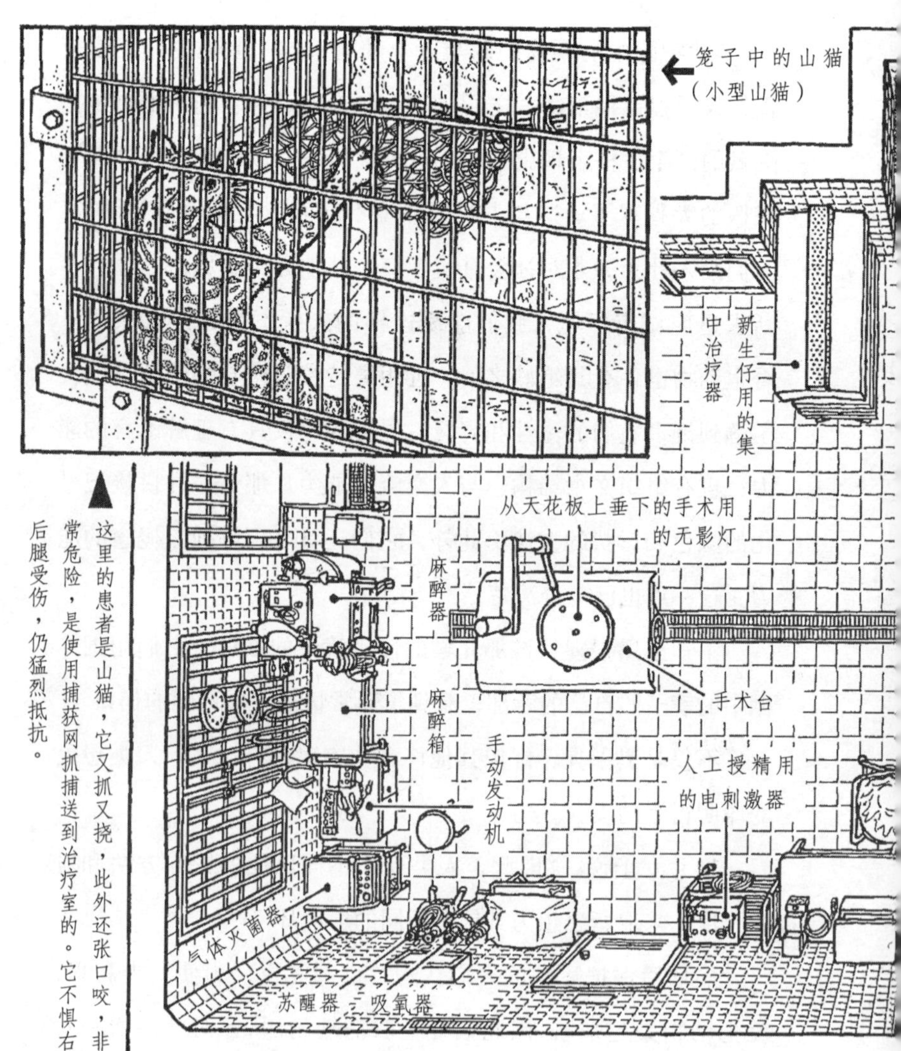

▲这里的患者是山猫，它又抓又挠，此外还张口咬，非常危险，是使用捕获网抓捕送到治疗室的。它不惧右后腿受伤，仍猛烈抵抗。

因担心其有传染给人的疾病，进入动物园的动物在展示给游客之前，一定要在“检疫室”进行观察。“猴子”需要观察两个月，“河马”需要观察一周，动物不同，需要观察的时间也不同。这座医院对面的大楼里，除兽医外，严禁其他人进入。

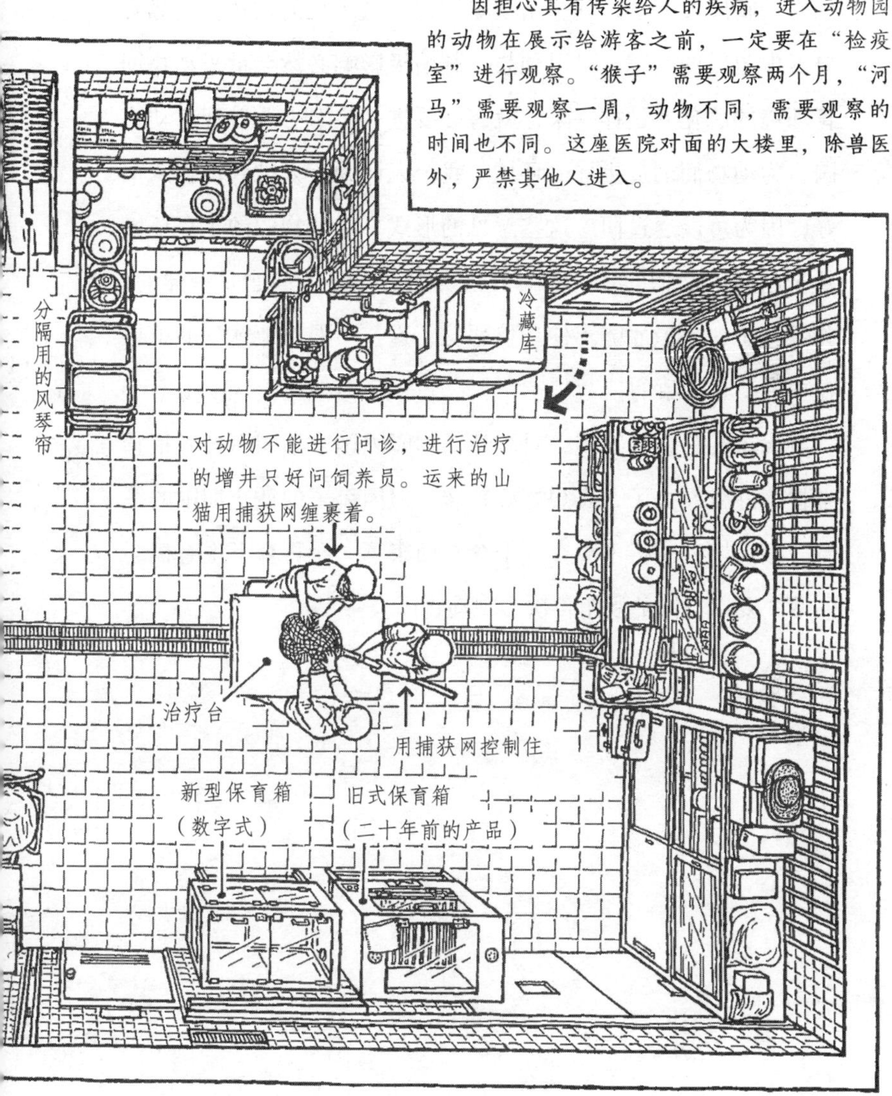

国立动物园没有了，就会出现更多的可供赏玩的动物。这势必要考虑盈亏的问题，可以预想，其消极影响必然会带来动物饲育环境的恶化。这样一来，就有必要进一步努力改善现有动物园，为动物们创造更好的环境。我个人认为有人批判动物园很好，因为可以通过回应这些意见的形式，使动物们的生存环境越来越好，动物的生存状态和人类的居住环境问题是一样的，关键在于如何做才能不使环境恶化，这与‘保护地球’的思想在根本上是一致的。”

我非常喜欢动物园，对海外动物园因国家不同而各异很感兴趣。好久没去了，真想好好转转，但因稿子的截止期限的关系，很遗憾，不得不放弃这个念头回来了。我打算下次有机会的话，要以不同的视角再次参观动物园。

反窥河童 讲究实际的人

◉ 增井光子

我非常热心观察动物的行为，但对人却不是很了解，说起反窥妹尾河童……

我能说的是，感谢他如此认真地记述动物和动物园。因此，在此，请允许我写一点儿关于动物园的事。从我每天在动物园接触动物的角度看，我觉得不论对动物园有自己主张的人也好，还是媒体也好，他们皆因没有很好地调查动物园的实情，往往会有一些观念性论述的倾向。

从这一点来说，有趣的是，从事与舞台相关工作的人们常来动物园，观察动物们的举止和动作。这样实际地观察动物对演技有益。我觉得这些都是相通的，对于画动物们的人来说也是一样的。只以照片作资料进行绘画和实际在动物园观察动物作画的确是不同的。自己看到、感觉到的过程非常重要。

另一方面，妹尾先生参观过国内外的动物园，非常了解实情，从而否定过于观念性的“动物园取消论”。我想这也是因为妹尾先生喜欢包括人在内的动物的原因吧。如果有这种基本理解的妹尾先生能再重新参观一次世界各地的动物园，整理一下好的方面、坏的方面做出报告的话，一定能把关于动物园的更正确的知识告诉给世人。

"河童窥视动物园"，这个计划怎么样?

❖ 增井光子

1937 年生于大阪，毕业于麻布兽医大学。1959 年自上野动物园起步，历任过井之头自然文化园分园园长、多摩动物园园长、上野动物园园长、世界水族馆会议执行委员长等职。1997 年任麻布大学兽医系教授（动物人间关系学）、兽医学博士。主要著作有 :《我的动物记》《动物妈妈是如何养育孩子的》《城市中的动物们》等。

爵士钢琴家山下洋辅的练指房

今年正值巴赫诞生三百周年，在各地都举办纪念活动，其中之一是前几天举办的音乐会，由爵士乐钢琴家山下洋辅和井上道义指挥的读卖交响乐团联袂演出。

我在休息室采访山下洋辅时，他正在做演奏前的准备活动。

“刚才有人采访我问道：‘爵士乐钢琴家为何要演奏古典音乐？’你说为什么呢……我回答说‘因为有趣’，看来等于没有回答。”他边笑边说。

我说：“说有趣，还不够吗？”

“河童，你和我是同类，所以都觉得够充分的了。可是，似乎社会上还应该有看起来果然如此的解释啊！”

这么说来，他曾经组织过“全日本中华凉面爱好会”，并担任会长。

“追溯中华凉面之根源，不是可以追溯到遥远的巴比伦吗？还有它的吃法，如何吃才对，也让人无法释然，我想研究下去。”

这种玩闹，毫无道理可言，自始至终都是闹着玩儿，使人很难分辨他究竟有哪些地方是认真的。真的工作的人们一片混乱。

然而，我从他那“玩就是工作，工作就是玩”的精神中窥视到其认真的一面。这么一说他腼腆，再要说下去，那就更加复杂了，还是就此打住吧……

他对待音乐也是如此。演奏巴赫绝非开玩笑。他使用现代感觉演奏巴赫的《大键琴协奏曲》实在令人愉悦，如果巴赫在天有灵，听到其演奏，说不定也会感到别具风味。

在世界上研究巴赫的三大名人，自东德来日本聆听了他当天的演奏，异口同声地称赞道：“山下是位卓越的钢琴家，他那充满幻想的演奏，把巴赫的世界非常出色地用现代的方法表达出来，其不谐和音的运用也为巴赫注入新的生命，令人感动。”这种说法绝非外交辞令。

这三位高人非同一般，他们是来出席在三得利美术馆举办的“音乐文化展·巴赫诞辰三百年”的，是拥有其中展品——巴赫乐谱手稿等国宝级重要资料的学者，是认真热心的巴赫研究家。如果说山下的演奏是对巴赫采取开玩笑式的解释，他们自然不会信服，而且要勃然大怒的。

乍一看，山下洋辅的演奏动作有些过激，由此产生的误会也很多。比如他的演奏法便是误会之一。

据说他在演奏过程中会“用肘击打键盘，用拳头敲键盘”，这是事实，当天演奏时就是如此。

山下洋辅肘击键盘、拳敲键盘的演奏确凿无疑，然而，只把这一面传播于世，甚至把乱击乱敲说成是他的音乐，那可太遗憾了。

实际上，听过他的演奏的人都觉得他那么做是出于演奏过程和音乐上的必然性。还有他那发狂般的高音之后往纤细的弱音的过渡几近完美，我作为一个听众，总是屏住呼吸，感觉到惊险的刺激。

然而，在根本没有听过他的演奏的人的中间，却流传着他演奏古怪之类的夸大其词的传闻，由此往往发展到说他特立独行，荒唐无稽。我听到这些，真的惊愕不已。

以“不借给山下洋辅钢琴”为主旨的文章还上了去年 2 月关东信越地区公立礼堂的机关报。题目是《原则上，那些异常的钢琴家今后演出要自带钢琴》，执笔的是栃木县“佐野市文化馆”的职员。文章是这样写的：

“我对于异常钢琴演奏家的事情略有耳闻，便到邻近的和外县的会馆打听了一下，得知事实果真如此。为此本馆提出演奏者必须自带钢琴，且不得使用异常方法演奏，还得提交保这是山下洋辅的家。可山下说："自己是旅行者，不怎么常住。回来之后，马上又出去，上个月住了五六个晚上。"我去拜访时刚好是准备飞往瑞士苏黎世的前一天。他说在那里只是演奏一个晚上，马上返回来。这样的"旅行者"和他的搭档山下洋子，采取快活的自立型的生活方式，从房间中能感受到他们互相尊重彼此的自由的气息。

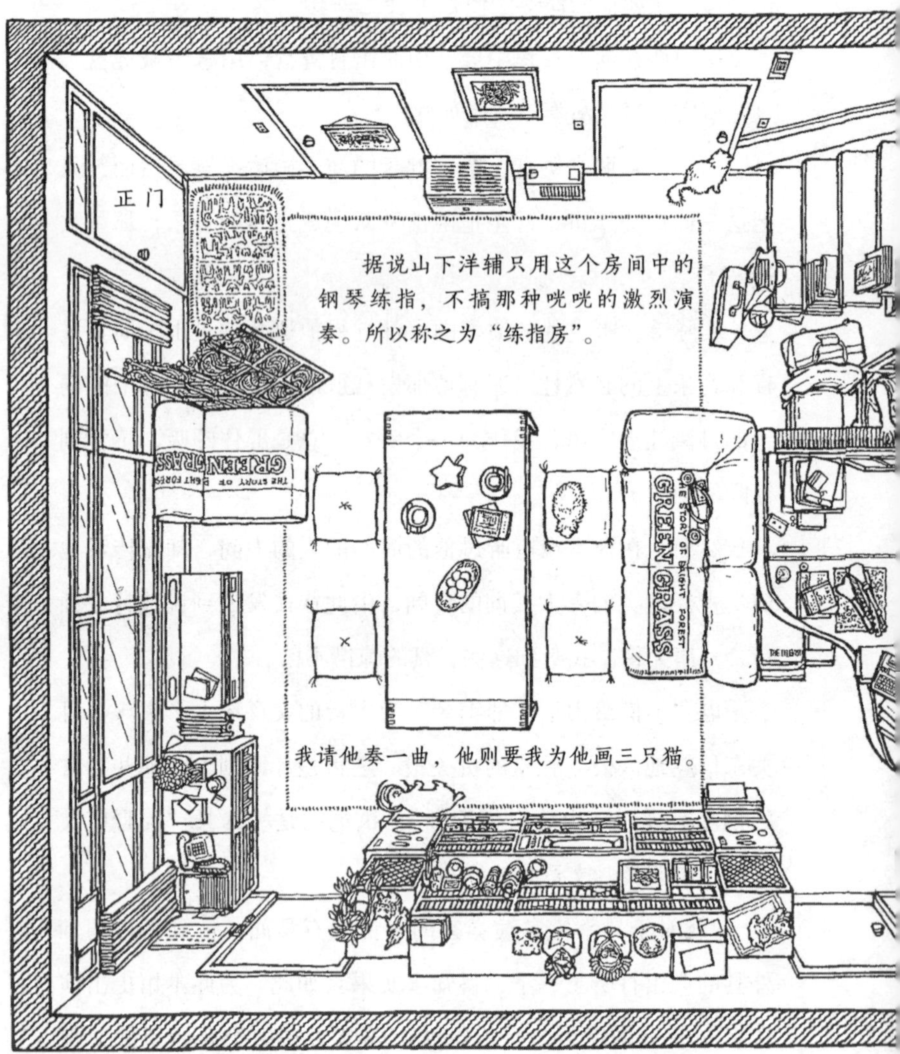

正门
据说山下洋辅只用这个房间中的钢琴练指，不搞那种咣咣的激烈演奏。所以称之为"练指房"。
我请他奏一曲，他则要我为他画三只猫。
GREEN GRASS
THE STORY OF BRIGHT FOREST

在"练指房"里似乎不搞那种"肘击"演奏。
虽然有些腼腆，但山下还是在我的要求下演示了"肘击"和"拳敲"。

证书。保证书中还有如下内容：如果钢琴发生故障，主办者的策划公司在调音师在场的情况下，要用相同的钢琴来代替。这样才允许使用小演奏厅。然而，当天的演出，不仅手掌，甚至使用'拳头'、'胳膊肘'继续演奏，管理钢琴的会馆职员一直提心吊胆。为此本馆今后认定的异常演奏，原则上采取演奏者自

带钢琴的方针。”（原文照登）

不仅日本，就连世界都高度评价的山下洋辅，在这里却被始终称为异类钢琴演奏家，在文件中根本不谈他对音乐本身的认识，以及由其演奏方法所产生的具有丰富创造性的独特效果。

在这里能看到的只是对管理会馆设备所做的思考。然而，这篇文章在机关报上一发表，各地的公立礼堂、会馆都陆续做出“不借给山下洋辅钢琴”的决定。

·山下洋辅的事务所对此提出抗议，并在同一机关报上发文章进行反驳，然而收效甚微，很难改变人们的偏见。

话又说回来，也并非所有的公立礼堂都如此。其中也有的地方在经历了误解和歧视的吵闹之后，反而更能深刻理解山下洋辅的音乐了。

举一个例子吧，同是栃木县的“真冈市民馆”就是如此。这里也和其他地方同样规定：“不借，如果无论如何要借的话，断弦要赔偿，演奏后对钢琴要重新调音。”

其实钢琴的弦，就是孩子演奏也会断的，绝不是因演奏方法的不同而断弦。

另外调音，本来应该在演奏前进行，而在演奏会结束后还要进行调音让人费解。

主办者把这些矛盾的地方摊出，和会馆方面进行交涉，结果在断弦赔偿上达成谅解，终于举办了演奏会。

开始演奏前，虽然有些争执，但是演奏会还是取得成功，令人感动。其中令人高兴的是，据说会馆的职员们说，“欢迎明年再来，音乐不听是不会懂的”。事实上今年秋天又举办了演奏会，得以开花结果。

我们希望其他的会馆也能尽早地举办演奏会。

虽然叫作“文化会馆”，但也只考虑大楼和物品的管理。这样的礼堂在全国何其多也！从对不借给山下洋辅演奏钢琴的态度，不难看出文化行政对音乐的认识仅仅是单纯应景性的姿态。

反窥河童

电话铃声何时响起

◉ 山下洋辅

对河童其人，我早有耳闻，真正见面这还是第一次。

益子的陶艺家坂田甚内夫妇（正文中真冈演奏会的主办者）每年帮助我举办一次演奏会。他们说河童对我很感兴趣，都传他是个痴迷转动伞盘的人，挥动玩具枪和孩子嬉闹的人。

决定接受这次采访后，我去益子打听了一下，听到了有关河童的传闻，得知实际上他有着“电话魔鬼”的一面，就是说他会和自己投缘的人深夜打几个小时的电话。对此我一边感到惧怕，一边等候，没想到他在我叶山的家中出现了。

他的采访如正文中写的那样。我领他到附近的一家荞麦面馆用餐，他十分快活，一边用餐一边和我神侃，说到他的名字的由来、更名的过程、现在家庭成员、对夫人的简单介绍以及血型等等。

不久话题扯到深夜长时间打电话上。可能当时我的表情不大自然，河童突然两眼发光问道：“你从哪儿听来的？”我告诉他是从益子方面采访到的。他马上又是一副淘气包被人发觉真相时的表情。

即使投缘的人打来电话，如果话题不对河童的胃口，他也会立即表现出来，虽然他完全可以想方设法摆脱这种尴尬的局面，可他拿不出高超技巧来面对，反而让人觉得他是故意表现出不中意似的。然而，他就是那种被老婆吹捧说文章好，心里都美滋滋的人。我终于与河童之间铺设了深夜电话的线路，那电话铃将在何时响起……

❖ 山下洋辅

1942 年生于东京。高中时作为专业选手在爵士钢琴界崭露头角。此后开展自由型的演出活动，独领时代风骚，赢得了为数众多的听众。他还发表有叙事方式独特的随笔集《去嘲笑钢琴家》《歪扭弹钢琴的旅行》等。

话剧导演蜷川幸雄的排练场

几年前，一位电视台的摄影记者来采访蜷川幸雄的排练情况，悄悄地对我说：“今天的排练，会出现蜷川扔烟灰缸的场面吗？”

“你就是为此而来？”我不怀好意地反问道。

“也并非完全为此，但如果能拍下那样的镜头，就会让人感到那才是蜷川，才会扣人心弦哪！”

他一直耐心地等了两个小时，总算拍下了蜷川怒吼的同时向演员投掷烟灰缸的场面，之后便令人奇怪地慌慌张张收拾器材打道回府了。

看了这个场面，观众可能留下“可怕的导演”的印象。

蜷川的确对演员不分青红皂白地怒吼，投烟灰缸，但是在排练期间并非总是这样。

在排练以外的时间，见到蜷川的人都感到惊奇，因为他非常稳重。那么为什么在排练时他是那么叱咤风云呢？因为他不希望把戏剧当成日常生活的延续来表演。他那种过激地导演与创造“蜷川幸雄的戏剧世界”是紧密相连的。

今年夏天他导演的《蜷川版·麦克白》在欧洲举行了公演。这部戏不是专门为海外公演而创作的，而是五年前在日本上演的版本。出发前这部戏能否在国外受到欢迎成为人们关心的焦点。这次巡回演出的第一站是英国爱丁堡戏剧节。这无疑是下了一大赌注，因为“麦克白”是莎士比亚的作品，并且要在其老家演出。如果当地人对演出不满意的话，他不挨骂是不能算完的。而且他的“麦克白”上还明确地标着“蜷川”的标签，批判之声会四起吧。然而演出大告成功。蜷川导演之作不仅在日本好评如潮，在国际上也得到共鸣。那边的戏剧方面人士和批评家之间的共识是：

“爱丁堡戏剧节中最杰出的作品是《蜷川版·麦克白》。我们所捍卫、所理解的莎士比亚通过他的手变得比我们的莎士比亚还莎士比亚。我们从他创作的戏剧中应该学习的东西很多。”真是赞美声一片。

蜷川幸雄听了这些不相信，“真的吗？不是把只对自己有利的翻译过来搪塞吧！”参加了此次公演，曾经苦乐与共的演员和辅助人员，都尽力收集各报评论，得知果然受到赞扬，这时才放下心来。

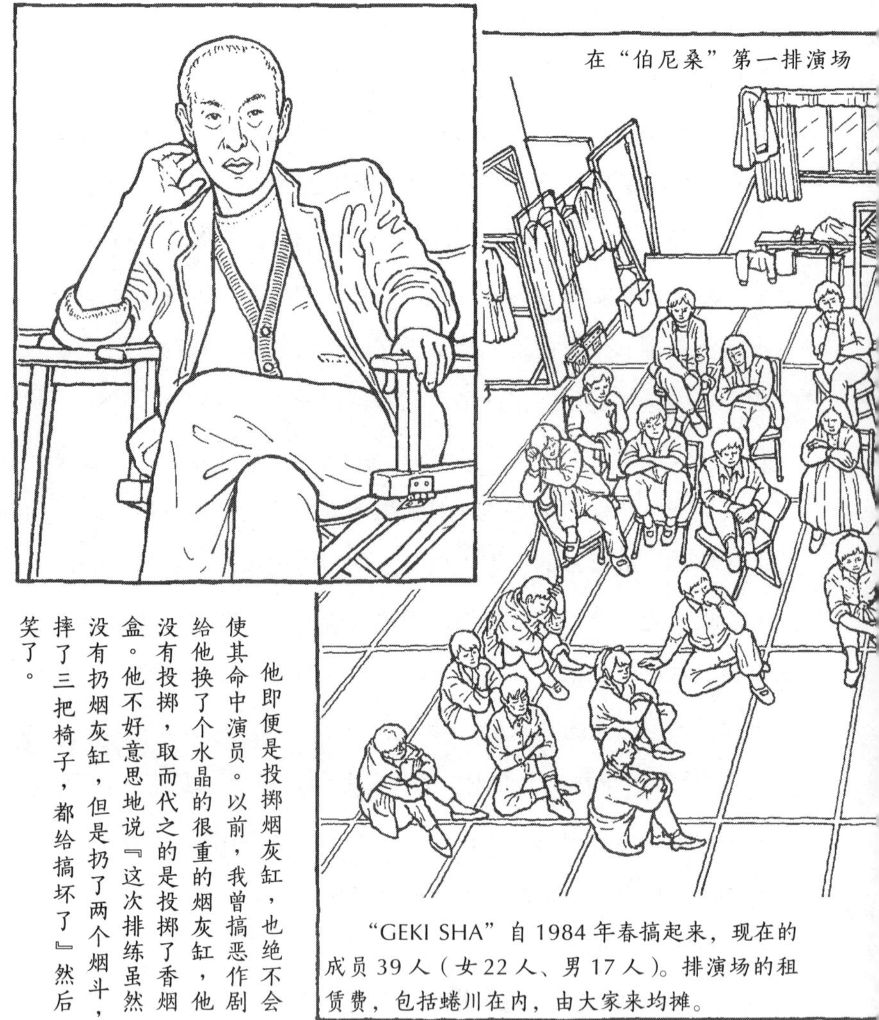

在“伯尼桑”第一排演场
他即便是投掷烟灰缸，也绝不会使其命中演员。以前，我曾搞恶作剧给他换了个水晶的很重的烟灰缸，他没有投掷，取而代之的是投掷了香烟盒。他不好意思地说『这次排练虽然没有扔烟灰缸，但是扔了两个烟斗，摔了三把椅子，都给搞坏了』然后笑了。
“GEKI SHA”自 1984 年春搞起来，现在的成员 39 人（女 22 人、男 17 人）。排演场的租赁费，包括蜷川在内，由大家来均摊。

排练中的"GEKI SHA" NINAGAWA STUDIO成员
这个租来的排演场贴着在此排练过的戏剧的招贴画
蜷川幸雄的桌子上放着铝制的烟灰缸
正在表演的是早稻田大学的学生K君
这个剧是德国布莱希特的《门外》

《蜷川版·麦克白》远离莎士比亚原作的设定，把场所和时代换成日本安土桃山的时代。舞台装置上用了大量的佛龛，戏剧是在这样的氛围中上演的。其布景或是在黑柱黑墙上装饰上雕金的佛龛，或是一片荒野茫茫，或是城中的大厅，或是交战的现场，这些戏剧场面中都有樱花飞舞。

在接受电视等新闻媒体的采访时被提及最多的是，这部戏剧不是有意为欧洲公演而制作的，而是以在日本普通公演的原版上演的。

此次公演在世界上引起强烈反响。现在世界各地纷纷发出邀请。要求公演的城市有鹿特丹、布鲁塞尔、伦敦、马德里、耶路撒冷、纽约、巴尔的摩、中国香港等。

经纪人说："日程必须调整，海外公演要排到1987年。"

我问蜷川："哎！是真的吗？"因为那是两年以后的事情，而且还在调整之中，似乎蜷川也不知其详。

现在他热衷的是与年轻人一起搞"GEKI SHA"戏剧的排练场。他说：

"我不想把戏剧分成各个类型，并加以限定，我什么都想搞搞。对于我来说，商业戏剧、电影、电视广告、小型剧等都是一样的，我只是害怕自己导演的范围太窄太僵化。和年轻人一起搞排练也许是想从这种不安中逃脱出来。"

我去排练场时，他们正在排练即将公演的《公园Ⅲ》。这个公演是由年轻人各自选择自己想演的剧目，各自演练后再在他和伙伴面前演出，接受导演的批评建议再磨炼。青年人演出的是包括古今内外的共12部戏剧，有莎士比亚、拉辛[1]、三岛由纪夫、唐十郎等的作品，然后拼接起来的。

我看过他们的演出，观众超满员，大家都坐在地板上。围绕着那些观众搭建了13个摊床一样的舞台在那里同时演出，有一个演员把这戏串起来，是个结构复杂的剧。观众的头转来转去观看，情绪紧张。

我观看着台上演出的青年人，突然窥视到蜷川幸雄这个大导演的平素的面孔。那是在排练场存物箱的暗处，也许他讨厌公布此事……

“把这给他，让他去吃饭，总觉得他最近没吃什么东西，甚至也不让我发现。”他把钱悄悄地递给副导演。

他在排练中吼叫：“混蛋！去死吧！感觉迟钝，别干演员了！”然而大家却都感觉到在这些骂声中隐藏着他的亲切感，否则他导演的戏剧，不论有名还是无名的演员以及辅助人员都不会参加了。

---

① 法国悲剧诗人（1639—1699）。主要作品有《安德马克》《布里塔尼居斯》《费德拉》等。

反窥河童
真讨厌！

◉ 蜷川幸雄

面临第一天走台彩排，整个排演场如战场。演员和辅助人员拼命在使自己的形象更近完美，然而有一个人却在观众席那儿一边散步，一边笑嘻嘻的，至少我是看到了他。那就是河童。

“唉，我说蜷川，那个演得不错。但是那个地方你满意吗？不满意吧。我想肯定是的。能不能改改？”河童笑嘻嘻地说道。

的确如同他指出的那样。可现在才说，更难办了……

真讨厌呀！河童。

这会儿，他又走到管灯光的吉井澄雄身边说：“哎……那个角落是不是暗了点？”

真讨厌呀！河童。

河童尽量不伤害大家，和风细雨地说出自己的意见。但是他的和蔼可亲也有点过剩，已经伤害了我们。河童绝对没有觉察到这一点。

走台彩排是在河童的工作几乎结束之后才开始的，更何况河童设计的舞台装置、图纸和装置之间毫无误差，也就是说其工作是完美无缺的。当然能到达这一步，河童的工作也是极其艰苦的。河童本已经可以一边歇着了……

然而，然而啊！彩排开始后，大家都在拼命地忙碌着，一个人先完工的河童却满脸笑嘻嘻地在大家的桌子旁穿来穿去，多嘴多舌地管闲事，简直就像“幼儿园里的小孩儿”一样……

❖ 蜷川幸雄

1945 年生于埼玉县，起初想当演员，1969 年作为话剧导演成名。此后又因导演《王女媒体》《近松情死故事》名声大震。1966 年又因《蜷川版·麦克白》在欧洲公演成功，导演蜷川之名传遍世界。

插图画家黑田征太郎的『画童』

“孩童时喜欢画画，能乱涂乱画，长大成人后就不会画了，其原因在于从小学开始的绘画打分。可画画和表达语言一样，要画什么都是有意思的。”

插图画家黑田征太郎这样说道。我完全有同感。

从“绘画”牵扯到“人的定义”，也许会让人觉得有些不着边际。然而，我真的常想，人的定义除“直立行走”、“会说话”之外，还应该加上“会画画”。于是，很想知道与人相近的大猩猩有无绘画的能力，我询问了多摩动物园。他们的回答是：

“以前曾让大猩猩拿起画笔画画，它们只能啪嗒啪嗒地乱涂一气，描画不出那种用画要表现什么的感觉和能够判断的图形。”

看来，“能画画”这种能力是“人”所具有的宝贵东西，而单凭巧拙放弃实在可惜。

黑田也表达了相同的意思：

“关键是其本人画得快乐就够了。说‘自己笨’便停笔不画，与自己不会说话便和谁也不说，默默地闭上嘴一样啊！应该斩断‘擅画者绘画快乐’这一观念的束缚。管它‘画得好’，还是‘画得赖’呢，最重要的是快乐地自由地去画。我本人也是这么做的。”

在东京涩谷的西武百货店举办的名为“黑田征太郎美术馆”的个人展定于9月开幕。

在展览现场黑田所画的小鸟翩翩飞舞。那些画，有的画在纸上，有的画在小石头上，有的画在木板块上，有的画在瓷砖上，还有刮瓦挠的线画，素材自由，庞杂繁多，想画则一气呵成。

创作这些画的画室有些特别，那是位于佐渡南端停办的小学分校舍。当天气好的时候，黑田把桌子拿到院子里，在太阳光下画。想到这番光景，我突然想看看那所停办的小学校。黑田说：“我和你一起去，看你的时间安排，你日程定下来告诉我。”

“你现场作画吗？”

“那当然，我与对方相约借用五年，那是我的工作间……我常去画画。”

黑田征太郎的画室“画童”用的是停办学校的校舍，比想象的要小得多，只有一间教室。此外有教员室、值班室、厨房、厕所。在此学习的人对这里都很珍惜，因此丝毫不给人以荒凉感。

在校园里作画的黑田

◀ 这幅“鸟”是我请黑田画的，钢笔画。据说黑田在大阪搞绘画小组活动，他不说怎么画，只是夸奖那个人独特而有趣味的地方。他说：“扣分教育从人们那里剥夺了自由绘画的乐趣，这种事例很多，所以要批判。”

因为搞这个“窥视工作间”系列，去过很多地方，对很多人进行过采访。有人愿意与我从东京一起去旅行，这还是第一

他说“要很快地抓住漂浮的形象……”所以用很快的速度来画。
测一下时间，有的画仅用40秒就完成了。
双腿叉开的姿势完全
是在做体育运动
据说这座小学是1910
年建的，今年73岁了。

次，顿时产生了出游的快意，心里快乐无比。

那天与黑田相约，在上野车站会合，乘新干线从东京到新潟两个小时，再从新潟乘高速水中翼船到佐渡的两津一个小时。以前也曾访问过佐渡，与那时相比，如今感到近多了。

一坐上新干线，黑田就开口说起话来。他的话没完没了，从两津港坐上租船到达目的地一直没停。与采访对象这么长时间的闲聊是从没有过的，他还介绍了沿途的博物馆、神社等，真是几近观光旅游，还有很多附加品，让我兴奋不已。虽然并非“佐渡小调”中的歌词，但确实给我留下了“佐渡是个好地方”的印象。

“为什么选择佐渡呢？”

“没有什么像样的理由，实际上是非常随意的……离开东京哪儿都行。只是想离开电灯，到太阳光下自由自在地画画。心里也想在哪儿好呢？一找就把地点定在了佐渡。听‘鼓童’来的人说，‘小木的江积有所小学校的分校如今停办了，要不要去看看？’当时是第一次来佐渡，到小学校一看，马上就看中了，就定在这里。”

小学校是一栋靠近大海、建在半山腰的房子。在入口处挂着一块牌子，上面写着“画童”二字。

“背面贴着‘鼓童’二字，这面是‘画童’……”的确是个好名字，并与黑田相符。

“是对学校的绘画教学抱有疑问，才把停办的学校搞成画室的吗？”

“不是这样的，完全出于偶然，但是硬要那么说也说得通。总有一天这里不仅是我的画室，孩子们也可以自由使用。”

马上请黑田在校园里作画。听说他画得很快，但实际上比我想象的还要快。

他在一张白纸上涂了底色，然后拿起饱蘸颜料的画笔，一气呵成。一幅色彩丰富的画，连一分钟也没用就画完了。然后毫不间歇地画下一张，张张色彩各异，张张鸟的形状不同。

“三年前，我开始体会到绘画的乐趣，并且意识到自己真的只能画画。在此之前，凭借商业的机会，绘画可以成为一项收入丰厚的工作，但我发现不知为何自己渐渐失去了那种想画的冲动，我想这可危险！一画广告，即使不是挥汗如雨地工作，也能换来钱……所以我要离开画插图的环境，对以往加以清算，于是就来到这里。我来这里算是来对了。首先在这里我才是‘黑田征太郎’，开始和他人以自然的感觉交往，结交了很多与工作伙伴不同的朋友。”

“看了你的画，别人会不会想：‘虽然明白你画的是鸟，可这不和小孩子画的一样吗？在东京画这种画能活下去吗？’”

听我这么问，他笑着说：

“也许如你说得那样，如果这样的画哪怕能够多触动一个心安理得地开始画的人，我也很高兴。”

“如果把我所说的听成什么大话那就不好办了。现在的绘画界是由以获得文化勋章、当上艺术院会员为最高目标的权威主义构成的，我对此有着抵触情绪。把一个称号值多少啦，获得什么奖啦等等来称道的种种风潮不是令人感到奇怪吗？在这种状况下，如同渔夫打鱼、农民种田一样地画画不也很好吗！如果从普通的父母那里得到‘很好看’、‘真有意思’的评价就足够了。”

我让黑田在海边的小石头上用彩色铅笔画了一只鸟。我得到之后感到自己又回到童年，有种把宝贝弄到手的感觉。我攥着那块石头，把手放在口袋里，几次取出来看了又看，默默地笑了。

像孩子一样玩耍的人

反窥河童

●黑田征太郎

请河童看过佐渡的工作间后，一起用了便饭，地点在小木町叫“鱼晴”的鱼店二楼，在那里我们品尝到“味美、便宜、新鲜的鱼”，墨斗鱼、鲍鱼、螃蟹等接二连三地端了上来。河童以和青年人一样的速度大嚼，吃螃蟹时，速度更快，简直就像是饿虎扑食，而且嘴里还对其助手说道：“吃这样的美味，行吗？年纪轻轻就吃到这样好的味道，以后要不好过的。”

在回旅馆的车中，尽管河童已经肚子饱胀，然而仍是一片欢声笑语。之后他留出一小时回到自己的房间中。

第二天，河童为了访问尼科尔的家，很早就从旅馆出发了。服务台给我留下一张纸条，上边写道：“务必看看！”这是有关佐渡流传的民间艺术，昨晚他曾劝我去看，今天又一次重申。他写的字和杂志上看到的一模一样。

此后有一天，与河童谈起了玩具枪，“那现在就到我家去”，说着就把我带到他的“工作间”。那里玩具枪很多，他马上给我演示了快速射击的技巧，吵吵闹闹地玩了起来。河童的房间与其说是舞台美术师的工作间，不如说更像是喜欢工作的孩子的房间。

桌子上孤零零地摆放着设计中的帆船的舞台模型，说是为了《西洋跳棋》全国公演而设计的舞台。还说等实物装饰完后，桅杆能高达20米，要占满整个武道馆。

河童的工作不论是在印度、在佐渡，还是在武道馆，都能给人一种放在掌心中以一颗孩子的童心欢快地玩耍着的感觉。

❖ 黑田征太郎

1939年生于大阪，高中退学后从事过各种各样的职业。1960年进入美术设计界。在美国逗留一段时间之后，1969年与长友启典组织了《K》，从此得到界内的好评，并确立了作为插图画家和美术设计者的地位，他的存在是日本现代艺术的一道风景。

C.W.尼科尔的「事务所」

我到长野县黑姬山麓拜访了 C.W. 尼科尔。

尼科尔第一次来日本是在 23 年前，当时是来学习柔道。此后常常来访，终于在七年前住到日本来了。他生于英国的威尔士，14 岁时通过柔道，成为向往日本的亲日派。在青年人中间以“探险家兼作家”而小有名声。

今年夏天我向他提出采访的要求，他说：

“现在在建事务所，我想请你画一下，所以，你还是等到秋天建成以后再来吧。”

“事务所？”当我到达黑姬山麓时，才明白自如运用日语也正是其亮点。那栋楼一层摆放着锻炼身体用的多种器械，的确是他正规的“事务”。顺楼梯到二楼是“作家的书房”。他把兼具两种功能的建筑半开玩笑地称为“事务所”。楼房的外墙上钉着剪下来的“NICOL’ S GYM OFFICE”（尼科尔事务所）的字样，我一看，便想到了尼科尔恶作剧时的笑脸，不由得笑了起来。

从“事务所”的烟筒冒出来的烟雾变成了“冬天的画”。我对自然风光的鉴赏没有什么兴趣，不过看到山中小树林的落叶随风起舞，听着脚踩落叶发出干脆的声响，我知道飘雪的季节临近。

“恭候河童的到来，听说你要问捕鲸的问题。要让我说说鲸，我会很兴奋，声音会很大啊！”他边笑，边往炉子里加劈柴。炉子在一楼办“事务”的房间的隔壁，那里有吧台。他说：“我的本职是‘酒桶’，工作是作家。”

他还说如果自己死了，希望自己的墓碑是这样的，上边写着：“讲述者、酒桶·尼科尔长眠于此。”他日语很棒，开玩笑也很用心。他说自己非常喜欢“讲述者”这个词的语感和词语本身所蕴含的意义。他笑着说自己是比日语纯熟的日本人还日本人的“老外”。

“看到镜子中的面容的确是外国人，但是我对于外国人的做法比日本人还生气。我对‘反对捕鲸运动’的一伙怒不可遏。日本人应该捍卫自己的文化，对于外国人管闲事难道不应该愤怒吗？他们说：‘鲸少了，所以应该禁止捕鲸，围绕地球的自然是跨越国境的，是全人类的。’听起来说得似乎有道理，而那是弥天大谎！如果鲸真的减少了，叫嚷保护，也是我先叫，然而实际上南太平洋的鲸在增加。”

尼科尔作为加拿大环境厅的渔业监督官，进行过实际调查。他是担当监视和指导捕鲸的专家。他说：

“IWC（国际捕鲸委员会）对于‘反对捕鲸’的数据全部都能粉碎。在日本也有人赞成‘反对捕鲸’，我想问问他们其数据是从哪里搞到手的？实际上去过南太平洋吗？如果去过，又去过几次？分析一下‘禁捕’标示调查，应该明白鲸是增加的。我佩服‘绿色和平组织’的家伙们实际上找到好的靶子。美国和法国第一反对核试验，其次就是反对捕鲸，他们以‘保护自然’为名目，在没有把鲸作为食文化的国家煽动反日情绪，大获成功。参加 IWC 的国家有 23 个，其中曾经捕鲸的国家 9 个，其余 14 个国家与鲸毫无关系。然而，全都投票反对捕鲸。很明显鲸则成了国际贸易摩擦的替身，日本政府和企业为了保护机械工业产品的出口，牺牲了鲸。在‘保护自然’的运动中，有关‘反对捕鲸’的说法完全是骗人的。他们认为‘鲸聪明，捕捉它们太可怜啦’！从他们的想法中不是能觉察到抹杀界限的思想吗？除了‘人也是自然界的一员’这一点，其他都是不可信的。”

他现在正在写《ISANA》（勇鱼）的小说，明年将在纽约和伦敦同时出版发行。日文版译本也将发行。那将是自伯利总督[①]访日以来写下的第一部关于日本捕鲸题材的故事。

① Matthew Calbraih Perry(1794—1858)，1853 年携带美国总统的国书访日，翌年与日本签订了《日美和平与亲善条约》。

“我不是日本人，现在说什么都无济于事。我所能够做的就是用英语写小说。在小说中向全世界的人们传达日本的文化，哪怕是很少。想让他们从文化的角度来理解四面环海的日本为什么会一直吃鲸。”

现在很多日本人并不把“鲸”的问题当作自身的问题，他却为此焦躁不安。

“也许有人认为人们从鲸中吸取蛋白质的比例在减少，所以禁止捕鲸也没有大害。可是并不是那样的问题。日本人可以轻易地放弃自己的饮食文化吗？他们的真正企图不是‘保护鲸’，而且不会只停留在‘鲸’上，继鲸之后，他们会反对捕金枪鱼、鲑鱼，而且二百海里的问题更加严重，会被逐渐地威逼下去，对于在国际政治和通商背后隐藏的东西，日本人的想法太天真了。”

尼科尔对“保护自然和环境”的意见，设身处地，确实是他自己实际体验过的，非常有说服力。

谈话一直延伸到非洲的饥荒、世界各地的森林采伐、酸雨和地下水的水质变化等。

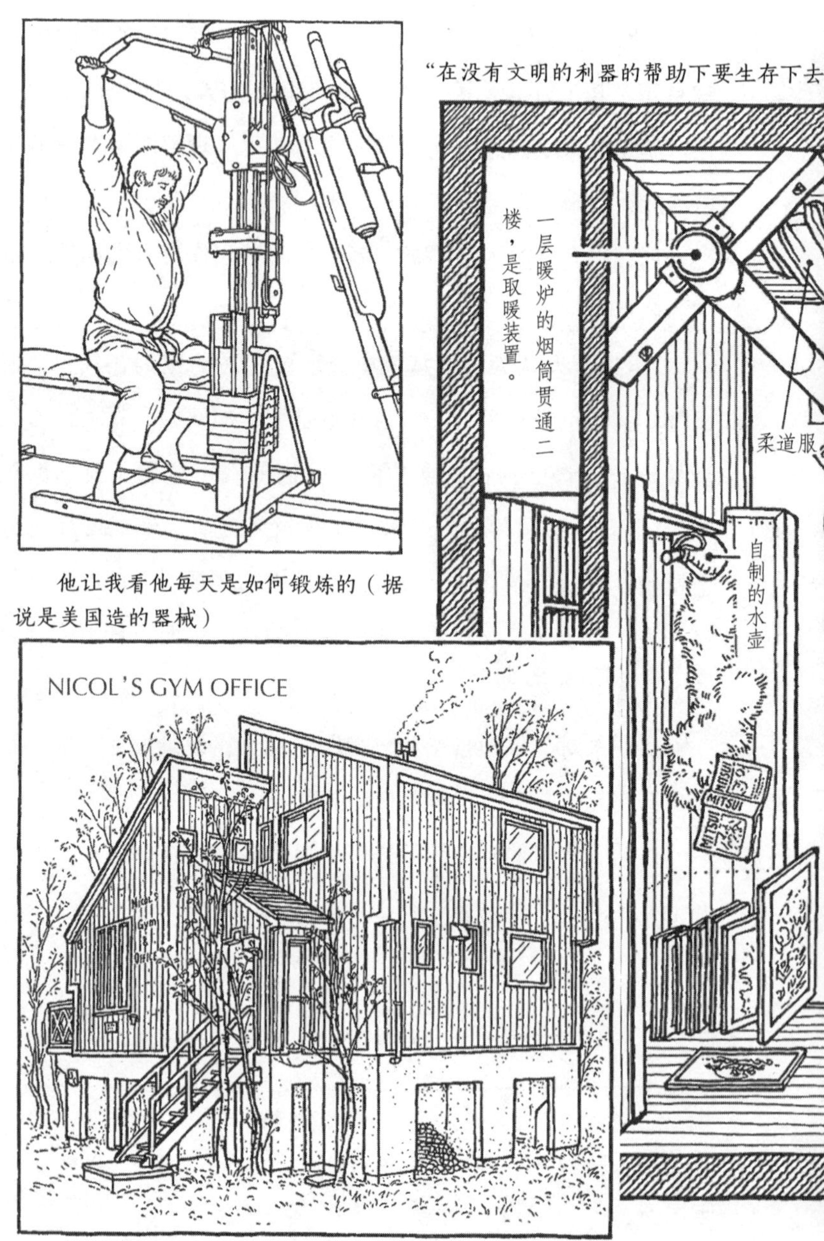

“在没有文明的利器的帮助下要生存下去

他让我看他每天是如何锻炼的（据说是美国造的器械）

就要使肉体和精神保持良好的状态，所以我搞了个‘事务所’。”

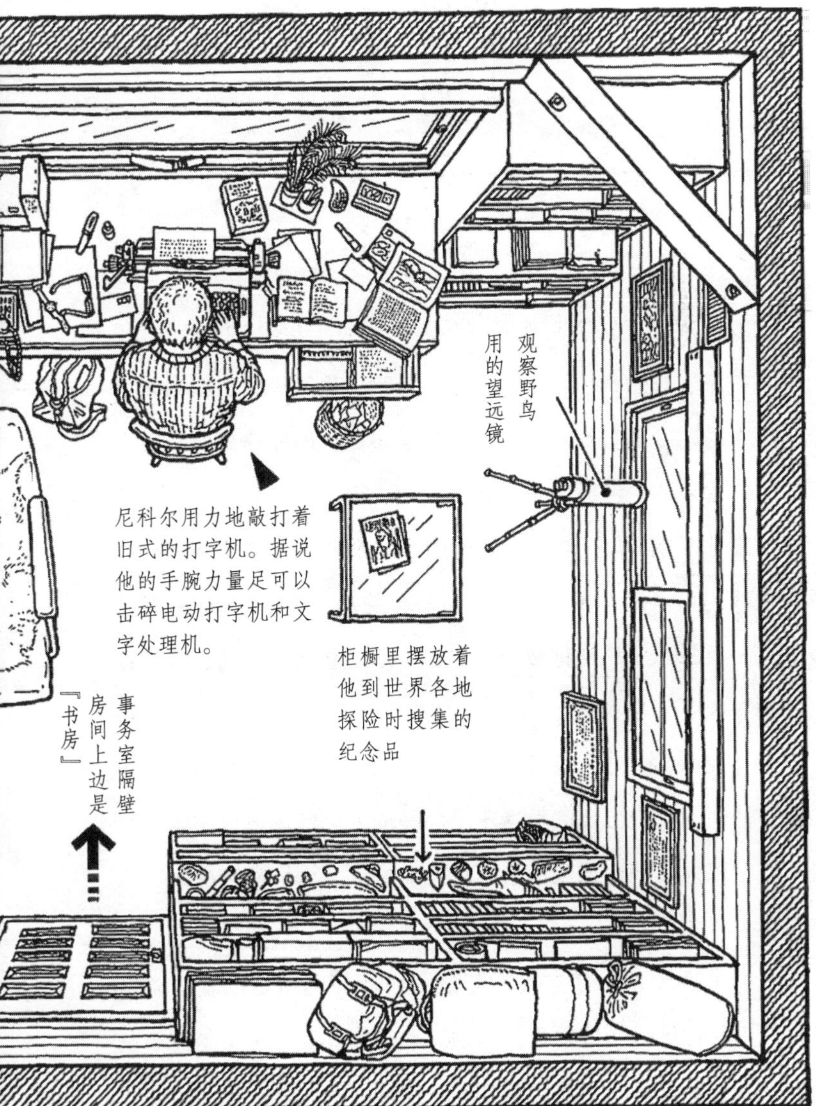

观察野鸟用的望远镜
尼科尔用力地敲打着旧式的打字机。据说他的手腕力量足可以击碎电动打字机和文字处理机。
柜橱里摆放着他到世界各地探险时搜集的纪念品
事务室隔壁房间上边是『书房』

反窥河童

暴露在河童的放大镜下

◉ C.W.尼科尔

从我的事务所扔石头能到达的地方，有一条名叫“鸟居川”的小河在流淌。这条小河是从户隐、饭纲、黑姬等山里的白雪中流淌出来的冰冷清澈的溪流。虽然都是小河，但在这高原一带留下玉石的古老的大河原来也只是这样的小河。

河童来访并非从这样的小河而来，反正他是突然出现的，要窥视我的事务所，说是窥视不仅是单纯地“看看”，而是要像夏洛克·福尔摩斯那样把我的工作、生活、想法、生活方式都置于他的放大镜下来观察。

对作家来说，工作间是反映我作为人、作为艺术家的理想和愿望的地方。把工作间搞得干干净净的人、除了通过文学进行自我表现以外其他都邋遢的人、神经质的人、大大咧咧的人，人是各种各样的。

我的书房和事务所连在一起是一个明显的特征。我在事务所每天进行训练，所以如果我被误认为是四肢发达、头脑简单的男人那就糟了。事实上我也稍微有些担心，来采访的河童是否也会那么想呢?

然而，他对我在沿着小河的山林中眺望群山的生活产生了共鸣，坦率地表达出喜悦。我也真的感到很高兴，他根本没有提“为什么选择了黑姬”那样无聊的问题。

可是，当我看到他所描绘的细致完美的画时，我略有慌张。我曾想："我的书房有这么脏吗？”“他读过有关的书来着？”当然正确的是河童。

此外，书和纸片等只对我自己有一点微小价值的宝物都被河童一个不漏地画下来了，显得有些杂乱无章，同时也给了我自我反省的机会。

河童用那幽默魔术般的笔画出的房间，实在令人兴奋。他还让我们窥视到其他人的工作间，这让我再一次感到愉悦。

“河童，欢迎你随时来，我恭候你。”

❖ C. W. 尼科尔 (C. W. Nicol)

1940年生于威尔士，18岁赴加拿大，曾在北极圈进行了十多次探险活动。从事埃塞俄比亚国立山岳公园建设后，担任冲绳海洋博物馆加拿大馆副馆长。1980年移居日本长野县黑姬高原，以社会活动家和作家的身份广为人知。代表作品有《帕纳德·里奇的日晷》等。

美国总统里根的办公室

突然刊出“里根总统的办公室”这一篇，实在有些唐突，这是本来没有列入计划中的。实际上想窥视我国“总理大臣的办公室”来着，可是没能实现。作为没有办法的办法，如果“此”不成，就按“彼”执行，才弄成这个样子。

日本领导人的工作间不让看，而海外领导人的工作间让看，这是多么辛辣的讽刺啊！从这种差别中我深深地感到了某种象征性的东西。

美国推进情报公开，开放“总统官邸”就是让人们认识到政治就在平民身边的一个例子。尽管不是公开官邸的一切，但如果事先进行申请，即使不是美国公民，也是允许参观的。这样的做法并非是从里根总统就任后才开始，总统官邸很早以前就对民众开放了。

然而，我国的“总理大臣官邸”，特别是“总理大臣的办公室”，自昭和四年（1929年）建成以后一次也没有公开过。除历代首相和一部分相关人员外，能够看到的人很少。其理由可以举出警备上的问题、政治上的考虑等等吧，不给平民参观也许更能提升其权威性。

编辑助理安慰我说：

“不行算了吧，即使我们变换了好几种方法去争取，其结果都不行。别说拍照了，连进去看看都不可以，问‘为什么不行？’回答只是车轱辘话‘没有前例’。”

听了这个，我还是不死心，想凭借自己的努力一试。先写一封相当长的信，说明“窥视工作间”系列并非是以追求趣味为目的的策划，请其理解我们的宗旨。最担心的是信能否到达总理的手里。于是便用挂号的方式，直接发给中曾根总理，发出日期是盛夏的8月9日。

在信中，我还写道：“如果实地采访不允许，至少可以提供照片和房间的示意图等必要的资料，以让我们能够描绘出‘办公室’。如果连资料也不能提供的话，希望能不嫌麻烦给予回信言明理由。”此外还做了补充说明，告诉他们我将要在我的文章中引用我这封信的内容和回信内容，此点亦请其给予理解。可是回信总不来，我担心是不是总理太忙……为谨慎起见，在9月10日把那封信照样又发了一次，可还是石沉大海无消息。经过四个月直到今天，不行的理由依然如故。

椭圆形的办公室不在主楼中，而在东南角。1970 年时房间里的颜色与现在不同，是以金色、橘黄色、白色为基调。1981 年 8 月房间的墙壁全都涂成白色一种颜色。同时放进两个沙发和扶手椅，上边有白布沙发罩。房间整体上变为白色调。此外房间中放着六把扶手椅，椅子面是红锈色皮革的。

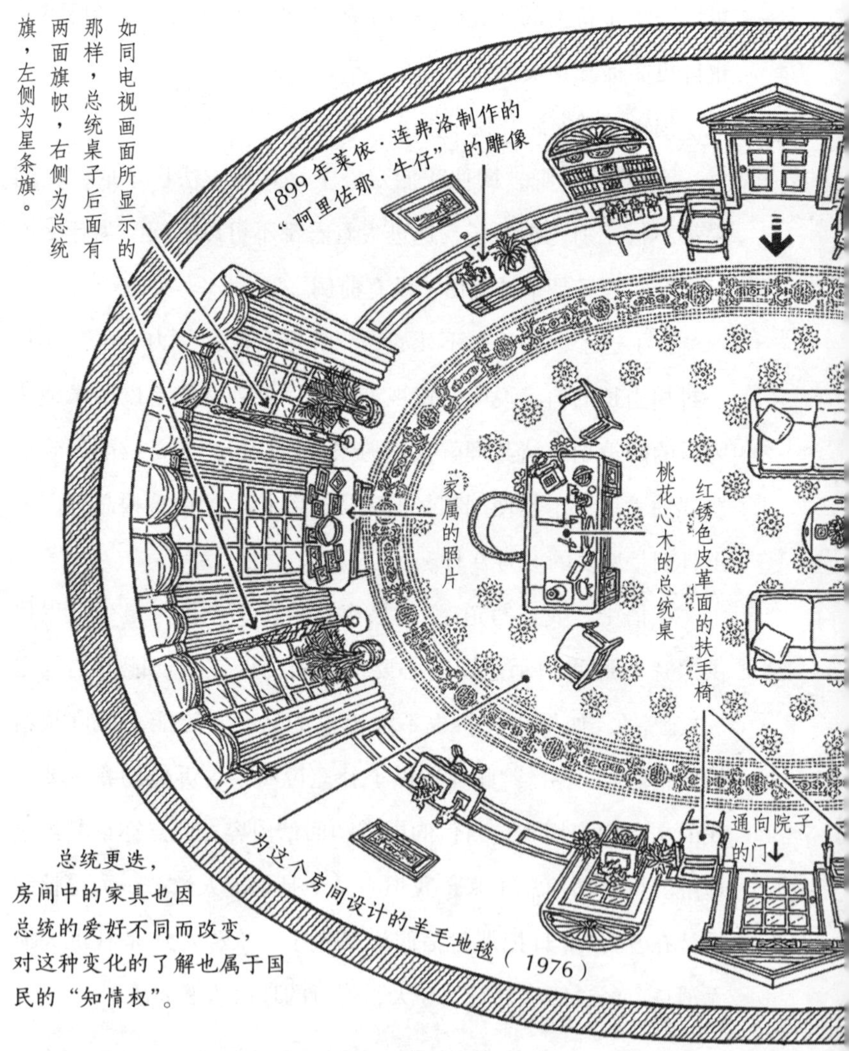

总统更迭，
房间中的家具也因
总统的爱好不同而改变，
对这种变化的了解也属于国
民的“知情权”。

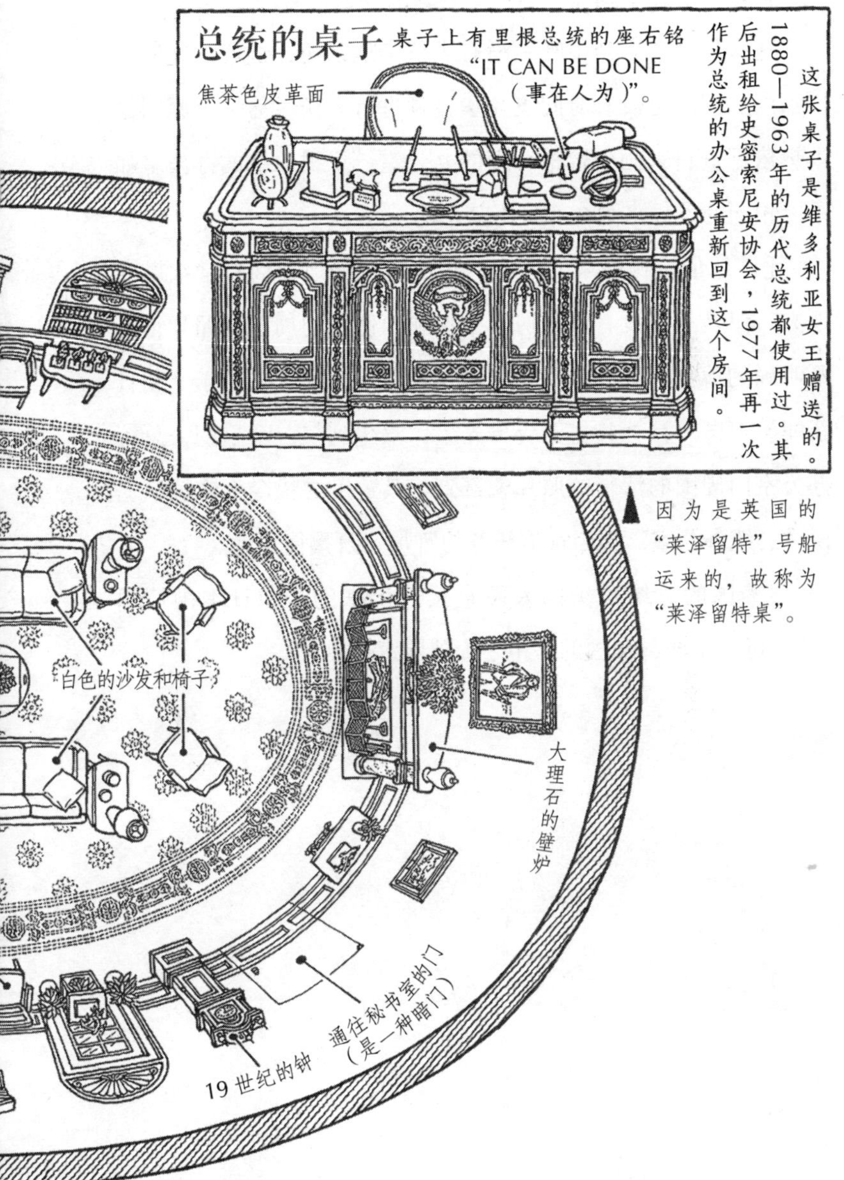

总统的桌子
桌子上有里根总统的座右铭“IT CAN BE DONE（事在人为）”。
焦茶色皮革面
这张桌子是维多利亚女王赠送的。1880—1963年的历代总统都使用过。其后出租给史密索尼安协会，1977年再一次作为总统的办公桌重新回到这个房间。
白色的沙发和椅子
大理石的壁炉
通往秘书室的门（是一种暗门）
19世纪的钟

▲因为是英国的“莱泽留特”号船运来的，故称为“莱泽留特桌”。

我切实地感觉到在日本拒绝公开的秘密也太多了。

这次是这个系列中唯一没有进行实地采访，试着仅凭资料描画的。理由是没有时间飞往华盛顿进行采访。另一个原因是本想依据资料来画中曾根总理的办公室，里根总统的办公室如不以相同的条件来画，那是不公平的。

凭借从华盛顿寄来的书籍，我也能清楚地看到非常细微的地方，但是书中没有收录房间中央和两侧的门周围的照片，有不明确的地方，画起来就相当困难。危难之际，求助于《朝日新闻》美国总社社长村上吉男先生，没想到仅一个星期，总统办公室门周围的清晰的照片就寄到。其速度之快令人吃惊，据说“总统办公室”担当宣传任务的官员亲自接待了他。

“美国的总统是美国人民直接选出来的，和日本国情不同”，可这不同与我国的差距之大让我沉思良久。

日本总理大臣中曾根康弘的办公室

《朝日周刊》的“河童窥视工作间”的连载终结后，作为号外要画“中曾根总理的办公室”是我没有想到的。

1985 年 12 月 20 日，官方以“纪念日本内阁制度百年”的名目，突然向新闻界公开总理官邸的阁议室和办公室，让人们震惊不已。过去，各家报社和电视台要求采访，多次被拒绝。更何况最近刚听说，对于重新提出申请的报社官方也只有重复以前的回答“尚无前例”。

我在四个半月前两次提出观看“中曾根的办公室”的要求，连回答都没有得到，无奈之下，才临时变更为窥视“美国总统里根的办公室”，我的震惊是非常复杂的。

怎么刊登“美国总统里根的办公室”的那期杂志才发行九

天，“中曾根的办公室”就突然对公众开放了，一种奇怪的情绪袭上心来。

尽管是附加条件、有限制的公开，我们已经做好了计划，至少也该通知我们“决定 12 月开放……”

因为太令人费解，便询问了“官邸记者俱乐部”的两位记者：

“你何时知道开放的？”

“那太突然了，开放的理由大体上说要‘纪念内阁制度诞生一百周年’，百年突然降临，简直是怪话……反正是突然想纪念。”

另一个人的回答大体上与此相同。

在官邸公开当天，有记者问：“为什么开放了？”

对此提问，中曾根总理回答说：“就是一种信息公开吧！”也就是总理本身也考虑这个房间还是开放的好。

《朝日周刊》刊登的“工作间”的采访也属于信息公开呀，他们考虑只对一种杂志公开则是对其他杂志的歧视呢，还是各自圈绳定界，不能给“官邸记者俱乐部”以外的人看呢？如果真的如此，中曾根所说的“信息公开”的深度和广度也只不过如此而已。

颇有讽刺意味的，是在同一时期能够窥视到日美两国首脑的办公室，我们比较一下二者的“信息公开”方式，便可以清楚地看到公开精神的水平和差距。

而且我国还说“公开也只限此次”。这么一来没有看到电视和报纸的人，以后便没有了解的线索了。如此说来，爱管闲事的我，不仅“说”，而且必须用“画”来把它记录下来，可能多少有些别的用心吧。

然而一旦要画，就要了解房间的全貌，即使把报刊上登载的照片全收集到也少得可怜。而且作为资料详细的数据也不足。这些照片都不是为了再现房间的风貌而拍照的。所以，说“资料太少”那如同小孩子死乞白赖索要没有的东西似的。可这又是六十年来唯一的机会，如果不搞则遗恨终生。为什么照片的种类会这样少呢？因为公开当天，按照官邸的要求，摄影的范围和角度都有限制。我以为这与保护个人隐私是根本不同的。

在这个“窥视工作间”系列中，对于我的采访要求，有五个人拒绝帮忙，其中之一也是与官方相当亲近的人，他说：

“不愿意被人们看到私人的部分，没有什么逻辑上的理由，只是我的生理反应就是这样的，请多宽谅！”

他这么一说，完全可以理解，所以也就没有强求他。可是这间“总理办公室”是公共场所，是本来应该公开的地方，所以我自己也感到应该刨根问底。

就是因为这些，我们的“窥视工作间”系列到最后突然变得怪怪的了。

由于计划突然改变，加上我一再较真找茬纠缠的话，“这

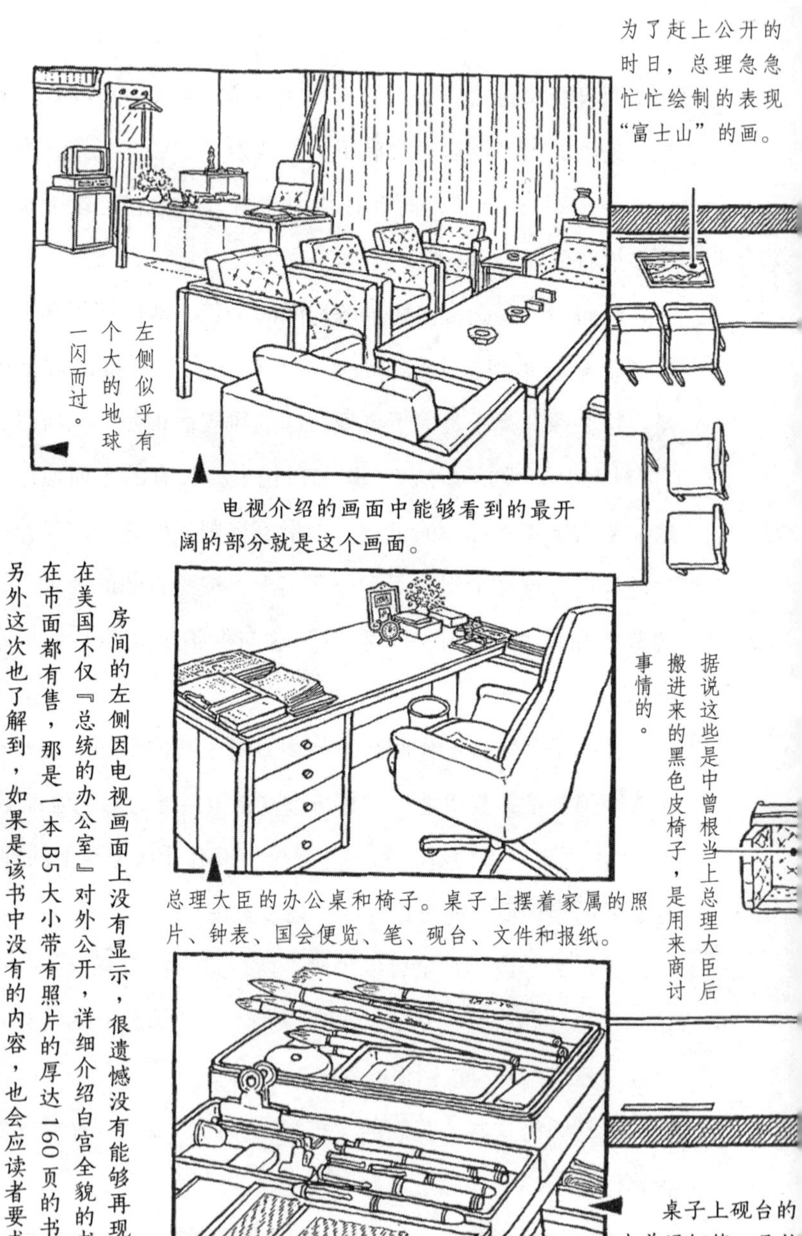

为了赶上公开的时日，总理急急忙忙绘制的表现“富士山”的画。
左侧似乎有个大的地球一闪而过。
据说这些是中曾根当上总理大臣后搬进来的黑色皮椅子，是用来商讨事情的。

电视介绍的画面中能够看到的最开阔的部分就是这个画面。

总理大臣的办公桌和椅子。桌子上摆着家属的照片、钟表、国会便览、笔、砚台、文件和报纸。

桌子上砚台的支普通钢笔。虽然

房间的左侧因电视画面上没有显示，很遗憾没有能够再现。在美国不仅『总统的办公室』对外公开，详细介绍白宫全貌的书在市面都有售，那是一本B5大小带有照片的厚达160页的书。另外这次也了解到，如果是该书中没有的内容，也会应读者要求给予提供。官邸方面似乎事先准备了从各种不同的角度拍摄的照片。我国的信息公开要到何时才能接近这种程度？

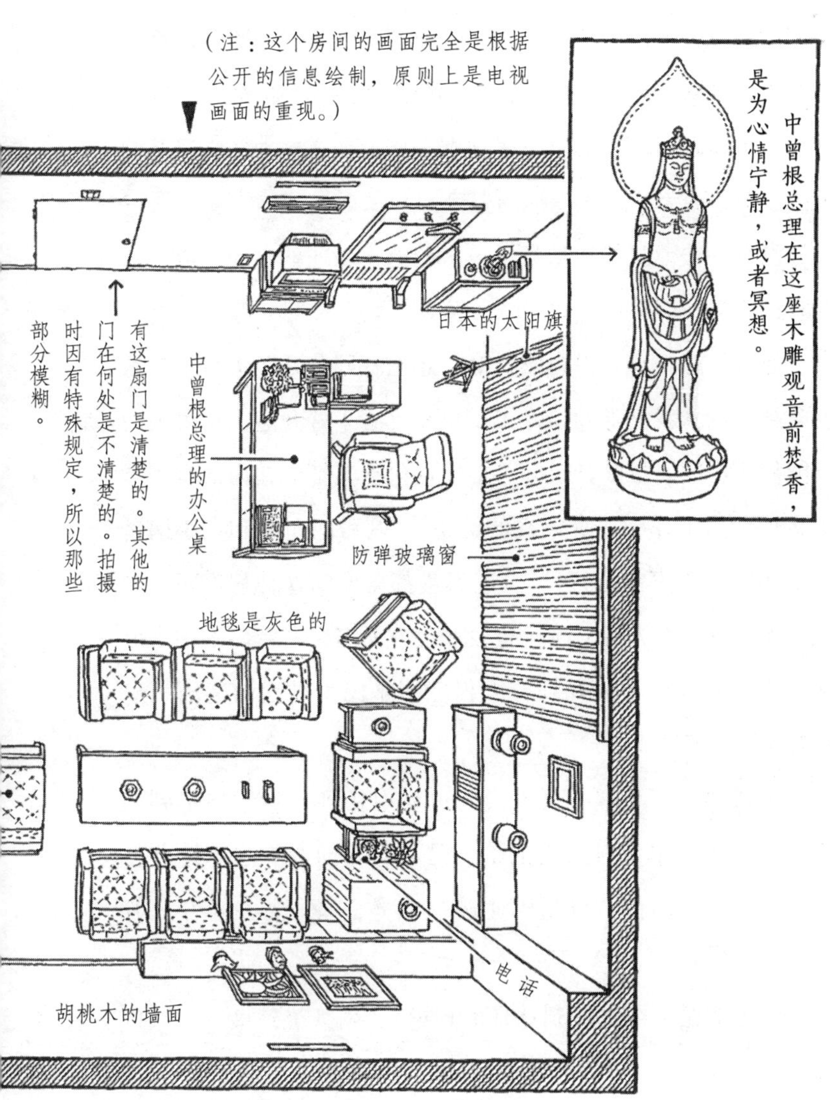

（注：这个房间的画面完全是根据公开的信息绘制，原则上是电视画面的重现。）
中曾根总理在这座木雕观音前焚香，是为心情宁静，或者冥想。
日本的太阳旗
有这扇门是清楚的。其他的门在何处是不清楚的。拍摄时因有特殊规定，所以那些部分模糊。
中曾根总理的办公桌
防弹玻璃窗
地毯是灰色的
电话
胡桃木的墙面

旁边放着各种大小的毛笔。眼前的笔盒里有勃朗峰牌金笔和几
镜头一闪而过，但是有这样一个特写。

种程度的‘总理官邸公开’实在让人难以认同”。照片大部分是拍摄以中曾根总理为中心的“办公中的总理”的姿态。在这种场合下总理可算服务到家了，都是些他在文件上用红铅笔画道的表演，或者摆出接电话的姿势。

没有办法，只能把信息量最多的电视新闻的画面重放，依照它进行描画。

通过新闻报道，得知电台对“总理官邸公开”进行了匆忙的电视录像，我把那卷录像带反反复复看了好几遍，尽最大的可能复原房间，推断其尺寸。要抓住包括其细节在内的全貌是非常烦琐的工作……据电视的解说：“其房间布局和大小因警卫工作的需要不能公开。”难道保密都需要到这种程度吗？实在让人费解。有人说“越是行政非公开面多和秘密多的国家就越让人感到蹊跷，公开到什么程度那是民主进程的晴雨表”。我对此深信不疑。

在画这个“总理办公室”的过程中接到一封意想不到的信，那是来自华盛顿白宫的信，是看到我的“美国总统办公室”后的一封回信。与此相对应，“日本总理官邸”至今没有任何反应。

前几天在报纸上读到这样的报道：“风筝落到皇居中，拾到的人请回信！”、“放风筝的小孩收到了来自天皇的回信”。

比起让人感到高高在上的皇室，“总理官邸”似乎离我们更遥远，封闭的东西似乎更多。

自我窥视「河童的房间」

这个“窥视工作间”系列中的第一个受访者井上厦对我说：“最后一次能让我们窥视一下河童的房间吗？读者们也一定很想知道河童的房间是怎么画的。”

后来也有几个人提出同样的要求，最终不得已答应下来。其中也有人开玩笑地威胁我说：

“把人家的房间窥视得那么细致彻底，连废纸篓中的东西都给画出来了。自己的房间不让人看见，那可不成。如果不给看，我们打算采取行动报复。”

自己看自己的房间，那真是一点意思都没有。既然我已经答应了，没有办法只好守约。

然而，一旦要出示给别人看，尽管不是装腔作势，实际上，还是不好意思。在此我向那些气量宏大、慷慨大方让我窥视的诸位表示敬意，并对他们的协助再次表示感谢。

在思考“窥视工作间”系列的过程中我曾对编辑部的人说：“由于被窥视者不同，也许能看到人们的不同之处或者相同之处。虽然明白那实质上是没有窥视到，但是我预感从50个人的工作间中能看到些什么，能知道他们现在在做什么。说得夸张点，能以窥视‘当今日本之万象’的感觉来观看日本会非常有趣的。”

说的时候兴致勃勃，可真的干起来，心情为之一变，近乎后悔。因为是周刊杂志，每周要采访一个人，既要自己写稿，又得画插图，需要很多的时间。但一周只有七天，那可怕极了。

看了我的绘画，好朋友坦言：“画得细致固然好，但你完全是一种病态，你再不注意点，要搞垮身体的。”他们一边这么说，一边又那么说：

“这周的画，因为简单就感到稍微不足，我们还是想看描画得很细致的画。”

他们所说的完全自相矛盾。我本人也是很矛盾，遇到那种烦琐难画的房间便大为惊叹，终于发现本来的自己，一边苦笑自己“简直就是个受虐狂”，一边一连几日画到黎明。说实话，与其说在意是否能够将信息传达到读者那里，不如说我自己一直对之乐此不疲，特别是如果还能让被窥视者本人也饶有兴趣的话，我就更认真了，“哎，有这种东西来着？重新环视自己的房间，的确有过啊，不由得笑起来。”

每一个工作间都有其个性，有的经过解释才搞清，窥视到这些是每次采访的快乐。实际上，我的房间不加解释也有让人丈二和尚摸不着头脑的地方。

房间里挂了那么多枪支就足够让你吃惊的。可那都不是真家伙，而且我也不是扩充军备的支持者。这些枪是玩具枪，都是按照真枪的形状和构造制作的，但是绝对不能进行实弹射击。

有人会问：“收集这么多枪的理由何在？”也许问得很认真，我回答道：“研究每支枪，就会从其差异中发现不同国家的气质和历史。我的兴趣就在于此……”

外国有国家武器博物馆，与美术馆同样重要。其中的内容与战争的胜负无关，我们从中能学习到历史。

而日本有“靖国神社遗品馆”，也展示枪支武器。但其着眼点是展示遗品，不是展示历史。

爱管闲事的我希望像博物馆一样，在自己的房间悬挂像实物一样的枪，解释给朋友们听，以下仅仅是一个例子。要说在太平洋战争中使用过的日本和美国的枪……

日本兵用过的叫“三八式步枪”，能装五发子弹。手拉枪栓，一发一发地装子弹，每装一发都发出“咔嚓”一声的金属响。敌人临近时，即使是小声音也危险。比起美国的M1卡宾枪，不论长度还是重量都大大超过。而且美国卡宾枪能装15发子弹，不必每次都咔嚓咔嚓扳枪栓，能自动连射，在热带丛林中使用特别轻便。

我有种随便收集东西的怪癖。实际上不限于枪，各国的象棋、饭盒、啤酒杯、纸牌、马具等，我都收集。因为这些物件相互之间没有关系，家人叫苦不迭。以前女儿曾被铁制马刺绊倒，大喊“疼”，并且生气地说：“我们家没有马，为什么有这么多马具？”我解释说：“根据马具的微妙差别，能够看出不同国家的丰富文化。”我在家中毫无威信，没有人信任我。

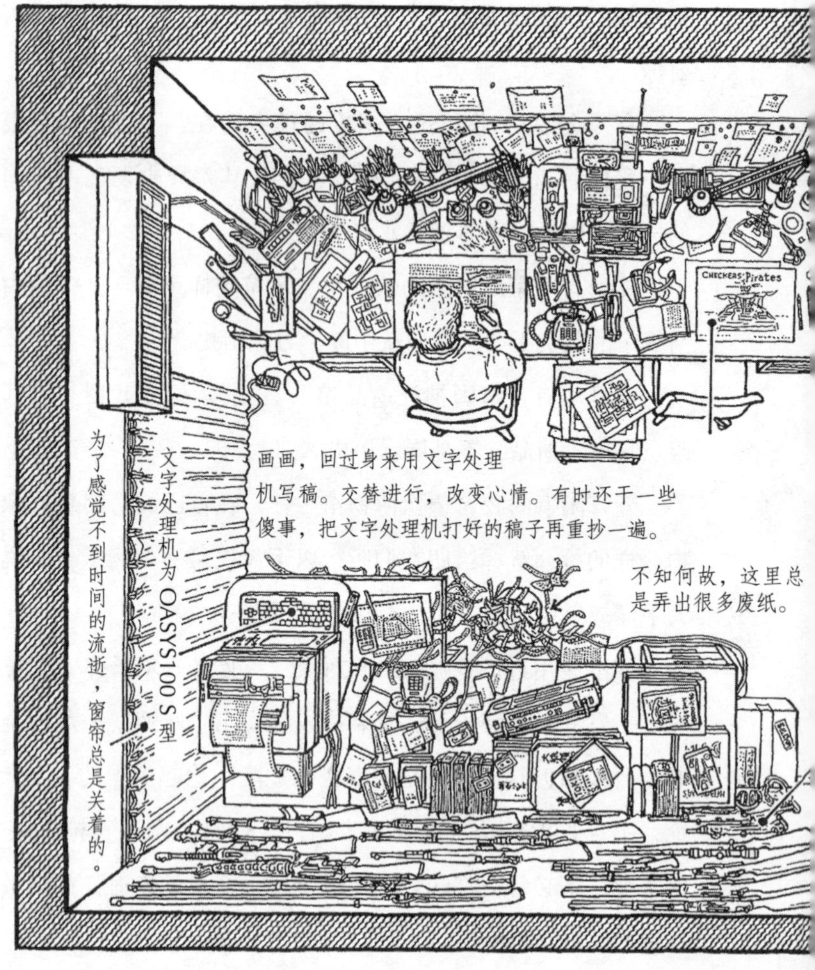

CHECKERS: Pirates
画画，回过身来用文字处理机写稿。交替进行，改变心情。有时还干一些傻事，把文字处理机打好的稿子再重抄一遍。
不知何故，这里总是弄出很多废纸。
文字处理机为OASYS100 S型
为了感觉不到时间的流逝，窗帘总是关着的。

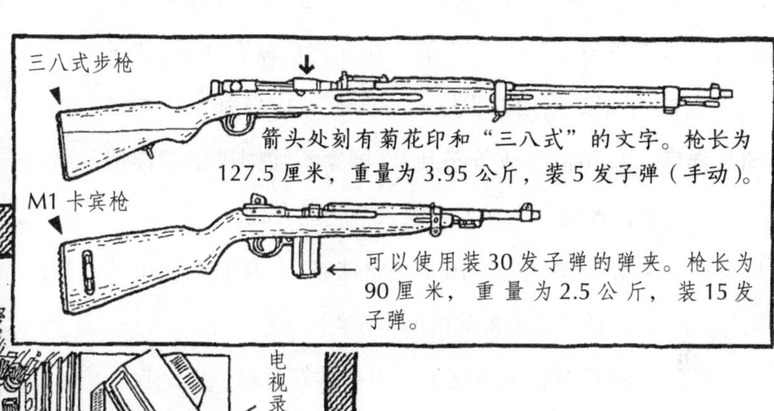
三八式步枪
箭头处刻有菊花印和“三八式”的文字。枪长为127.5厘米，重量为3.95公斤，装5发子弹（手动）。
M1卡宾枪
可以使用装30发子弹的弹夹。枪长为90厘米，重量为2.5公斤，装15发子弹。

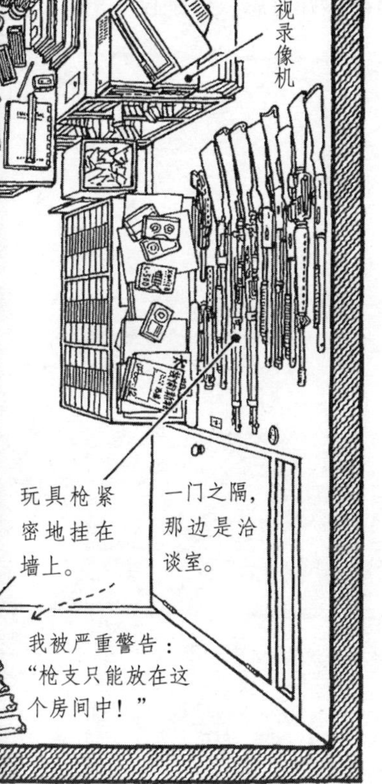
电视录像机
玩具枪紧密地挂在墙上。
一门之隔，那边是洽谈室。
我被严重警告：“枪支只能放在这个房间中！”

比较两支枪，就连小孩子也能分清孰优孰劣。实际上其性能的差别不是战争发生后才产生的，在此之前就存在了。“三八式”是1905年军队采用的步枪，一直用到1945年。日本国民不知其详情，只相信“战争必胜”。国家不让国民了解详情不只是当时的事，直至今天在各个领域中仍然存在。

现在仍有人提议要建立“国家秘密法案”，我们即使不从兴趣出发，也有必要继续窥视政治的形态。

似乎把自己的好奇心正当化了，实在不好意思。但是仅从节子孔窥视，所看到的东西也是可观的。

反窥河童

被窥视的感觉

◉ 妹尾河童

编辑部有人提议：“人们总是被河童窥视那是不公正的，让被窥视的人每人写一篇小文‘反窥河童’如何？”

我觉得很有趣，但又稍有些踌躇，我说：“弄不好，成了悼词一样的赞美，读者还不扫兴呀？”

编辑笑着说：“没有必要担那份心吧。”

事实上，那种担心也是多余的。其中虽有溢美之词，让我诚惶诚恐，但是多数的“反窥河童”中，仅仅是把赤裸的河童描绘得直至骨髓。特别让我吃惊的是这么多的人都揭露“河童的本质是孩子”！

那些朋友把“反窥河童”的原稿集中起来，读后笑得前仰后合。我问他们：“我就那么像孩子？”

“‘你是想说我是大人吗？’这么多的人都说‘河童是个孩子’，那还会有错！不论谁来读，没有一篇文章说的不是你！说真的，人家都说不能喝，你还把打火机吞进肚里，世界上哪有这样的傻瓜？这样的事一经揭露，人们肯定都会想象你是个大人样的无可救药的孩子。稍微想想你的年龄，就希望你还是别太过分了。这多给朋友添麻烦哪，‘电话魔鬼’不也是如此吗？”

“那可有些夸大其词啊！也就是一两次是这样。其他工作上的事，只能长话短说，可就连这样的人也给说成深受我的害了。那么添枝加叶，那不就成了和传说的一样，我就是东跑西颠地打电话了。”

“你看，你看！你立即当真了吧，小孩子就那么说。打电话的事也许有些夸大，但那不是空穴来风吧！”

我放弃面对面地抗议。否则可能被他们说得更甚。在这里我装成大人，忍耐，再忍耐。

“谢了。”

采访用具：
总带在身边的有五种：
①比例为 1/40 的方眼纸（舞台美术设计专用纸）；
②卷尺；
③ HB 铅笔；
④三角规；
⑤相机（镜头为 25—50 毫米，对房间要彻底拍摄）所拍的照片将成为绘画时的重要资料。

❖ 妹尾河童

1930 年生于神户。从事过插图设计。1954 年通过自学成为舞台美术师。此后作为现代日本代表性的舞台美术师活跃在舞台、影像的世界。以配有细致入微的白描插图的“河童窥视丛书”而久负盛名。

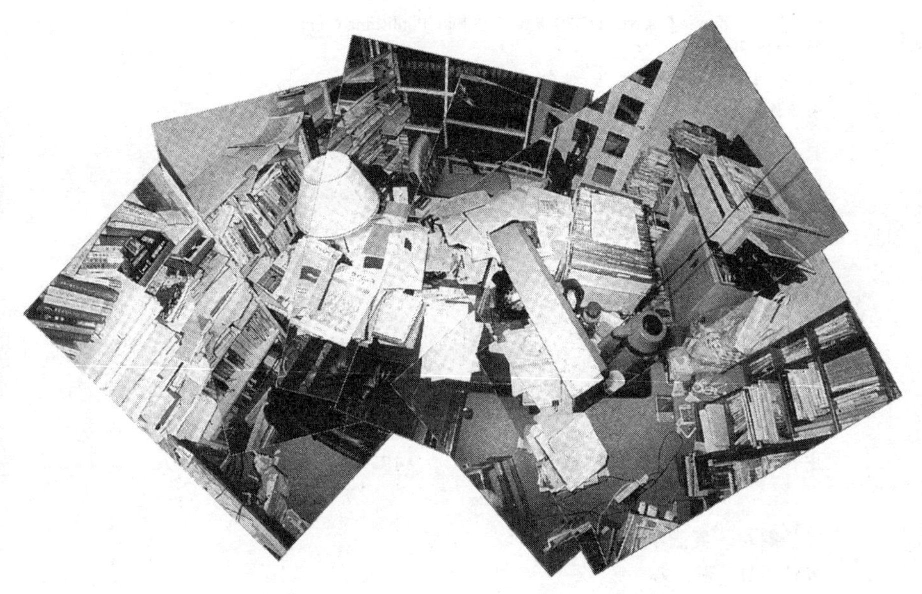

《评论家立花隆的书房》的部分资料照片

图书在版编目（CIP）数据

窥视工作间 /（日）妹尾河童著；陶振孝译．-- 2 版．-- 北京：生活·读书·新知三联书店，2016.5
（妹尾河童作品）

ISBN 978-7-108-05562-0

Ⅰ．①窥… Ⅱ．①妹… ②陶… Ⅲ．①随笔－作品集－日本－现代 Ⅳ．①I313.65

中国版本图书馆 CIP 数据核字（2015）第 249777 号

责任编辑　樊燕华
装帧设计　朴　实　张　红
责任校对　安进平
责任印制　崔华君
出版发行　生活·讀書·新知 三联书店
　　　　　北京市东城区美术馆东街22号
邮　　编　100010
网　　址　www.sdxjpc.com
经　　销　新华书店
排版制作　北京红方众文科技咨询有限责任公司
印　　刷　河北鹏润印刷有限公司
版　　次　2007年5月北京第1版
　　　　　2016年5月北京第2版
　　　　　2016年5月北京第6次印刷
开　　本　889毫米×1194毫米　1/32　印张 12.5
字　　数　120千字　插图50幅
印　　数　40,001—50,000册
定　　价　42.00 元

（印装查询：010-64002715；邮购查询：010-84010542）